林文寶　編著
張晏瑞　主編

林文寶兒童文學著作集

第三輯　著作編

第二冊
兒童文學故事體寫作論

林文寶兒童文學著作集　第三輯　著作編　第二冊

兒童文學故事體寫作論

林文寶　著

張晏瑞　主編

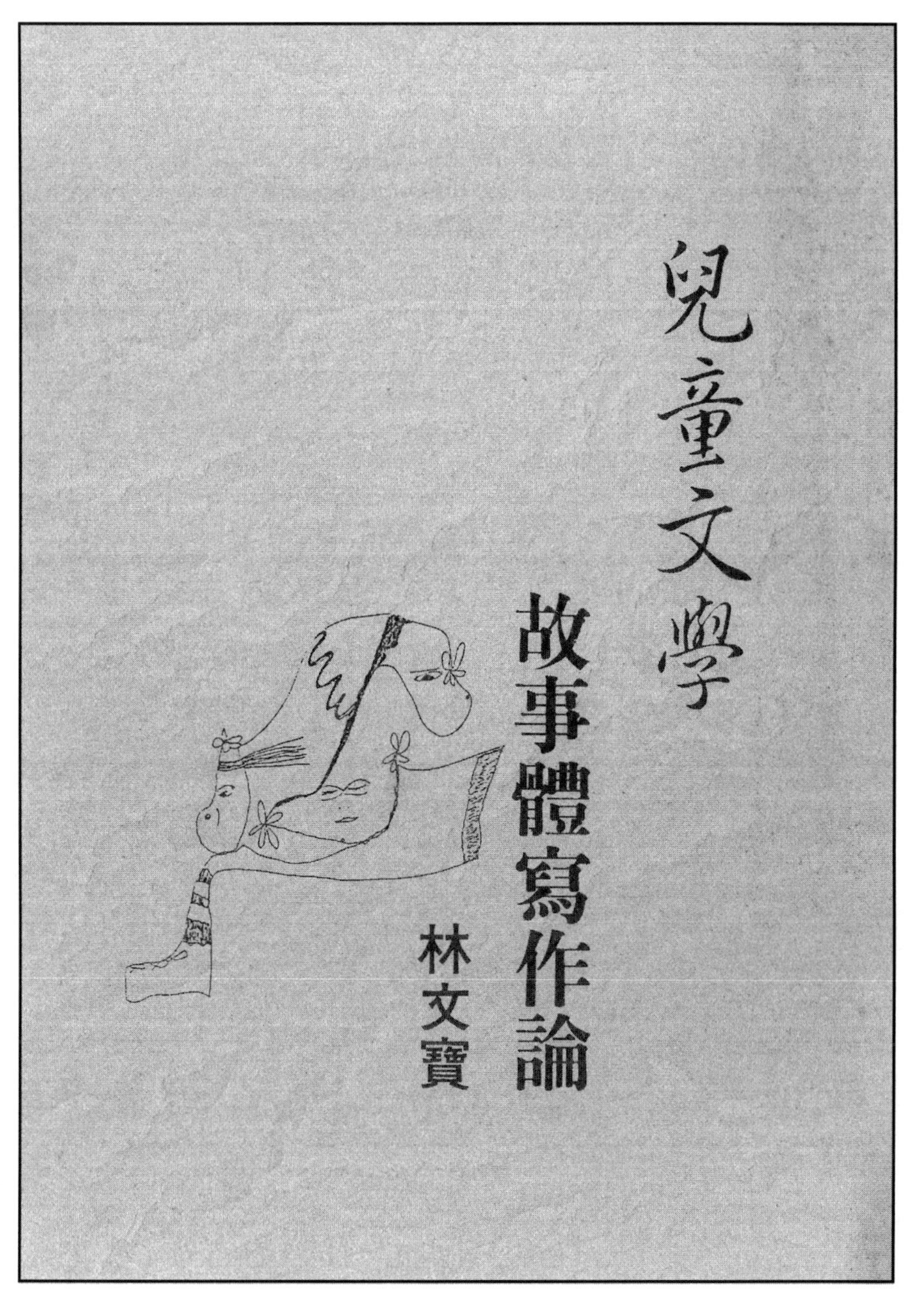

《兒童文學故事體寫作論》原版書影

國立中央圖書館出版品預行編目資料

兒童文學故事體寫作論／林文寶作
--三版--臺北市：毛毛蟲兒童哲學基金會，[民83]
366面；21×15公分
ISBN 957-8886 -02-0（平裝）

1.兒童文學──寫作法

815.91　　82009817

兒童文學故事體寫作論

作　　者／林文寶
封面設計／月　眉
校　　訂／林文寶
校　　對／楊麗蓉、黃玉珠
發 行 人／趙鏡中
出 版 者／財團法人毛毛蟲兒童哲學基金會
發 行 所／台北市和平東路二段265巷17號地下樓
電　　話／(02)7023261
傳　　眞／(02)7037215
郵撥帳號／15545302 毛毛蟲兒童哲學基金會
登 記 證／新聞局局版臺業字第5746號
排　　版／龍虎電腦排版有限公司
印　　刷／國亞印刷企業有限公司
定　　價／250元
1994年元月台北三版一刷
本書如有破損、缺頁或裝訂錯誤，請寄回本基金會更換

《兒童文學故事體寫作論》原版版權頁

再版自序

林文寶

本書原由高雄復文圖書出版社刊行，經同意收回，加以修訂增補，並由東師語教系印行，列為系語文叢書第一種。貳版是由富春文化公司出版。現今重新交由毛毛蟲兒童哲學基金會修訂出版。

原書第二篇第五章「童話」部份，緣於當時文獻不足，雖勉力成章，卻一直耿耿於懷。如今將「童話的意義」加以改寫；同時附錄「試說我國古代童話」一文，以期全書體例趨於統一，而心中一塊石頭也終於能夠卸下。「試說我國古代童話」一文，原刊於臺灣區省市師範學院七十七學年度「兒童文學學術研討會論文集」頁一二七～一七〇。

又於書末收錄「臺灣地區兒童文學論述譯著書目（三十八年～七十七年）」，此書目原是應幼獅文化公司策劃四十年來兒童文學選集，並主編論述選集的副產品，曾刊載於「國文天地」四十九期、五十期（七十八年六月、七月）、「東語師文學刊」第二期（七十八年六月）。

全書雖經修訂與增補，但由於地處東隅，文獻不足，識見未周，缺失未免，尚祈讀者惠予包容與指正。

八十一年十二月於東師語教系

自序

走進兒童文學的天地裡，原非本意，亦非所願；想不到幾經努力，卻發現其中也別有洞天。而後沈潛其間以至今，算來亦有十五年之久。其間不但執筆論述，且與友人刊行《海洋兒童文學》雜誌。

由於授課之需要，以及復文書局楊麗源先生的幫忙，於是檢視舊作，而有本書之印行。

本書包括兩篇。第一篇〈兒童文學製作之理論〉，原刊於六十四年四月東師學報第三期頁一～三十二。第二篇〈兒童文學『故事體』寫作之研究〉，原刊於七十三年四月東師學報第十二期頁一～一二六。兩篇合計有十六萬字。今將書名改定爲《兒童文學故事體寫作論》。

重閱舊作，感受良多。當時雖曾盡力以赴，惜乎才力所限，思慮不週，致使缺失頗多。如今編輯成書，除略增新出書目外，未作更動，就算是一點爲學的紀念。

林文寶　七十五年十月於臺東師專

【目錄】

台灣兒童文学源頭
1.大陸
2.日本
3.外来的翻譯作
4.口傳
5.历代啟蒙教材
6.古代典藏

兒童圖畫書趨勢 ⟨ 遊戲化
玩具化

題

第一篇
兒童文學製作之理論

第一章　緒論

由於兒童學的興起，因而承認兒童的地位與價值。並且也認爲兒童應有他們自己的文學，所謂兒童文學即是由此而生。

一般說來，兒童文學的製作，不外四種，即是：

搜集

翻譯

改編

創作（註一）

就目前來說，兒童文學已普遍的受人注意；祇是這種注意仍有某些地方未盡完善。概括的說，時下兒童文學最缺乏的可能是製作理論的探討。我們知道兒童文學與成人文學是有所不同的，因此兒童文學的製作，也應當有他的另一套理論爲根據。而這套理論必須是簡易而確實；唯有如此，方能普遍爲人所接受。是以不揣陋學試圖建立起兒童文學製作的理論；更企圖用最簡化的筆觸，勾畫出他的全貌。在本文裡沒有很高深的學理，也沒有驚人的創見，而只是一種綜合與整理的工作。

本文所論包括以下幾個單元：

首先對兒童文學的意義做個了解，並且由此樹立起個人對兒童文學的見解；同時分辨兒童文學和兒童讀物兩個名詞。而後始展開了若干問題的探討。

在第三章裡我們對兒童與遊戲進行一系列的解說，目的是在建立起兒童與遊戲的關係性。

第四章所論的則是遊戲與藝術之間的關係。

第五章則述說兒童與藝術的關係性。

綜歸前三章所論，在第六章裡建立起兒童文學製作的理論。在這個理論裡我們同時付給教育性。除外又臚列目前有關各家對兒童文學的批評標準。

在最後一章則揭示個人對才能啓發教育的見解，以做爲本文的結束。

當然，本文只是製作理論的探討而已；我們知道一種理論的建立，必定要有他的實際效用，而後始臻完美。個人認爲兒童文學理論體系的建立，除了理論本身之外，理當有實際部份；而實際部份又有總論與個論之分。總論即是指對於取材、想像、語言、情節、敘事觀點、描寫、結局等方面的探討。至於個論，即是指對於童話、兒童故事、兒童詩歌等方面的個別探討。因此，本文衹是一個開端而已。

【附　註】

註一　見吳鼎《兒童文學研究》自序。

第二章　兒童文學的意義

提到兒童文學，我們不能不爲他下個定義，同時與兒童讀物做個比較。

第一節　兒童文學的定義

關於兒童文學的定義，我們擬以國內專家的解說談起。林守爲先生於《兒童文學》一書裡云：

「兒童文學」一詞最簡單的解釋，就是專爲兒童欣賞的文學。這個解釋當中，包含著三個重要的意思，應當分別加以說明。（即兒童、文學、專供兒童欣賞，其解說可參見原書。）（註一）

又吳鼎先生於《兒童文學研究》一書裡說：

兒童文學一詞，英文爲 Children's Literature，法文爲 La Literature des enfant，德文爲 Die Literature der kinder，西班牙文爲 Las Chicos Literario，日

文爲「兒童文學」，各國的稱法雖不一致，但意思卻都是「兒童的文學」。可見兒童文學一詞，實際上包括兩個名詞，一個是「兒童」，一個是「文學」。現在要研究「兒童文學」，自宜先將「兒童」和「文學」提出來討論，再進一步研究什麼是「兒童文學」。（註二）

同書裡又云：

兒童既是人生發展過程中的一個階段，富於幻想、好奇、同情、想像、勇敢、冒險、以及崇拜英雄等種種心理，他們與成人完全不同，他們生活在自己的天地裡。所以兒童文學應該是表現兒童想像與情感的生活，應兒童天性最高部分的要求，擴大人生的喜悅、同情、與興趣。用最簡單的說法，兒童文學就是兒童自己的文學。（註三）

除外，葛琳女士於《兒童文學研究》一書裡說：

兒童文學英文爲 Children Literature，意思是說：「兒童的文學」。因爲兒童在生理、心理以及知識領域各方面，都與成人不同。因此特別爲兒童「設計」與「寫作」的作品，凡是能充實兒童生活，豐富兒童生活，滿足兒童需要，啓發兒童智慧，誘導兒童向上以及能引起兒童興趣的作品，都是兒童文學。近代一個世紀以來，由於各國對兒童的重視，使它在文學上已成爲一個重要的體系。

兒童文學的最大特色，是設計與寫作的綜合藝術。（註四）

從以上解說看來（註五），我們知道所謂的兒童文學，最簡單而又最明確的解釋是：屬於兒童自己的文學。在這個解釋裡包括兩個因素，即兒童與文學。

對於兒童兩字的解釋，可因立場的不同而有所差異。但不論對兒童時期怎樣劃分，一個兒童能欣賞文學作品，在心理、生理等方面，總要在三、四歲以後。依民國六十二年一月二十五日經立法院三讀通過的兒童福利法第一章總則第二條謂「本法所謂兒童，係指未滿十二歲之人。」因此就兒童文學的觀點，一般人所謂的兒童是指：自入托兒所至小學畢業（是三歲至十二歲）止的一段時期。若延長可至國中畢業（十五歲）。是以有人從發展的角度，將兒童文學細分為：幼兒文學（三歲～六歲）、兒童文學（六歲～十二歲）、少年文學（十歲～十五歲）。

至於文學，即是所謂語言的藝術；而藝術則是一種屬於美或是情趣的追求。

組合兒童與文學而成為兒童文學一詞，一方面要有兒童的特色；另一方面要有文學的意義。因此我們認為兒童文學在本質上乃是在於「遊戲的情趣」之追求；而在實效上則是在於才能的啓發。是以這種屬於兒童的文學作品，乃是經過一種的設計。這種設計，不論在心理上、生理上與社會上等方面而言，皆是適合於兒童的需要與渴求。

第二節　兒童文學與兒童讀物

在未談到兒童文學分類之前，我們必須對兒童讀物一詞有所說明。我們一般所說的讀物是指書籍、雜誌與報紙而言。因此「兒童讀物」即是指專供兒童閱讀、欣賞、參考或應用的各種書報雜誌而說。這種屬於兒童的讀物，是經過一番精心設計而成，也就是說是爲著適應兒童時期的需求所編印的。

兒童讀物一詞，廣義的說法是：凡適合兒童閱讀的、欣賞的、參考的或應用的書報、雜誌，甚至幻燈片、電影片、電視劇皆是；而狹義的是：僅供兒童課外閱讀的書報與雜誌。

一般說來，兒童讀物，因其傳達媒介的不同，可分爲文字與圖畫；又因寫作目的之不同，可分爲非文學的和文學的，因此我們認爲兒童讀物之分類，當如下頁表：

非文學性的讀物亦稱爲知識性的讀物，重在傳達各種的知識；而文學性的讀物，則重在傳達美感或遊戲的情趣。至於圖畫性的讀物，則是一種視覺的藝術，而且是最具特殊色彩的一種形式。以兒童的立場來說，圖畫性的讀物可說給幼兒的一種思想媒介，可以引導幼兒領會語言的聲音及意義。而嚴格說來，凡是兒童讀物皆不離圖畫，祇是

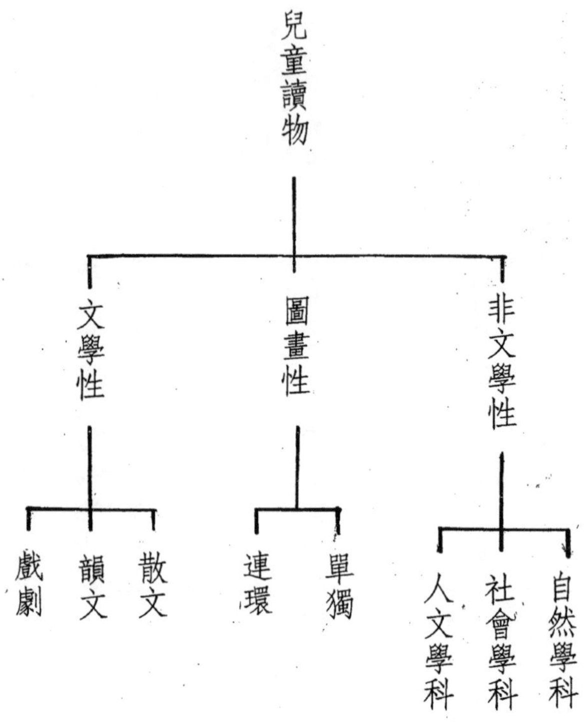

- 兒童讀物
  - 非文學性
    - 自然學科
    - 社會學科
    - 人文學科
  - 圖畫性
    - 單獨
    - 連環
  - 文學性
    - 散文
    - 韻文
    - 戲劇

圖畫多少之不同而已。從學習心理的立場來說：知識性的讀物屬於直接學習；文學性的讀物屬於間接學習；而圖畫性的讀物，則是屬於啓蒙性的學習。

直接學習是一種近乎正規的教育，而我們這兒所要說的則是屬於間接學習的文學性讀物，也就是所謂的兒童文學。兒童文學與兒童畫、兒童音樂，在某種意義層次上當是相同的。兒童文學的目的，並不是在灌輸文學家最基本的文學訓練，而是在透過兒童文學來培養出一個富有創造能力，同時在理智與情感皆能達到平衡的健全國民爲目的。更簡單的説，亦即是透過遊戲的情趣而達到智慧啓發的目的。

兒童文學的內容包括至廣，依據前邊兒童讀物裡對文學性的分類再列表細分如下

- 兒童文學
  - 散文類
    - 故事
    - 寓言
    - 散文
      - 敘事的
      - 抒情的
      - 說理的
      - 寫景的
    - 神話
    - 童話
    - 小說
  - 韻文類
    - 詩、歌
  - 戲劇類
    - 廣播劇
    - 電視劇
    - 舞台劇
      - 話劇
      - 歌劇
    - 電影
    - 民俗雜戲

對兒童文學做分類，事實上是吃力不討好的工作，因此我們勢必做某種程度性的說明。表中所列散文包括：敘事、抒情、說理、寫景四種，這是涵蓋式的分法。至於日記、書信、遊記、傳記、笑話、謎語皆可包括在此四種裡面，而不做另種的排列。至於故事、寓言、神話、童話、小說原則上不論其材料來源如何，就其本身來說，皆含有故事性。其差異衹是故事性的偏向有所不同而已，而我們把這些類型歸之於散文類，仍是採用傳統的分類法。時見有人稱「童話故事」「寓言故事」「神話故事」，事實上是否有此必要，頗有商榷的餘地。至於韻文類、戲劇類因牽涉不多，我們於此闕而不論。最後我們要說明的是有關兒童文學的各種類型，在原則上皆要冠上兒童兩字，以示區別。因爲我們知道：成人所欣賞的文學作品總是與兒童的有所不同。

又兒童文學、兒童讀物兩個用詞，就廣義或一般用法而言，則屬互通的同義詞。

【附 註】

註一 見林守爲《兒童文學》一書第一章第一節〈兒童文學的意義〉。

註二 見吳鼎《兒童文學研究》一書第一章第一節〈兒童的意義〉。

註三 見吳著第一章第三節〈兒童文學的意義〉。

註四 見葛琳《兒童文學研究》第一章第一節。

註五 除外亦有他人之解説，本人僅取以上三家爲代表。

第三章　兒童與遊戲

我們以為兒童文學製作的理論在於「遊戲的情趣」。因此擬從兒童、遊戲、藝術等方面來立說，本章先從兒童與遊戲說起。

第一節　遊戲的定義

廣義的說法，體育、運動、遊戲等名詞，時常是相通的。因此我們似乎有加以解說的必要。

體育，顧名思義是人體的教育。它是一個新的專有名詞，它是一種以經過選擇和組織的身體活動作為教育方法的一門學問。其內容自不能脫離遊戲、打球、田徑賽、游泳、舞蹈等。此類運動，既不是無意識的反射動作，也不是漫無目的和無組織的亂動；它必須具有大肌肉活動、種族活動、表達活動、比賽活動、業餘活動、團體活動等特質；兼備這種特質的運動，才能引起衆人的嚮往學習之心，才能改造經驗，才能獲得教育效果，使臨場的生活與奮歡樂，日後的生活繁榮豐富。因此江良規先生認爲體育的定義應爲：

體育是教育，以經過選擇組織的大肌肉活動爲方法，以特有的場地設備爲環境，以有機體固有的身心需要爲依據，使個人在實踐力行中，使體格獲得完美的發展，行爲加以理性的控制，動機能有正當的滿足，動作富於和諧的協調，進而擴展經驗範圍，提高適應能力，改變行爲方式，傳遞固有文化，一方面繁榮生活，一方面發揚生命意義。（註一）

我們知道運動是體育獨有的內容，也就是說體育是以運動爲方法，藉以達到教育的目的。這裡所指的運動是一些經過審慎選擇、嚴密組織、內容充實、效果廣泛的身體活動；一方面刺激生長和發展，一方面迎合本性的衝動和需要，進而供給豐富的人生經驗，培養社會行爲應有的規範。一舉手一投足皆可以稱爲動作，但不一定是體育範疇中的運動。體育所選擇的活動，是根據生物、解剖、生理、心理、和社會學的知識，自有其科學基礎和不可搖撼的穩固立場。

就體育學的立場來說，體育和遊戲或運動是不相同的；蓋後二者是古老的、自然的，是前人文化經驗的一部分。體育雖是以遊戲和運動爲有意設施的教材或手段，但其本質是教育的，是經過選擇整理和組織的；遊戲和運動不是體育，僅是體育的表面的形態而已。因此遊戲和運動可說是一種生命現象，一種生命表達的方式。

遊戲本是一個古老的名詞，雖然就體育學的立場來說，它僅是體育的一種形式，可是就廣義的古老意義來說，它實在可以涵蓋體育的一切活動。遊戲是人類的本能活動，各種運動都是從遊戲發展而來的；而本文所說的遊戲即是指廣義的而言。當然，遊戲的意義常因所持觀點不同而有所差異，因此欲了解遊戲的意義，則需要從多方面加以考察。我們這兒所說的遊戲，即是相等於現代所謂的「休閒活動」，休閒活動是現代社會迫切需要的。所謂休閒活動是指個人除了工作以外參加的活動。而這種的活動是個人所志願選擇的，並且期望能從參加中獲得某種滿足的經驗。所以休閒活動的範圍頗難界定，當然其主要關鍵乃在於「能使參與者得到再生的情趣」。因此他的人數、地點，皆不定。而一般的說法，認為其分類有四（註二）：

1. 文化活動：包括朗誦、寫作、研讀、研究、調查、搜查等活動。
2. 社交活動：包括交誼、遊戲、會談、參加福利工作、參加政治活動等。
3. 體育活動：包括勞作、狩獵、釣魚、遠足、郊遊、個人及團體競技運動等。
4. 藝術活動：包括彫刻、文學、音樂、針線、戲劇、各種手工藝。

至於休閒活動的特質，有下列五項（註三）：

1. 閒暇時間：我們必須先有空閒時間才有休閒活動，所以工作不是休閒活動，因爲工作不是爲了消磨閒暇時間。

2. 有樂趣的：對參加活動的人來說，休閒活動必能給予歡樂和滿足。

3. 志願的：參加活動的人對於活動種類可以根據一己的志願自由選擇，不受任何外力的强制。

4. 建設性的：空閒時間可以用以消遣的活動很多，但是只有那些有建設性的活動才能列入休閒活動。所謂建設性的活動指的是那些有益身心又樂在其中的活動。例如賭博也是消磨時間的方法，但因賭博缺乏建設性，所以不能列入休閒活動。

5. 生存以外的：凡是爲了生存的一切活動，都不具備休閒性質，所以吃和睡兩者不能稱爲休閒活動。然而同樣是吃，一次野餐的性質就不同。因爲野餐除飽吃一頓以外，還包括交誼和遊戲，活動的目的既非單純的吃，那就具有休閒意義了。

第二節　遊戲的學說

對於遊戲本質或起源的研究，常因所持立場或觀點的不同，而有多種的說法。追溯根源，遊戲說乃是康德（Kant 1724～1804）所提示的。當時康德的遊戲說乃是爲追尋藝術起源而立的。而後衆說紛云，試簡述如下（註四）：

1. 精力過剩（Theory of Excess Energy）

德國詩人席勒（Schiller 1759～1805）推演康德的學說而創精力過剩說，後又經英國哲學家斯賓塞（Herbert Spencer 1820～1903）加以改進。此說認爲遊戲乃必然發生，高等動物爲維持自己的生存，其時間與精力不能完全用盡；因是生活力的過剩，漸被蓄藏；在精力過剩時，則發生遊戲的衝動，賴遊戲以發洩其過剩的精力。此說又以兒童遊戲比作水沸蒸氣的現象，認爲勢必發散的。

2. 休養說（Theory of Recreation）

休養說創自英國的甘姆斯爵士（Lord Komes），除外德國體操鼻祖顧茲姆斯（Gutsmuths 1759～1839）、心理學家拉茲入斯（Lazarus 1824～1903）、斯天則（Steinthal）亦主張此說。

此說認爲人在勞作後身心倦怠，需要休息，或睡眠以休養；在尚未達到安靜休養時，有所謂活動的休養，此即遊戲的發生。例如用腦過度者，閱小說以調節休息；操手工業者，亦可由球類遊戲獲得愉快。

3.生活準備說（本能練習說）（Preparation Theory or Instinct Practice Theory）

此說爲瑞士名生物學家谷魯士（Karl Groos）所倡導。

他認爲遊戲因本能而起，本能因遊戲而發達，兒童以遊戲做爲得到未來生活上必要的練習爲目的。如小貓捉弄玩物，與女孩愛囡囡爲例，一在習捕鼠，一在習保育。

4.行爲複演說（Theory of Recapitulation）

此說爲美國心理學家霍爾（G.S.Hall 1844～1924）所創。

此說認爲兒童的遊戲，無非是人類進化現象的複演，即今日吾人所表現的遊戲，實爲吾人祖先活動的各階段。

5.生長需要說（Theory of Growth）

生長需要說爲阿浦利頓女士（L.E. Appleton 1892～1965）所創。

此說認爲遊戲乃因身體的構造而成，遊戲的性質，純在滿足身體生長的需要；一切生物均有滿足其身體生長的需要，因此一切生物均各有其遊戲活動。當機體未獲得充分生長時，則需要遊戲，如生理機體已生長成熟時，則遊戲的慾望亦隨之降低。

6.放鬆說（Theory of Relaxation）

放鬆說爲心理學家柏屈克（G.T.W.Patrick）所創。

他認爲現代人生活狀況，日常職業等，大多爲小肌肉的活動。如寫字、讀書、家事等，易於疲勞，須以散步、划船、垂釣等野外活動恢復精神。

7.發洩情感說（Theory of Catharisis）

這種觀念可溯至亞里斯多德（Aristotle 384～322 B.C.），而後卡爾（Corr）、克萊帕德（Claparede）贊成此說。

他們認爲遊戲是發洩情感的一種工具，卡爾更進而說明悲劇中快樂心情的放散，並認爲可適用於遊戲上。其意義爲對有害的傾向使其無害的發洩出來。而克萊帕德則認爲這種情感的發洩，如是一時性的，而非永久的，當可贊同，發洩憤怒情緒，以摔毀器皿或用力關門等以洩怨恨，而求平靜情緒。如爲永久的，則將成爲有害社會的鬱積情緒。又如互毆爲社會人情所不許，可藉遊戲方式以發洩。又分析心理學者弗洛伊德（Sigmund Freud 1850～1939）的理論亦有幾分相似。至於阿德勒（A.Alder 1870～1937）一派學者，則視遊戲爲一種補償的工具。

8.自我表現說（Theory of Self-Expression）

自我表現說爲美國密西根體育教授密西爾（H. R. Mitchell）所創。包爾溫（J.M.Baldwin 1861～1934）亦主此說。

此說認爲人是活動的生物，活動爲生命的基本需要。根據人體解剖的構造、生理的需要、心理的傾向，以遊戲爲人類求生的方法；其所表現的各種現象，即是生命。生命的表現即是自我表現，人有生命即有動機與需要，而遊戲正是供給這項滿足的活動。

第三節　兒童與遊戲

前節所述的各種遊戲學說，雖然都不能成爲放之四海皆準的不變定律，但我們亦無法否認他們皆有各自的立論。當然，遊戲就其意義來說，實在兼有生物學、生理學、心理學、社會學、美學、教育學等意義。而我們更能從各種學說的立論裡，看出他們皆有一個共同的肯定：兒童期的全部生命活動即是遊戲。也就是說遊戲是兒童的第二生命。同時我們也知道兒童遊戲的進行，乃是在自由與安全之下，所以遊戲本身即屬目的，亦屬創造。因此如何去指導兒童遊戲，使他們在遊戲上能具有前述休閒活動的特質的意義，乃是父母與教師所應有的體認。就杜威（Jotm Dewey 1859～1952）「教育即生活」與克帕屈（W.H.kilpatrick 1871～1965）「生活即遊戲」的理論來推演，我們也可以說「教育即遊戲」或「遊戲即教育」。做爲一個現代的父母與教師，首先要肯定的即是遊戲對兒童的意義。因此我們不禁要說屬於兒童的即是遊戲而已。所以里德（Sir Herbert Read 1893～1968）在《透過藝術教育》（Education Through Art）一書裡說（註五）：

從這種動的觀點看來，進展應自遊戲開始。在整個小學階段，除了遊戲的發展外，別無其他。當然，這樣的建議不是創先的，「遊戲法」是一種公認的教育方法，特別是幼兒學校。但如前面所論，這些實驗和討論所根據的遊戲概念仍是不適當的，且有時是表面的。至少他會成為對事物不認眞的僞裝，把每一學科都變成鬧哄哄的遊戲，而教師成爲一個滑稽戲的演員。最多，這種方法常會發展成爲一種兒童易於了解的練達形式。遊戲法如用之適當，不會意味著缺乏教學的方向或連貫——那是在教學中遊戲，而不是以遊戲來教學——但要使遊戲一貫和有方向，就是要把它改變爲藝術。所以，我們在前一章中反對把藝術的理論教學視爲遊戲的形式。遊戲是一種較不正式的活動，能夠變成藝術的活動，因而獲得兒童有機發展的意義。

第四節　兒童遊戲的理論基礎

兒童的生活與遊戲結成一體，因此我們擬再從心理、生理與社會等方面，再對兒童遊戲做一種理論性的解說。兒童無論在心理、生理、與社會等方面的需要，都與成人有所差異，而此三方面共同的需要又以遊戲為最。我們試解說如下（註六）：

甲、兒童遊戲的心理基礎：

兒童視遊戲為第二生命，這種視遊戲為生命的現象，乃是出於自然的天性。遊戲學說如本能練習說、發洩情感說、自我表現說，其主要立論即是以心理為主，他們認為遊戲乃是出於天性或本能。雖然兒童在心理的需要有遊戲、安全、情愛、獨立、成功、審美等方面，但其中以遊戲的需要最為重要；也祇有在遊戲的活動中，方能有安全、情愛、獨立、成功、審美等方面的滿足。這也就是說祇有健全的兒童才會有真正的遊戲。因為：

1.兒童遊戲是出於興趣。兒童的心理是絕對的自我，只要合乎自己的興趣便去做，他並不管他人，也唯有這種出於自我興趣的遊戲，才是屬於兒童的遊戲。

2.兒童遊戲是出於模仿。兒童有模仿的天性，他祇要看到別人做什麼，他就會有模仿的傾向。

3.兒童遊戲是出於好奇。好奇也是兒童的特質，兒童時常因爲好奇，而自動的去嘗試各種的遊戲。

4.兒童遊戲是出於暗示。兒童容易接受成人的意思，更容易接受成人的暗示，因此兒童時常由於成人的暗示，而促成了兒童遊戲的動機。

5.兒童遊戲是出於羣性。人生來有合羣的天性，因此兒童容易成羣結隊，也容易玩各種的團體遊戲。

乙、兒童遊戲的生理基礎：

遊戲是兒童的生活，如果兒童不遊戲，可能就有生理上的不適。精力過剩說、休養說、生長需要說、放鬆說等遊戲說，皆與生理觀點有關。我們知道做爲生物體的兒童，在生理方面的需要大約有遊戲、呼吸空氣、飲料、食物、適當溫度、排泄、性的驅力等。而要使這些需要的正常與和諧，皆有賴遊戲的維持，因此，就生理觀點來說，遊戲對兒童有下列之需要：

1.兒童遊戲可以增進身心健康。

2.兒童遊戲可以調劑生活情趣。

3.兒童遊戲可以發舒肌肉功能。

4.兒童遊戲可以調劑體力消長。

5.兒童遊戲可以幫助智力發展。

丙、兒童遊戲的社會基礎：

兒童也是生物體的一種，當然也有他屬於人際關係的社會。遊戲學說的行爲複演說、生活準備說，亦皆有屬於社會觀點的理論在。今以社會觀點來看兒童遊戲，則遊戲對兒童之需要約有下列幾點：

1.在遊戲中，可以養成兒童的合羣習慣。

2.在遊戲中，可以鍛鍊兒童的領導才能。

3.在遊戲中，可以陶冶兒童的優良品德。

4.在遊戲中，可以激發兒童愛團體的情操。

綜觀本節所述，我們認爲做爲現代的父母與教師，如何把上述四種需要歸屬於教育的範圍之內；同時不失遊戲的本質。也唯有如此，才算是有意義的兒童遊戲。

【附　註】

註一　見江良規《體育學原理新論》第一章〈體育的本質〉第四節結論。商務版頁三十。

註二　《體育學原理新論》第十章〈體育的社會學基礎〉第二節〈休閒活動〉。頁三三八。

註三　見註二，頁三三四。

註四　本節所述遊戲說，以吳文忠《體育史》第十一章〈各種運動的起源及其發展〉第一節〈遊戲的起源及其學說的演變〉爲藍本。並見劉效騫《兒童遊戲新論》第一章第一節〈遊戲學說的演變〉。

註五　見《透過藝術的教育》（呂廷和翻譯本，民國六十二年版易名爲《教育與藝術》）第七章〈教育的自然形式〉第六節〈統合的方法〉。

註六　本節所述，以劉效騫《兒童遊戲新論》第二章〈兒童遊戲的理論基礎〉爲藍本。

第四章 遊戲與藝術

第一節 藝術的起源

藝術史學家一致承認，藝術是與人類一樣的長久。從現代人的眼光看來，藝術在原始生活中的地位，它的重要性往往出乎我們的想像之外。他們的物質文明雖然很簡陋，可是對於藝術的審美卻很發達，藝術對他們生活上影響的重要性與普遍性，遠非現代文明人類所能比擬。

藝術雖說與人類一樣的久遠，可是它的起源到底是什麼？這又是一個百年來頗難論定的老問題。就美學的領域裡，對於這個問題的研究，有兩派最具影響力：一派是出自柏拉圖（Plato 428～348 BC）和亞里斯多德（Arietotle 384～322 BC）的模仿說；一派是出自柯爾瑞基（Samuel Taylor. Coleridge 1772～1834）及其他浪漫主義的想像說。前者強調藝術中認知和寫實的元素；後者則著重情感與想像的因素；而有綜合兩派思想趨向的或許可說即是遊戲說。遊戲說是由康德所提示出來的；而光大此說的人，則是詩人席勒，其後又有他人加以修正。在前章所述的遊戲學說裡有些皆是就藝術的起源問題而立說。他們所研究的方法，是從未開化民族、兒童以及動物的活動入手。

第二節 遊戲與藝術的異同

雖然我們不能從遊戲說而肯定藝術的起源即是遊戲，但我們卻可由此分辨出其間的異同。當然我們不能說藝術即是遊戲，但就虛構性來說，遊戲與藝術是相通的。朱光潛在《文藝心理學》一書曾就其異同加以解說，試臚列如下（註一）：

類似之處：

1.它們都是意象的客觀化，都是在現實世界之外另創意造世界。

2.在意造世界時它們都兼用創造和模仿，一方面要沾掛現實；一方面又要超越現實。

3.它們對於意造世界的態度都是「佯信」，都把物我的分別暫時忘去。

4.它們都是無實用目的的自由活動，而這種自由活動都是要跳脫「平凡」而求「新奇」，跳脫「有限」而求「無限」，都是要用活動本身所伴著的快感，來排解呆板現實所生的苦悶。

相異之處：

1.遊戲不必有欣賞者，藝術的創造就不能不先有欣賞者。遊戲祇是表現意象，藝術則除表現之外還要傳達。

2. 遊戲缺乏社會性，而藝術衝動的要素卻恰在社會性。所以遊戲不必有作品，而藝術則必有作品。作品的目的就在把所表現的意象和情趣留傳給旁人看。

3. 藝術衝動含有社會性，所用的材料和方法因之也和遊戲不同。遊戲對於材料是無所選擇的，一個意象不管是粗疏或是精美，一浮到兒童的靈活腦裡，立刻就變成一個意造世界；一個玩具，無論有生氣或無生氣，一落到兒童的好玩的手裡，立刻變成活躍的人物，遊戲所用的材料只是一種的象徵，一種符號，它的本身價值如何，兒童常不過問。

4. 遊戲缺乏個性與理想，又遊戲較藝術具有更大的抽象性。

最後朱光潛對於遊戲與藝術的關係又作了一個結論，他說：

藝術和遊戲都是要在實際生活的緊迫中發生自由活動，都是為著享受幻想世界的情趣和創造幻想世界的快慰，於是把意象加以客觀化，成為具體的情境。這就是所謂「表現」。不過純粹的遊戲缺乏社會性，而藝術則有社會性，它的任務不僅在「表現」而尤在「傳達」。這個新要素加入，於是把原來遊戲的很粗疏的幻想活動完全變過。原來只是藉外物做符號，現在這種符號自身卻要有內在的價值；原來祇要有表現，現在這種表現還須具有美的形式。我們可以說，藝術衝動是由遊戲衝動發展而來的，不過藝術的活動卻在遊戲的活動之上做過進一步的工夫。遊戲雜用金砂，無所取擇；藝術則要從砂中鍊出純金來。

由上可知遊戲說的學者，企圖將藝術的起源立於遊戲上是不容易的，但我們亦不能否定他們之間的類似處。因此我們祇能說：藝術雖帶有遊戲性，但藝術絕不僅止於遊戲。

【附　註】

註一　見《文藝心理學》第十二章〈藝術的起源與遊戲〉。其中相異之處第四點則採自劉文潭之說（見《現代美學》第一章〈藝術與遊戲〉）。

第五章　兒童與藝術

藝術對兒童來說，祇是表現的工具；這種的表現即是「自我表現」與「自我調適」。惟有能「自我表現」與「自我調適」的兒童，方能進步、成功與快樂。因此藝術教育對於兒童人格的成長和發展是具有其重要性的。

又從前述幾章裡，我們知道兒童與藝術的關係，乃是建立在兒童的遊戲上；遊戲可應用於兒童的一切活動，而這一切活動理當是自主自發的。雖然遊戲說不能確定藝術起源，但他們卻間接的肯定兒童遊戲與藝術的相關性。朗格（Konrad Lange 1855～1921）認爲「遊戲是孩提時代的藝術，而藝術是形式成熟的遊戲」。因此他認爲每一種遊戲都有一類藝術與之相應，他明白地指證出其相應性（註一）：

聽覺的遊戲──→音樂

視覺的遊戲──→裝飾

運動的遊戲──→舞蹈

戲劇化的遊戲──→戲劇

看圖畫書——→繪畫
玩洋娃娃——→造型藝術
建設性的遊戲——→建築
講故事——→詠史詩
即興歌唱——→抒情詩

又虞君質在《藝術概論》一書裡說：

如以兒童生活爲喻，則種種動作幾乎全是遊戲。兒童的描畫，即是繪畫的起源；兒童的唱歌，即是音樂的起源；兒童講故事，即是文學的起源；兒童堆積木，即是建築的起源；兒童弄黏土，即是雕塑的起源；兒童歡呼踴躍，即是舞蹈的起源。小兒生活，本來略同於原始人類，從此可以想像原始人類的藝術，很可能從遊戲中慢慢發生起來，即此可見遊戲與藝術關係的深切。（註二）

又里德於《透過藝術的教育》一書裡也明白的肯定，他說：

我們發現兒童的各種遊戲都可以結合而向四方面發展，配合四種基本心理功能。當這樣發展時，遊戲活動自然和小學教育階段適當的各學科聯結在一起。

從感情方面，遊戲以擬人化和客觀化可以發展爲戲劇。

從感覺方面，遊戲以自我表現的方式可以發展爲視覺或造形設計。

從直覺方面，遊戲以韻律活動可以發展爲舞蹈和音樂。

從思想方面，遊戲以建設性活動發展爲手工藝。（註三）

從以上數則的引證，我們可以肯定兒童遊戲與藝術的相關性，因此爲人父母與教師者，對於兒童藝術的選擇與發展有下列四個要點（註四）：

1. 介紹適宜兒童的成長和自由藝術表現的教材。
2. 任何材料或方法必須有其本身的貢獻。如果另一種方法可有較好的效果，則所用一種方法即是不當。
3. 教師應該明瞭兒童需要發展他自己的方法，教師所指示的所謂正確方法可能對孩子個人只是阻礙。
4. 藝術材料和應用只是達到目的的手段，一種方法的教學不應與其意義分割。應該用於恰當的時間以幫助孩子希望物我認證，使完美與表現的動力共同成長。

【附　註】

註一　朗格之說引錄自劉文潭《現代美學》第一章〈藝術與遊戲〉。

註二　見虞君質《藝術概論》第一章〈論藝術的原始〉。

註三　見里德《透過藝術的教育》第七章〈教育的自然形式〉第七節〈從遊戲到藝術〉。

註四　見五七年一月臺灣省教育廳賈馥茗編著《心理與創造的發展》第三章〈初等教育中創造活動的意義〉第三節〈由藝術而認證的重要〉。

第六章　兒童文學製作的理論

從以上各章的簡述，我們企圖由此建立兒童文學製作的理論。

第一節　兒童文學製作的理論

文學是藝術的一種；而藝術的定義是什麼？關於此問題，時因所持觀點不同而有所差異，王夢鷗先生說：

我們所謂藝術，一向還沒有個較深刻而扼要的定義。有之，就是最近韋禮克與華侖在其《文學論》中所說的：「藝術是一種服務於特定的審美目的下之符號系統或符號構成物。」這裡所謂符號，當然是指一切藝術品所應用的符號，如聲音、色彩、線條、語言、文字以及運動姿勢等等。倘依此定義來看，則所謂文學也者，不過是服務於特定的「審美目的」下之文字系統或文字的構成物而已。它之不同於其他藝術，在於所用的符號不同，但它所以成爲藝術品之一，

 ～56頁

則因同是服務於審美目的。是故，以文學所具之藝術特質言，重要的即在這審美目的。反之，凡不具備這審美目的，或不合於審美目的，縱使有個文字系統或構成，終究不能算作藝術的文學。（註一）

所謂「審美目的」，即是一種「美的」追求；這種「美的」追求，亦即是「情趣」的享受。這種「美的」追求或是「情趣」的享受，乃是就藝術本質而言。而這種「美的」追求與「情趣」的享受，又是服役於人生的。

兒童文學亦是屬於藝術的一種形式，因此就名詞本身而言，兒童文學是有藝術的價值乃是不爭的事實，當然它也應當有「美的」追求與「情趣」的享受。但是，我們也相信他理當有另外一套相異於成人文學的理論和標準。

林良先生認為兒童文學的特質是（註二）：

1.它運用「兒童語言世界」裡的「語詞團」，從事文學的創作。

2.它流露「兒童意識世界」裡的文學趣味。

我們知道兒童文學與成人文學的相異之處，乃是在於「兒童」兩字上。兒童無論在心理、生理、與社會等方面的需要都與成人有差異。

就兒童期而言，它祇是人生過程中的一個階段；這個階段卻是最需要父母與師長的導引。又就兒童本身說，他的生命即是遊戲。因此我們相信兒童的遊戲是需要加以特別的注意與導引。從美學的觀點說，遊戲是藝術的一種形式；更明白說，藝術雖帶有遊戲性，但藝術絕不止於遊戲，是以我們必須把遊戲加以導引，這就是里德所說的「遊戲是一種較不正式的活動，能夠變成藝術的活動。因而獲得兒童有機發展的意義。」（註三）

就美學的立場，遊戲與藝術有相通之處；就廣義的遊戲（或曰休閒活動）言，遊戲可包括藝術活動。因此把由活動性的遊戲變爲藝術性的遊戲活動乃是可能的事實；但其改變過程中必須留有相通之處，始能爲兒童遊戲與藝術所接受。能爲二者所接受，則兒童文學有其藝術價值乃由此而定。基於此理，個人把兒童文學製作的理論建立在「遊戲的情趣」上。

此理論的論點是：就兒童而言是遊戲，就藝術而言是情趣，因「遊戲」與「情趣」而產生兒童文學；這也就是說：透過語言所傳達出來的兒童文學作品，在理論上它應該是屬於兒童的，同時也是藝術的。屬於兒童的是遊戲，而這種遊戲亦當經過一種特別的設計形式，使之合於教育的原則；屬於藝術的，即是情趣的捕捉。這種兒童文學首要的目的乃是在於才能的啓發；所用的方法是藝術化的。所以我們把情趣附屬於遊戲，遊戲因有情趣，乃成爲藝術；而情趣由遊戲中得來，所以適合兒童，這是所謂的藝術化的遊戲，這種藝術化的遊戲才能算是真正的兒童遊戲。

兒童文學因有情趣的享受，所以亦能成爲成人的文學；又因爲偉大的藝術是屬於一種自然與樸實的純真，所以真正好的兒童文學，也能是偉大的藝術品。

我們相信，兒童文學的製作，在理論上若缺少「遊戲的情趣」，則不能成爲兒童文學作品；當然也不能被兒童所接受。因爲這種作品缺少一種教育性的特別設計；這種作品或許具有知識性、教育性與美學性，可是卻因爲缺少兒童學的理論基礎，而不能發生實際效用，這也就是說他們忽略了兒童之所以爲兒童的根本原因。

第二節　兒童文學的批評標準

個人認爲「遊戲的情趣」是兒童文學製作的理論；也就是兒童文學製作的原則與批評的標準。製作的原則是爲製作者而立，而批評的標準是爲父母與老師而立；當然批評的標準乃是因製作原則而來。有關兒童文學的標準已有多人提及，以下就已有的說法加以臚列解析：

一、李畊先生之說

李畊於〈試談兒童讀物的標準〉一文裡說：

一本兒童讀物，如果祇能滿足兒童的要求，便難保沒有教育的反效果（如好勇鬥狠、假知識等）；如果只有合於某一教育目標的說教、說明的文字、圖畫、或型像，也難保沒有教育的副作用（如看不懂、不願看等）。完全不顧兒童的要求與教育的需要呢？根本就說不上是「兒童讀物」，所以只有兩者兼顧的條件下，才能產生出理想的兒童讀物。

因此，兒童讀物的標準，應同時從以下兩方面去尋求：

一是兒童的自然要求；

一是教育的當然理想。

前者是學習心理學、兒童學的問題；後者則和人生觀、世界觀有關。對此，雖然見仁、見智，說法很多；甚至連各國的課程標準、教育目標，也常有變動，但歸結地說爲以下三個基本準則，似乎是無可爭議的：

一、在表達方面：理想的兒童讀物，必能顧及小讀者的閱讀能力，而使他們易懂。

二、在表現方面：理想的兒童讀物，必能顧及兒童心理的要求，而使他們愛看、愛讀。

三、在作用方面：理想的兒童讀物，必能顧及知識、道德或生活習慣等的培養，而使他們讀後在「身（生理與衛生）或心（智識與品德）」的發展上得到好處。

其中「一」是「二」、「三」兩準則的條件——是「兒童的」；

「二」、「三」才道出了理想讀物的一定內涵：

「二」是理想兒童讀物的形式標準——是「美的」；

「三」是理想兒童讀物的內容標準——是「教育的」，也可說爲「眞或善」的。

據此，上述理想的兒童讀物的三個基本準則，可以再歸納於下面的一句話中：

「理想的兒童讀物是：兒童的、美的、教育的出版品」或說為：

「理想的兒童讀物是：兒童的、美的、眞的、善的出版品。」

不過我們在理解這句話時，必須注意它內在的關聯性，把握它的全部內涵；如果將它分開，說成：

「兒童的出版品」

「美（包括：『藝術』、『文學』……等）的出版品」

「教育的出版品」或

「眞（包括：『科學』、『人文』……等）的出版品」

「善（包括：『道德』、『生活』……等）的出版品」

都不一定是、或完全不是理想的兒童讀物。（註四）

以上我們幾乎引盡了李先生該文裡〈兒童讀物標準的探索〉一節的原文。就標準而論，可說很詳盡，祇是缺少理論性的探討。至於李先生沒有把「教育的當然理想」放在第一位，確是卓見。這是我們所能見到最詳盡的標準說。當然「遊戲的情趣」與李先生之說並無相左。我們知道，兒童的自然要求乃是在於遊戲；而所謂教育的當然理想，即是情趣的追求。據里德的觀點：

藝術應爲教育的基礎。（註五）

教育不僅是一種完成個人化的歷程，且是一種統整的歷程：統整就是個人的獨特性與社會的統一性協調。（註六）

因此我們相信教育的目標乃在於達到一種身心和諧的情趣境界。

二、林守爲先生之說

林先生於《兒童文學》一書裡曾說明兒童文學的標準，他說：

依據教育家的看法，兒童時期是遊戲的時期，兒童生活是遊戲的生活；閱讀對於兒童，也僅是一種遊戲項目而已。

遊戲的目的在求愉快，遊戲的動機在於有興味，那麼爲兒童而編寫的文學作品，自應以符合兒童的遊戲的要求爲準則，以滿足兒童的娛樂的需要爲鵠的。唯有如此，寫成的作品，才能使兒童感覺愉悅有興味，才能使兒童自發自動地去閱讀。（註七）

林先生提出「符合兒童的遊戲的要求爲準則」，以做爲兒童文學的標準，這是卓見。祇是缺少理論性，同時也缺少教育性的設計。

除外，林先生在《兒童讀物的寫作》一書裡又採取了李畊先生的「兒童的、教育的」標準，並且再從內容和形式兩方面加以分析（註八）。而林先生在該書第二章〈兒童讀物與其讀者〉，另有談「遊戲與閱讀」（註九）的問題。

三、王玉川先生之說

王先生於〈評判兒童讀物的標準〉一文裡說：

兒童讀物的好壞，過去注意的是「道德的、知識的、文學的」等幾個標準，以後才把「語文的標準」也列進去。因爲兒童的語文，正在發展的時期，我們應該用兒童讀物，幫助兒童，使他們的語文逐漸的成熟。現在就這幾個評判的標準，分別的談一談（各種標準的解說略）。（註一〇）

王先生的標準說頗爲詳盡，祇是忽略了兒童的遊戲本性，因此有失於嚴肅。

四、葛琳女士之說

葛女士於《兒童文學研究》一書裡認爲兒童文學製作的原則是：

編製兒童讀物，要以培養兒童讀書的興趣爲目的，因此在寫作之前，必須注意下列兩個原則。

甲、基於兒童生活環境不同，所以經驗與興趣也不一樣；所以編寫故事得由兒童已有的經驗，擴及其他的經驗。

乙、適合兒童的程度：由於兒童年齡生活經驗不同，對於讀物內容了解程度不同，所以兒童讀物，必須適合兒童程度。（註一一）

五、林桐先生之說

林先生於〈評論兒童文學的標準〉一文曾歸納以下三點：

㈠藝術價值

㈡教育價值

㈢趣味價值

同時他又說：

對於兒童文學作品的評價，我認爲以上三個條件皆備的是上乘之作，當然三要素要像化合物一般的凝聚在一起。（註一二）

綜觀以上各家的說法，他們所揭示的標準，與「遊戲的情趣」並不相左，祇是缺少理論性的建立。我們的看法是：兒童文學的標準乃因理論而生，因此欲揭示標準之前須有理論的建立；否則所謂的標準容易落空。同時我們也認爲一種兒童文學理論的建立，不能太精細；太精細容易流於瑣碎，且缺乏適應性。反之，惟有簡單的原則性，始能保持其生命性。對於標準亦是如此，惟有建立原則性的標準（此標準當依理論而立），而後方能用之四方而不誤；否則僅就主觀的見解而標示出無數的細則，雖可證明鑑賞的精細，卻是抹殺文學的開始。持此，我們所欲建立的兒童文學製作的理論，並沒有龐大的體系，祇是原則的樹立而已。這種簡單的原則，一方面是製作的理論；另一方面亦是批評的標準。當然「遊戲的情趣」針對的是屬於藝術性的兒童文學。若爲適合兒童讀物標準，則一方面可降低屬於美學的「情趣」；另一方面重教育性。由此，兒童文學或兒童讀物的製作或批評標準應是：

積極方面：「遊戲的情趣」之追求。

消極方面：不違反教育之原則。

在兒童文學製作的理論裡，我們實在不願意標示出「教育」兩字，那是因爲不願意使活潑生動的兒童文學流於過份的嚴肅。而時下一般人對於兒童文學最大的錯誤觀念，即是過份强調「教育性」。其實在「遊戲的情趣」裡，已經含有了教育性的設計在內，事實上不用過份的强調。

第三節　對兒童文學應有的認識

我們認爲兒童文學對兒童來說，也祇是一種遊戲的項目而已。因此對兒童文學的認識，仍當從「遊戲」的特質上加以解說。在第三章裡我們已談到遊戲，同時把廣義的遊戲視同爲休閒活動；試將休閒活動的特質再簡列如下：

1. 閒暇時間。
2. 有樂趣的。
3. 志願的。
4. 建設性的。
5. 生存以外的。（註一三）

以下我們依此特質，逐條加以解說我們對於兒童文學應有的認識：

1. 兒童文學的指導與閱讀，不能有本位主義的獨斷，理當在不反學童的正規時間之下進行。
2. 兒童文學當以滿足兒童遊戲的情趣爲主，而非以培養未來的文學家爲務。
3. 不要過份強迫兒童去閱讀或創作兒童文學作品，理當出於自願與引導。

4. 兒童文學的閱讀與寫作，除滿足兒童遊戲的情趣之外，又當以不違反教育的原則為輔。

5. 或說藝術為教育的基礎，但藝術之訓練，並非一定得透過兒童文學的訓練不可。

由此，我們知道兒童文學的閱讀與寫作，乃是近乎休閒活動（或說遊戲）。此種活動的目的，乃是在於啓發才能和培養優良的人格，並非以培養日後文學家為目的（當然，若有所謂天才者除外）。因此做為父母與老師的人，不宜過分熱衷讓兒童參加各種商業性的有獎徵文比賽。參加這種比賽，非但已失才能啓發的意義，同時對於兒童的心理，亦容易產生不良的影響。

【附註】

註一 見王夢鷗《文藝美學》下編〈美的認識〉。

註二 見《兒童讀物研究》一書中〈論兒童文學的藝術價值〉一文。

註三 見《透過藝術教育》第七章第六小節〈綜合的方法〉。

註四 見《兒童讀物研究》一書裡〈試談兒童讀物的標準〉一文。

註五 見《透過藝術教育》第一章第一節〈主題〉。

註六　見《透過藝術教育》第一章第三小節〈初步定義〉。

註七　見《兒童文學》第一章第三節〈兒童的閱讀興趣的特質及兒童的需要。〉

註八　見《兒童讀物的寫作》第一章第三節〈優良的兒童讀物的標準〉。

註九　見《兒童讀物的寫作》第二章第三節〈遊戲與閱讀〉。

註一〇　見《國語及兒童文學研究》一書裡〈評判兒童讀物的標準〉。

註一一　見《兒童文學研究》第四章第一節〈兒童文學製作的原則。〉

註一二　見國語日報兒童文學周刊第十七期（民國六十一年七月二十三日）。

註一三　見江良規《體育學原理新論》第十章。全文本文第三章第一節已引錄。

第七章　餘論

現代教育的理論已逐漸屏除遺傳說，而代之以環境的教育說；這也就是說人人都有他的可塑性。教育的目標不是祇在培養幾個天才而已；教育的目的是在發展獨特性，同時也發展個體的社會意識或相互性。所以教育不僅是一種完成個人化的歷程，並且是一種統整的歷程。統整就是個人的獨特性與社會的統一性之協調。

申言之，這種教育目的的達成，有賴培養的方法；培養得當，則能成就為堂堂正正的國民。而這種培養又有賴於時間的早晚；因此對於兒童的教育，一致認為啓發愈早愈好。這種的啓發則是屬於才能性的，而非知識性，是以兒童教育與成人教育有異。一般說來，兒童教育以啓發才能為主。以往才能常被視為一些神奇的、內在的特質，甚至認為祇有天才者才有；其實這裡所謂的才能即是指「創造性」而言。這種創造性的特質是：基本的安全感、智慧、變通性、自發性、幽默感、獨創性、知覺能力、嬉戲、急進性、癖性、自由、感受性等（註一）。具有「創造性」的人才能有快樂、成功、幸福的人生，而這種「創造性」的培養，端賴兒童期的啓發，才能不是天生的。日人鈴木鎮一〔1898～〕歷盡三十年的實驗經驗，而證實了才能的啓發性，他說：

> 像這樣，任何兒童都能培育出優秀的才能。而且任何兒童只要這樣做，都能培育出美好的才能。相反的，如果那樣做，就會成爲能力薄弱的悲慘者。（註二）

音樂家林聲翕先生於〈兒童音樂的才能教育〉一文裡說：

> 音樂除了天才教育外，不能忽略了才能教育這一部份。才能教育是包含著我們日常生活有關生理上各種基本問題的教育。才能教育的目的，就是要訓練我們的兒童能夠在視覺、聽覺、觸覺上一致，思想上能有完整的表達力，還有品德的修養，合羣性的栽培，意志力的集中，這些問題，都能通過才能教育的表達力，得到完整的效果。（註三）

又賈馥茗教授於《心理與創造的發展》一書亦說：

> 創造的主要原因和心理治療的力量有同樣的傾向，即是人爲實現自己和成爲自己的傾向。這種直接的趨勢顯然的存在於所有的有機人生之中——伸張、延長、發展、成熟的力量——要表現和成立有機體或自我的各種能力的傾向。這種傾向可能埋藏於心理防衛的底層；也可能被隱蔽於巧飾之後而否認其存在；

但仍然可以相信它是每個人都有的，只是有待於適當的解放和表現的情況。有機體與環境形成新關係以求成爲眞正的自己，即是創造的最初動機。（註四）

由此我們更能肯定才能啓發的事實性，而兒童教育的特色亦即是才能的啓發。這種才能的可能性，乃是建立在心理的安全和自由，而這種安全感與自由的建立，則有三種過程（註五）：

一、承認個人之無限的價值。我們應當承認兒童的本身應有的價值與可能的發展。唯有透過如此的肯定，兒童才能有安全與自由感。

二、供給沒有外在的評鑑的氣氛。兒童發現自己未受外在標準的評鑑或衡量時，才最舒展自由。評鑑常常是一種威脅，常常會引起防衛。進而否定自己的才能性。

三、要設身處地的了解。能設身處地的了解兒童，從兒童的觀點來看、來感覺，進入到兒童的天地裡來看出現在你眼前的兒童世界，如此兒童才會有安全感。

這也就是說我們必須允許兒童安全與自由，而後他方能自由的思考、感覺、並發展他的內在。如此才能的啓發才有可能。

這種才能啓發的教育，是透過兒童的遊戲本性；而兒童遊戲又與藝術有相當的關聯，因此才能啓發所用的方法，即是採用藝術化的遊戲方法，這種方法仍不失有兒童的本性在。所謂兒童文學、兒童音樂、兒童繪畫、兒童舞蹈皆是屬於藝術化的遊戲；

也就是屬於才能啓發的方法。當然啓發才能的方法，並不僅止於藝術化的遊戲，祇是這種方法最適合於兒童。因此藝術化的遊戲，在目前乃是最有效的才能啓發方法。

當然，兒童文學也祇是才能啓發訓練中的一環，兒童對於兒童文學的閱讀或寫作，也祇是以啓發才能和培養良好品格為主。因此我們相信兒童文學製作的「遊戲的情趣」的理論，也能做為全部藝術化遊戲的才能啓發訓練的原則，而對於一切兒童的藝術教育的認識，亦當是和兒童文學的認識無異。

【附註】

註一　參見賈馥茗編著《心理與創造的發展》第一章〈創造論〉第三節〈創造者的特質〉。

註二　見《才能啓發自零歲起》之前言。

註三　見教育部文化局編印《林聲翕音樂六講》第二講。

註四　見該書第一章〈創作論〉第一節〈創作導論〉。

註五　詳見同註四。

參考書目

兒童文學　林守爲著　自印本
兒童文學研究　吳鼎著　臺灣教育輔導月刊社印
談兒童文學　鄭蕤著　光啓出版社
兒童文學　文致出版社
兒童文學研究（上、下）　葛琳編著　華視出版社
兒童讀物的寫作　林守爲著　自印本
兒童讀物研究㈠㈡　小學生雜誌社
童話研究　林守爲著　自印本
國語及兒童文學研究　研習叢刊第三集　師校師專教師及國教輔導人員研習會編印
專題研究第四集　師校師專教師及國教輔導人員研習會編印
好孩子閱讀指導　蘇尚耀編著　新民教育社
國語問題　艾偉著　中華書局

怎樣培養孩子的興趣　張劍鳴譯　大地出版社
幼兒的心理　波多野勤子著　王夢梅譯　東方出版社
兒童教養指南　姜義鎮編著　商務人人文庫本
幼稚教育　樊兆庚編　商務人人文庫本
兒童心理學　蕭恩承編著　商務人人文庫本
兒童學概論　凌冰著　商務人人文庫本
兒童行爲　Frances Illy Lovise B.Amess 徐道鄰譯　大林書店
兒童管教與少年犯罪　劉濟生主編　大林書店
運動生理　豬飼道夫、廣田公一著　齊沛林譯　維新書局
運動心理　松田岩男、清原健司著　吳萬福譯　維新書局
社會學　柯尼格著　朱岑樓譯　協志出版社
體育原理新論　江良規著　商務印書館
體育史　吳文忠編著　正中書局
體育教學研究　劉鑑堂著　臺北工專體育教學研究會印
遊戲理論與學校遊戲　劉鑑堂著　天同出版社
體育教學法　潘源著　臺北工專體育教學研究會印

兒童遊戲新論　劉效騫編著　臺灣書店
現代心理與教育　雷斯德著　開山書店
教育的過程　布魯納著　陳伯璋、陳伯達合譯　世界文物出版社
藝術的意義　杜若洲譯　大江出版社
教育與藝術　Herbert Read　呂廷和譯　自印本
國語教學遊戲的研究　李蔭田著　自印本
低年級王明德教學第二式理論與實際　成執權、蘇甘棠編著　高雄市愛羣國小編印
林聲翕音樂六講　林聲翕著　教育部文化局出版
怎樣瞭解幼兒的畫　鄭明進著　世界文物出版社
圖解作文教學法　黃基博著　自印本
兒童提早寫作方法　黃基博著　自印本
怎樣指導兒童寫詩　黃基博著　自印本
兒童文學創作選評　曾信雄著　國語日報社
兒童文學周刊（一至一百期合訂本）　馬景賢主編　國語日報社
藝術概論　虞君質著　黎明文化公司
文藝心理學　朱光潛著　台灣開明書店

現代美學　劉文潭著　台灣商務印書館
才能啟發自零歲起　鈴木鎮一著　邵義強譯　震平出版社
心理與創造的發展　雷斯德著　省教育廳編印
百代美育月刊
中國語文月刊
國語日報兒童文學版
兒童教育　師大兒童教育研究所

第二篇

兒童文學「故事體」寫作之研究

第一章　緒論

「兒童文學」一詞，普遍在我國使用，或始於民國九年，算來到現在我們的兒童文學已經有六十多年的發展歷史；如果從卅八年算起，也有三十來年的歷史。不論大陸時期的資料難求；但問這三十多年來，在兒童文學方面有那些論述性的文章，恐怕是一個難以啓齒的問題。

三十來年裡，我們有了一本兒童文學的專屬論著索引；除外，我們有幾本兒童圖書目錄？有幾本可用的參考用書？有那些論著的參考資料？又有多少人實際了解與參與其中？兒童文學從事者，非但是「寂寞的一行」，更嚴重的是「才」荒。洪文瓊先生在《我國兒童讀物市場之調查分析》序文裡，曾說明「才」荒的癥結如下：

國內兒童讀物所面臨的「才」荒的問題，事實上牽涉到多方面的因素。有的是屬於教育政策方面的；有的是由於出版業者的眼光問題；有的則是兒童讀物作家、插畫家、理論家（批評家）的問題。厚責那一方面都有失公平。我們認為癥結所在乃是：國內一向對於兒童讀物，缺乏客觀而有系統的分析性研究，更缺乏影響性（效果方面）的調查，終而導致大家對兒童讀物特殊性（文化背景）的漠視。因此，兒童教育家、教育政策制定者、兒童讀物出版家以及兒童讀物園地的耕耘者，一團霧水，摸不著應該努力的方向。（見六八、十二、慈恩版、頁二）

時隔不久，林良先生從過來人的角度去看，卻認爲：

文藝年鑑也不再漏列兒童文學的項目。兒童文學工作，更由「活躍的一行」，跳躍到「受尊重的一行」。（見七一、一、時報版《一九八〇中華民國文學年鑑》，頁五五）

雖然，兒童文學似乎已跳躍到「受尊重的一行」，然而林良先生在年鑑的〈兒童文學概況〉的結尾，仍不得不說：

一九八〇年的兒童文學世界，給人的印象是「穩定」。原有的各兒童讀物出版社、兒童雜誌，仍在有恒的從事一貫的工作。各基金會，仍按期頒贈兒童文學獎金。各報刊對兒童文學的鼓勵不遜往年。政府和文教機構，推動的兒童文學活動續有增加。

縈繞在兒童文學工作者心中的，是一個「中國兒童文學」的建設問題。我們應該怎麼創作？怎麼發掘民族文化的特色？怎麼從過去的「讓兒童去適應西方的兒童文學」走到「讓兒童文學適應中國的兒童？我們的努力方向是甚麼？」這確實是一個發展的瓶頸，等待著兒童文學工作者運用智慧去突破！（見《一九八〇中華民國文學年鑑》，頁五八）

如果，我們再從另一個角度來說，我想兒童文學工作者仍是「寂寞的一行」。這種寂寞，來自於缺少共識；而共識的缺乏，又來自於本身的貧乏；而本身的貧乏，卻是導源於缺乏理論性的架構。其間雖然有人企圖引用社會學科的研究方法去研究它，可是效果不彰。我們知道，屬於人文學科的文學是語言的藝術，如果企圖用定量定性去分析藝術性的語言，只是一項賭注。

申言之，文學是語言的藝術；而屬於兒童的兒童文學，其特質又何在？林良先生在〈論兒童文學的藝術價值〉一文裡，認爲兒童文學的特質是：

1. 它運用「兒童語言世界」裡的「語詞團」，從事文學創作。
2. 它流露「兒童意識世界」裡的文學趣味。（見小學生版《兒童讀物研究》第一輯，頁一〇六。）

除外，林良先生仍不遺餘力的探索語言的藝術，有下列文章也是討論語言藝術的：

兒童讀物之語文寫作研究　趙雲筆記　見研習叢刊第三集，頁一二一——一二六。

兒童文學──淺語的藝術　見國語日報社《淺語的藝術》，頁一七──二八。

作者的語言跟個性　見《淺語的藝術》，頁二九──三六。

兒童文學裡的語言問題　中國語文三二卷五期，總期數一九一，頁四六──五一。

兒童文學創作裡的語言問題　綠水長筆記　見六八、三、十八、國語日報兒童文學周刊第三五九期。

所謂運用「兒童語言世界」裡的「語詞團」並不是指强調爲兒童而寫，也不是說有一種屬於兒童的特殊的「兒童語言」而言，這只是說：

運用兒童所熟悉的真實語言來寫。

兒童所熟悉的語言是現代的中國的國語。

現代的中國的國語，既不是太歐化，也不是不易懂的文言；當然，更不是方言。

所謂真實是指與兒童生活有關的部分。

這種「兒童所熟悉的真實語言」，即是所謂的淺語。淺語並不排斥文學技巧，所有的文學作品，都是用藝術技巧處理過的「淺淺的文字」。這種「淺語」是指止於自然的口頭語言，近似〈學記〉所云：「善教者使人繼其志。其言也，約而達，微而臧，罕譬而喻，可謂繼志矣。」

Lee Steinmetz在《文學作品之分析》一書裡，曾認爲五百年後仍然最受歡迎（不僅是在課堂之中）的十本英語民族所寫的富於文學想像的十部作品是：

莎士比亞的劇作

白鯨記（Moby Dick）

格列佛遊記（Gulliver's Travels）

魯賓遜漂流記（Robinson Crusoe）

愛麗絲漫遊奇境記（Alice in Wonderland）

頑童流浪記（Huckleberry Finn）

小婦人（Little Women）

狄更斯（Charles Dickens）的某部小說，可能是《高老頭》（David Copperfield，亦譯《大衛高柏菲爾》或《匹克威克故事》（Pickwick Papers）

金銀島（Treasure Island）

鵝媽媽詩歌（The Mother Goose Rhymes）（見六三、八、黎明文化公司徐進夫譯本，頁十五—十六）

這十本書中，除莎氏作品和白鯨記，不易受到兒童的欣賞，其餘八本，有七本通常被列爲兒童的寵物。他認爲：「時間過了一代又一代，兒童的趣向變化較成人爲慢。他們不受批評家的諭旨或文學上的時興所影響。」更重要的是：當一本書的「語言爲兒童所有而意義屬於成人」之時，你已有一隻腳站到不朽的紀念碑上了。（並見該書頁一七）申言之，所謂「語言爲兒童所有」，是指語言爲兒童所接受而言。兒童說話雖有其特色，不過在寫作時不必刻意模仿，而是要注意兒童說話的特色，使他們易於接受。事實上，語言是完全開放並且相當抽象複雜的符號系統。我們有理由相信：小孩學習語言並非逐句去學，也不是一個句式一個句式的學，而是學習語言的衍生法則。學會任何一種語言的人等於吸收進去了這一套抽象的衍生規則。持此，所謂「兒童讀物之中，應竭力避免使用兒童不易懂的語言文字」，以及由此而衍生的「基本字彙」的觀念，皆是缺乏理論的基礎。其實所謂兒童不易懂，只是成人的「想當然耳」，未必真是兒童所不能接受。況且用字限制，很可能影響作家的表達力，甚至影響到兒童的語言學習。

從前邊所述得知，「應用兒童語言世界裡的語詞團，從事文學創作」，雖是兒童文學的特質之一，但並不是兒童與成人文學真正差異之所在。兒童文學與成人文學之分際，不在故事主角是否爲兒童，或事件之是否有兒童參與，與遣詞用字的深淺；而是在於「立論觀點」。「兒童有心，余忖度之」，凡是假兒童之觀點視之，描述令兒童產生興趣的情景，探討對兒童具相當意義的問題，再試而出之以仿兒童的口吻；則不論作品中是否有兒童的角色，皆屬於兒童文學。所謂「立論觀點」，就是林良先生所說的「流露兒童意識世界裡的文學趣味」而言；也就是兒童對事物的看法和想法。

兒童的意識世界，林良先生認爲包括：

(一)純眞：站在兒童的純眞世界中去觀察事物，常常會產生很多新的觀念。在安徒生童話〈國王的新衣〉裡，一方面揭露成人心理的複雜、虛僞；一方面表示出兒童的純眞，不爲世俗所蔽，所以敢於揭穿「國王是沒有穿衣服的」這件事情。

(二)沒有時空觀念：或者可以說兒童另有一套屬於他自己的時空觀念。據說美國韓福瑞當選了副總統，在遷往華盛頓的前夕，他的小女兒祈禱時說：上帝，我們要搬家了，以後再也見不到你了。在她小小的心靈中，大概以爲搬到華盛頓，上帝仍然留在她的舊家裡。

(三)物我關係的混亂：所以兒童可以和任何動、植物或任何空間說話。兒童的意識活動本來就是如此，所以對兒童本身，不但沒有害處，不必禁止，而且可乘機灌輸仁愛，愛護動物的觀念。

(四)想像自由：兒童心靈純眞，想像力不受任何束縛，對於這點，應加以培養、鼓勵，不要以爲是空想而將之扼殺。腦子的活動力遠而寬，對人類的進步大有幫助。同時，兒童的想像力得到充分的發展，將來接觸到現實時仍能夠保留著自己的理想。（見台中師專出版《研習叢刊第三集》，頁一二四。）

兒童意識世界，表面平靜，實際卻相當複雜；祇有了解兒童的意識世界，方能寫作兒童讀物。兒童讀物的內容，不只限於兒童本身的生活經驗，它應是無所不包，無所不容的；但以兒童可以理解、體會及喜愛的知識爲範圍，則是不變的定理。如李白的五古〈靜夜思〉：「床前明月光，疑是地上霜；舉頭望明月，低頭思故鄉。」文字的描寫，幾近口語，兒童很容易了解；但內中深沉的鄉愁，卻是兒童十分陌生的。又如「嘲諷」這種情緒，也非孩子所有。

總之，要熟悉兒童，最直接而有用的方法，就是經常與兒童接觸，從兒童自然流露中去了解；但限於時間與能力，更好的方法是借助於兒童學。兒童學的興起，乃緣於兒童是社會上未來的主幹。兒童教育，是以兒童爲主體；且應以個人爲單位；又不同年齡應施以不同目的教育。就教育的目的而言，無非是發展兒童的身體、道德與智育。兒童學也就是從心理、生理與社會三方面去研究兒童。兒童是未來的成人，他們必須成長，就人類行爲發展的研究，有下列事實：

1. 兒童期是人生的基礎階段。

2. 發展是來自於成熟與學習。

3.發展是順著一定且可預知的組型進行。
4.所有個體的發展過程都不同。
5.每個發展階段都各有其特質。
6.社會對每一個發展階段都有一些傳統的看法。（見華新版赫洛克著胡海國編譯《發展心理學》，頁二一）

而海維格斯曾收集了一個最容易了解且最有用的發展工作表：

嬰兒期與兒童期早期的發展工作（出生到六歲）

學習走路。
學習食用固體食物。
學習說話。
學習控制排泄機能。
學習認識性別與有關性別的行爲和禮節。
完成生理機能的穩定。
形成對社會與身體的簡單概念。
學習自己與父母、兄弟姊妹以及其他人之間的情緒關係。
學習判斷「是非」，並發展「良知」。

兒童期晚期的發展工作（六歲到十二歲）：

學習一般遊戲所必須的身體技巧。

建立「自己正在成長的個體」的健全態度。

學習與同年齡夥伴相處。

學習扮演適合自己性別的角色。

發展讀、寫及算的基本技巧。

發展日常生活所必須的種種概念。

發展良知、道德觀念與價值標準。

發展對社團與種種組織的態度。

青春期的發展工作（十二歲到廿一歲）

接受自己的身體，及所扮演的男性或女性的角色。

與年齡相近的異性和同性建立關係。

情緒上不再依賴父母及其他成人。

建立經濟獨立的信心。

擇業與就業的準備。

發展公民能力所需的智慧與概念。

發展對社會負責的行爲。

結婚與家庭生活的準備。

建立適應科學文明的意識價值。（見華新版《發展心理學》，頁一七——一八）

由上所述，或許我們可以落實的說，兒童文學的基本面是屬於兒童學的範圍，而它在本質上是屬於「遊戲的情趣」的追求，至於在實效上則是才能的啓發。一切是爲兒童而著想，若說有終極目標的話，則是在於人文的養成。

廣義的兒童文學或稱爲兒童讀物，其中包括小說、童話、詩歌、散文、戲劇等想像性的文學類作品，與非文藝性的知識性或報導性書籍。又因爲前者以小說類或具故事性者爲大宗，故有以小說（Fiction）與非小說（nonfiction）分別兒童讀物爲二類者。非小說之所以普遍受到人們的重視，其主要原因來自孩子們的求知欲；另外一個原因是來自老師和家長們的要求，希望孩子們知道更多的知識。因此，非小說類的創作跟其他類型兒童文學的創作一樣，具有同樣重要的價值。

至於小說類，是屬於狹義的兒童文學，其間又以「事件的敍述者」爲主。所謂「事件的敍述」，是指具有故事性而言。故事的本義，佛斯特在《小說面面觀》說：

故事是一些按時間順序排列的事件的敍述。（見六七、十、李文彬譯志文版，頁二三）

故事與情節不同：故事可以是情節的基礎，但情節則是一種較高級的結合體。（同上，頁二五）

而一般的故事是指有開頭、有高潮、有結尾，能使大多數人感到興趣的事件，所謂小說類即是。這種以具有故事性的小說類，包括神話、寓言、童話、故事、小說等五種。它們的共同點，即是故事性，或稱為情節佈局。佛來（Northrop Frye）對情節佈局的分類是這樣：

1. 如果故事的主角在類別上優於其他的人，而且也優於其他人的環境，那麼，他屬於神靈。有關他的故事則成為神話；亦即一般人所知的衆神之故事。這種故事在文學上佔有重要地位；但一般說來，它是在正常的文學範疇之外。
2. 如果主人翁在程度上優於他人，也優於他所處的環境，那麼，他是個典型的騎士英雄。他的行為傑出，但仍屬於人類……。這裡我們已經從神話進入傳說、民間故事、童話和與它們有關的文學推演。
3. 如果主角在程度上優於他人，但不優於他所處的環境，那麼，他是個領袖人物……。這是高級模倣格式裡的英雄，如大多數史詩和悲劇；也就是亞里斯多德心目中的英雄人物。
4. 如果主角既不優於他人，也不優於他所處的環境，那麼，他就是我們其中之

> 一。我們對一般人性有所反應，並且要求詩人提出可然性的規則，合乎我們的經驗，這就是低級模倣格式的英雄，大多數喜劇和寫實小說均屬於此類。（「高級」和「低級」沒有什麼價值比較的涵意，純粹是一種分類而已。）
>
> 5.如果主角在智力上劣於我們，我們因此對奴役、不幸或荒謬等景有種輕視之感，那麼他是反諷的格式……。
>
> 環顧此列表，我們可以發現歐洲的小說，在最近這十五世紀中，一直是從其嚴肅悲沉的中心沿所列之表而下。（見林怡俐譯黎明版《情節佈局》頁二五—二六）

佛萊概括「高級模倣」、「低級模倣」和「反諷」等格式，他已經透視整個新古典主義中，有關類型與文體的問題，而在分類的處理上也提出一個完美的策劃，從研究英雄人物來區分所有的情節佈局。

兒童文學的故事體（或稱爲小說類），就情節佈局而論，出入不大。其間故事、寓言較爲單純，但仍不易分辨。如就佛萊的人物觀點而言，則較爲明確。因爲故事體的組成要素不離人、事、時、地、物；而其中又以人爲主，角色人物的差異，與內容情節有關。一般說來，神話的人物畢竟是屬於「神本」的超人神聖；而故事、小說則類似真實的人物；至於寓言、童話，則介乎兩者之間。

從人物的角度來透視，又可見故事體的演變先後。我們可以說，在年代湮邈的先民，就已開始聽故事。原始的聽衆是一羣腦袋昏昏搖搖的非文明人，圍著營火打哈欠；被大象和犀牛弄得精疲力盡；惟一能使他們清醒的就是故事中的懸疑——下面又發生了什麼？故事體於是由此而產生。這是原始性的好奇心。

在各種的故事裡，其中以神話最爲動聽。遠古之初，神話是被視爲真實和信念的事物。由於對生命的本能熱愛，和冥覺到生命與它生存於其間的宇宙的休戚之情，原始人內心時時昇起一種迫切的渴望，要想對自己，和生活周遭的物理世界及人文世界賦予豐富的意義。這是人類心靈發生的第一個訊號。自從有了神話造作以後，人類就開始脫離了僅僅茹毛飲血的動物性生存，而爲有理想的和有詩意的生靈；人類的生存才從匍匐於狹隘的平面，而有了精神的上升與下潛的幅度。因此古代神話的創作是人類從物質束縛中的解放。它表現的不單是智慧的運作，並且是熱情的努力。神話在描述這個世界的時候，極盡幻設的能事；它無視於生存境遇裡現實情理的阻礙，卻無止境的展露著創造的天真。

神話裡有著原始時代人類的奮鬥，與先民息息相關，因此他們喜歡，並由此口述遺留子民。後世子民從其中激動內心中的民族感情、民族愛。

兒童在某些心態，或許很接近原始的人類；神話中的想法和認識，跟兒童的心理頗多相似。但兒童喜愛神話，並不因爲相信它是歷史，而是爲它的趣味所吸引。這種趣味，就是想像的趣味。

在生民的奮鬥與尋求過程中，相伴的就有了宗教的產生。後世的科學與哲學的思想多半由生民的神話及宗教中脫胎出來。宗教亦企圖爲現實的世界尋求一條合理且可行的解釋。於是賦神話爲個人的解釋，並進而有寓言的產生。寓言的來源，可能是哲學與神學，而非文學，尤其最可能的是宗教。寓言一開始，就與故事有密切的關係。而後有人把人類的知識和智慧給予藝術的概括，而且使事件敍述具有諷喻意味。更具體的說，它是用喻的方法通過鳥獸草木種種物體的姿態，來著重摹擬、揭露、批評或嘲笑人們的缺點的故事。寓言不是通過生活感受直接的反應現實；而是把哲理概念給予藝術化、故事化；它也不是通過客觀形象具體地反應現實，而是虛構生動易懂的故事，說明哲理或寄寓教訓。

至於童話，可說是兼具神話與寓言的優點；童話具有神話的「想像的趣味」，而摒除了神話「神本」的觀念。童話具有寓言的角色，而沒有寓言的說教。林鍾隆先生在〈寓言、神話、傳說和民間故事〉一文裡，曾說明神話對童話創作的影響有：

神話多半含有下列幾種成分：

1. 超人、超自然的有神力的主角。

2. 故事的發展有超出常情的非常奇異的變化。

3. 有動人的故事。

從以上的了解，我們可以曉得，在童話中，創造一個超人的，有神格的主角，演出英雄似的變化多端，曲折離奇，出乎想像的故事，是非常受孩子們歡迎的。很多習作童話的人，往往寫出沒有故事的作品。故事的重要性，是童話中不可缺少的。如何把握神話的一個特性，表現在創作的童話中，是童話創作上很重要的一件事。（見七一、十一、《中國語文》月刊，總期數第三〇五，頁一六）

又寓言對童話創作的影響有七項，並說明如下：

㈠動植物爲故事的主角。

㈡動植物的擬人化。

㈢故事的情節，能掌握主角的特性。

㈣動物、植物，可以毫無阻礙地互相說人話。

㈤主角不限於動植物，也會有人參與其中，而人和動植物，都可以彼此用人話交談。

㈥以了解人生，表現人生爲主題。

㈦用動植物的行爲、思想、言語，來諷刺人生。

我們今天寫作童話，以動物、植物爲主角，仍舊是孩子們最歡迎的。動物和植物之間，或者人和動植物之間，彼此交談，說著人話，兒童不但不以爲奇，還覺得非常有趣。文章裡面的動植物，用擬人化的方法，使孩子們感覺分外親切，這是孩子們覺得非常有意思的。而了解人生，探討人生，這是文學永遠不變的通則，從事文學的創作，就是寫出自己對人生的感悟，用來傳達給讀者的。有很多想從事童話創作的人，一開頭就犯了一個錯誤，以爲成人的作品，是探討人生的，寫兒童的作品，就不能那麼做了。從寓言來了解這種看法，完全是一種錯誤。文學是爲人生而創作的，童話當然也是一種文學作品，如果不是爲了人生，那麼所創作出來的童話，就很難找出價值所在了。把個人對人生的體驗，對人生的領悟，編成故事，這是童話創作很重要的一種態度。至於以諷刺做爲方法，做爲表現的技巧，那也是童話中常用、常見的。所以，想從事童話創作的，必須要把握寓言故事的內涵及外表所有的種種特色，加以有效地運用。（同上，頁一四～一五）

總之，童話具有神話與寓言的優點，它是以「人本」思想爲主。在童話世界裡，「不可能」是不存在的，童話裡沒有無奈的事實。在兒童世界裡，憑著「想像」的翅膀，離地起飛，去追求真善美。有創意的藝術製作，不被污染的善心，基本動力都來自「童話」；兒童在流金的歲月裡不能沒有童話的滋潤，原因就在這裡。

兒童是發展的有機體，他們總是要成長，這是無奈的事實。豐子愷曾有〈送阿寶出黃金時代〉一文：

約十年前，我曾作一册描寫你們黃金時代的畫集。(《子愷畫集》)其序文(〈給我的孩子們〉)中曾有這樣的話：「我的孩子們！我憧憬於你們的生活，每天不止一次！我想委曲地說出來，使你們自己曉得，可惜到你們懂得我的話的時候，你們將不復是可以使我憧憬的人了。這是何等可悲哀的事啊！」「但是你們的黃金時代有限，現實終於要暴露的。這是我經驗過來的情形，也是大人們誰也經驗過來的情形，我眼看見兒時伴侶中的英雄、好漢，一個個退縮、順從、妥協、屈服起來，到像綿羊的地步。我自己也是如此，後之視今，猶今之視昔，你們不久也要走這條路呢！」寫這些話時的情景還歷歷在目，而現在你果然已經「懂得我的話」了！果然也要「走這條路」了！無常迅速，念此又安得不結中腸啊！(見楊牧編洪範版《豐子愷文選》，頁一六一～一六二)

孩子要步向成人世界，需要有相當的時間去適應；而在適應時間裡的導師，就故事體而言，就是故事與小說。從故事與小說中，提供了許多實際的生活經驗，刺激兒童善用思考解決問題，幫助兒童了解生活的意義，以及誘導兒童體驗真正的生活藝術。進而能了解自己，了解別人；同時知道如何安排現實，準備將來。

大概說來，十九世紀以前的小說（尤其是短篇）是用來講故事的。故事是源於原始的好奇；在設計上，它是遷就缺乏文學修養的讀者，訴諸人類的好奇心；它的作者尊重讀者的口味，也體諒讀者的弱點。至於小說則顯得繁複且以批評真實的人生爲主。

總結以上所述，可知兒童文學故事體的發展概況；其間非但人物造型不同，其內容、情節也有不同；也就是說各種不同形式的體裁，各具有不同的特質。這種特質的認識與掌握，當是初學者所必須了解的。目前兒童文學用書裡，顯然沒有著重在這點上，因此造成學習上的不便。個人在教學過程中，一直强調特質的認識；對特質有認識，方能掌握寫作的基本原則；因爲不同形式的體裁，其寫作重點自有不同。

故事體各有其不同的形貌與特質，因此兒童閱讀興趣也就不同。國內外皆有人進行調查。就國內而言，仍以葉可玉的〈台灣省兒童閱讀與趣發展之調查研究〉一文較爲詳盡。（見五十二年政大學報十六期，頁三〇五～三六一）該調查取樣的範圍普及全省各國校，計二十一所國校，有三三四八名學童接受調查，依年級人數分，一年級五五五名；二年級五五六名；三年級五四四名；四年級五六一名；五年級五七〇名；六年級五六二名，男女人數幾各佔半數。問卷調查結果如下：

兒童填答「喜歡」的讀物類別，前六類是：

三年級：1.笑話　八四．二八%
2.謎語　七二．八九%
3.童話　六七．九三%
4.科學故事　六四．五八%
5.歷史故事　六三．九八%
6.神奇故事　六三．〇八%

四年級：1.笑話　七六．一一%
2.童話　七〇．〇五%
3.謎語　六七．五二%
4.神奇故事　六〇．九三%
5.遊記　五九．〇五%
6.歷史故事　五八．九〇%

五年級：1.笑話　七四．二三%
2.歷史故事　七二．八三%

3. 童話　七〇・七〇％
4. 神奇故事　六七・九一％
5. 民間故事　六四・四七％
6. 神話　六〇・五七％

六年級：1. 笑話　七三・〇七％
2. 童話　七二・九四％
3. 神奇故事　六七・八〇％
4. 歷史故事　六七・七三％
5. 民間故事　六五・七一％
6. 偵探小說　五九・〇七％（見《政大學報》第十六期，頁三三〇～三三一）

兒童填答「普通」的讀物類別，前六類是：

三年級：1. 寓言　四一・三六％
2. 劇本　四一・一一％
3. 日記　三七・八八％
4. 傳記　三六・六八％

5. 詩歌　三四・三七％
6. 武俠小說　三四・二八％

四年級：1. 日記　三九・一一％
2. 傳記　三七・三三％
3. 驚險故事　三六・一二％
4. 劇本　三四・八六％
5. 民間故事　三四・五三％
6. 寓言　三四・二三％

五年級：1. 公民道德常識　四〇・〇七％
2. 科學常識　三九・〇九％
3. 日記　三九・三九％
4. 詩歌　三八・七七％
5. 傳記　三八・四一％
6. 寓言　三五・七九％

六年級：1. 科學常識　四三・四三％
2. 傳記　四三・二七％

3.詩歌　四一·三四％
4.公民道德常識　四一·一二％
5.科學故事　四〇·五七％
6.日記　三九·七五％（見《政大學報》第十六期，頁三三二～三三三）

兒童填答「不喜歡」的讀物類別，前六類是：

三年級：1.愛情小說　八一·二六％
2.連環圖畫　三一·五五％
3.劇本　二八·八七％
4.公民道德常識　二七·一四％
5.歷史小說　二〇·三四％
6.寓言　二〇·一六％

四年級：1.愛情小說　七九·五〇％
2.連環圖畫　三七·七一％
3.武俠小說　三五·三三％
4.寓言　三三·六五％

5. 劇本　二六・二四%
6. 驚險故事　二二・八一%

五年級：1. 愛情小說　八四・四四%
2. 連環圖畫　三八・三七%
3. 武俠小說　三六・三五%
4. 劇本　二九・四一%
5. 日記　二二・七〇%
6. 寓言　一八・五六%

六年級：1. 愛情小說　八二・三一%
2. 武俠小說　四六・四〇%
3. 連環圖畫　四三・八二%
4. 劇本　二五・七九%
5. 日記　二四・六四%
6. 偵探小說　二〇・一一%（見《政大學報》第十六期，頁三三四～三三五）

又國民學校各年級（或年齡）兒童閱讀興趣的發展是：

一年級（六至七歲）兒童——對動物和自然的寫實故事最感興趣，其次是對簡單的歷史故事、社會常識、生活故事、笑話感興趣。

二年級（七至八歲）兒童——對簡易的本國名人傳記和歷史故事發生興趣，對自然和動物類故事、神奇故事、童話也有興趣。

三年級（八至九歲）兒童——對笑話有著濃厚的興趣，其次是喜歡謎語、童話。對本國名人傳記仍感興趣，對科學故事、歷史故事、神奇故事也有興趣。

四年級（九至十歲）兒童——對笑話最有興趣，至於童話、謎語、本國人傳記故事、神奇故事保持原有的興趣，此時期兒童開始對偵探小說、民間故事發生興趣。

五年級（十至十一歲）兒童——對於笑話仍舊有濃厚的興趣，而對於本國名人傳記故事的興趣達到最高潮，如《岳飛》、《花木蘭》之類的名人傳記故事，兒童非常愛看，男童尤其喜歡閱讀男性愛國英雄或偉人的故事；女童則最喜歡閱讀女性英雄或偉人的故事。另外對《西遊記》之類的神奇故事感興趣，對民間故事、神話也有興趣。

六年級（十一至十二歲）兒童——對笑話仍然最有興趣，也喜歡看名人傳記，其次是對神奇故事，歷史故事、民間故事、偵探小說感興趣，漸漸開始喜歡閱

讀遊記類書籍。（見《政大學報》第十六期，頁三五六～三五七）

一般說來，閱讀調查可作爲創作者的參考。

本文寫作的目的，乃緣於教學的方便；因此，寫作的方式也跟一般的兒童文學用書有所不同；如對特質和文學知識的重視。又在解釋與說明上，盡量羅列目前用書裡的見解，以收比較研究的目的。並爲初學者的方便，在每章後面列有建議參考書目，以做爲自我學習之用。

本文寫作時間，前後長達一年半；不敢說金針度與人，但求有益於初學者。其過程只不過是排比組合而已，也可說是自己的讀書報告；又行文裡引述他人之處頗多，皆一一註明，若有不及註明者，也可從建議參考書目中得知，未敢掠美。

在閱讀與寫作過程中，深知仍有許多人在爲兒童文學做長期的奉獻。個人衷心向他們致最高的敬意。（七二、元）。

建議參考書目

壹

兒童文學研究　劉錫蘭編著　台中師專　五二、十　修訂再版

兒童文學　林守爲編著　自印本　五三、三

兒童文學研究　吳鼎編著　台灣教育輔導月刊社　五四、三　（六九年改由遠流出版社出版）

五十年來的中國俗文學　婁子匡、朱介凡合著　正中書局　五六、三　二版

兒童讀物的寫作　林守爲著　自印本　五八、四

談兒童文學　鄭蕤著　光啓出版社　五八、七

兒童文學　文致出版社　六一、三

師專兒童文學研究（上、下）　葛琳編著　中華出版社　六二、二

兒童文學論　許義宗著　台北師專　六六

兒童的文學教育　王萬清著　東益出版社　六六、十

兒童文學的認識與鑑賞　傅林統著　作文出版社　六八、十
兒童文學——創作與欣賞　葛琳著　康橋出版社　六九、七
兒童文學與兒童圖書館　高錦雪著　學藝出版社　七十、九
中國兒童文學　王秀芝編著　雙葉書廊　七二、八
兒童文學綜論　李慕如著　復文圖書出版社　七二、九
怎樣寫兒童故事　陳宗顯翻譯　國語日報出版部　七四、十
兒童文學　葉詠琍著　東大圖書公司　七五、五
兒童讀物研究一、二輯　小學生雜誌社　五四、四　五五、五
國語及兒童文學研究　台中師專　五五、一二
兒童文學研究一、二集　中國語文月刊社　六三、一一　六三、一二
淺語的藝術　林良著　國語日報社　六五、七
改寫本西遊記研究　洪文珍著　慈恩出版社　七三、七
慈恩兒童文學論叢㈠　慈恩出版社　七四、四
兒童文學創作選評　曾信雄著　國語日報社　六二、十
兒童文學析賞　林守爲著　作文出版社　六九、九
兒童文學的新境界　邱阿塗著　作文出版社　七十、二

世界文學名著的小故事　張劍鳴譯　國語日報社　六六、一二

「世界兒童文學名著」欣賞　國語日報　六一、九

兒童文學名著賞析　許義宗著　黎明文化公司　七二、十

名家爲你選好書　子敏主編　國語日報出版部　七五、七

我國兒童文學的演進與展望　許義宗著　台北市師專　六五、一二

兒童文學評論集　馮輝岳著　自印本　七一、一一

西洋兒童文學史　許義宗著　台北市師專　六七、六

西洋兒童文學史　葉詠琍著　東大圖書公司　七一、一二

兒童文學論著索引　馬景賢編著　書評書目出版社　六四、一

文學概論　王夢鷗著　帕米爾出版社　五三、九

文學與生活（一、二）李辰冬著　水牛出版社　六十、一

文藝書簡　趙友培著　重光文藝出版社　六五、二　增九版

貳

兒童發展與輔導　賈馥茗著　台灣書店　五六、十

認知心理學說與應用　江紹倫著　聯經出版公司　六九、九

發展心理學（原書包括兒童心理學、青少年心理學、成人心理學三部份，另有平裝分

册印行）　赫洛克原著　胡海國編譯　華新出版社　六九、九

幼兒教育法（包括蒙特梭利「幼兒教育法」，波多野勤子「幼兒管教法」）　劉焜輝譯　漢文書店　六四、四

教育與藝術　Herbert Read　呂廷和譯　自印本　六二、一一　（新版改由雄獅圖書公司出版，易名爲《透過藝術的教育》）

才能啓發自零歲起　鈴木鎮一著　邵義强譯　震平文化出版社　六二、二（後由文智出版社出版）

怎樣和孩子遊戲　Athina Astan原著　王麗譯　婦女雜誌社　六四、七

創造思考與情意的教學　陳英豪等編著　復文圖書出版社　六九、一一

價值澄清法　洪有義主編　心理出版社　七二、十

如何與你的孩子遊戲　亞諾・亞諾著　劉寧、林一真合譯　衆成出版社　六五、十

兒童遊戲　何諾德原著　林美意、謝光進合譯　長橋出版社　六九、一一

啓發兒童發展的遊戲　徐澄清、李心瑩編著　健康世界雜誌社　六七、八

因才施教

小時了了

只要我長大

何處是兒家　以上四書皆由徐澄清口述，徐梅屏撰文　健康世界雜誌社出版，與「啓發兒童發展的遊戲」，合稱《兒童發展與心理衛生叢書》

一代要比一代好　張水金主編　時報出版社　六九、二

關心您的孩子　何立武編著　中視出版社　六九、二

國語問題　艾偉著　台灣中華書局　五四、一二

兒童之語言與思想　張耀翔編著　台灣中華書局　五七、一　台二版

兒童閱讀研究　許義宗著　台北市師專　六六、六

我國兒童讀物市場之調查分析　楊孝濚撰　慈恩出版社　六八、一二

卅年來我國兒童讀物出版量之研究　余淑姬著　啓元文化事業股份有限公司　七十、八

國音標準彙編　台灣省國語推行委員會　台灣開明書店　四一、六　台一版

國民學校常用字彙研究　國立編譯館主編　台灣中華書局　五六、十

常用國字標準字體表　教育部印　七一、六、

新聞常用字之整理　羊汝德著　台北市新聞記者公會新聞叢書第二十冊　五九、九

中文可讀性公式試擬　陳世敏著　嘉新水泥公司文化基金會研究論文第二七四種　六五、一

新聞寫作語文的特性　馬驥伸著　台北市新聞記者公會　六八、九
全國兒童圖書目錄　國立中央圖書館台灣分館編印　六六、六
兒童讀物研究目錄　採編組主編　國立中央圖書館台灣分館　七六、十一

叁

台灣省兒童閱讀興趣發展之調查研究　葉可玉　見國立政治大學學報十六期，頁三〇～三六二　五二
中華兒童叢書價值內容分析　吳英長　見台東師專學報第九期，頁一八九～二六四　七〇、四
寓言、神話、傳說和民間故事　林鍾隆　見中國語文月刊第三〇五期　七一、一一

肆

國語日報兒童文學周刊（已出版八輯合訂本）
中國語文月刊
海洋兒童文學研究（四個月刊）

第二章 兒童故事

故事是原始即有；可回溯到文學之起源，閱讀尚未開始之時。它是直接訴諸人們心中的原始本能；也是事件敘述體的基本構架；更是兒童文學裡故事性的主體。而狹義的故事即指寫實故事而言。兒童和成人一樣，生活在現實的社會，在複雜多變險難重重的時代，兒童也應該知道現實社會的情況；因爲在兒童生活中，也會遇到種種的挫折與困擾。這些問題既不能全部用抽象的道理去解釋，也不能用神話、寓言或童話去解決。因此兒童必須從寫實的作品中，去認識環境及體驗人生。他們盡可能從故事中去了解別人，了解自己；也盡可能的從故事中，知道如何安排現實，準備將來，因此故事是兒童認識真實人生的墊腳石。

第一節　兒童故事的意義

壹、兒童故事的起源

許多學者告訴我們，藝術是人類起源文化之一；而人類藝術的起源，或基於人類本能的情感產生的；因此，我們相信自從地球上有了兒童，就有了兒童文學。原始的兒童文學，或由於母親們一種自然的爲嬰兒低吟的催眠曲，或是由於長輩們爲兒童講述他們的狩獵故事；或是祖先們爲兒童講述一些怪誕不經的神話等等。人們對藝術的領悟和欣賞，可以說起源得很早；而故事由於具有那種使聽者懸疑，不斷逗引其好奇心的效果，一直爲人們所愛好。雖然我們不能肯定故事的起源，但從推測、揣摩中追想在古代尚未有文字以前，老一輩的人，只靠口語把它表達出來使兒童接受，也許這就是兒童文學的開始，也就是故事的起源。又近代的民俗學者大致認爲傳說等故事是人類文化初期多數人產生的。在歷史上，它的要素包括過去的宗教、儀式、迷信或者是過去的事件。在心理上，它是滿足人類基本情緒的需要；在倫理方面，它是社會的凝結力，有加强信仰和道德的作用。

貳、兒童故事的定義

「故事」一辭，可說衆說紛紜；我國一向對於「故事」一辭，看做「典故」，或「古人的事跡」，如《史記》司馬遷自序說：

> 余所謂述故事，整齊其世傳，非所謂作也。（見藝文版《史記會注考證》冊十卷一百三十，頁二七。）
>
> 故述往事，思來者，於是卒述陶唐以來至于麟止。（同前，頁二九）

又《說文》三篇三下：

> 故，使爲之也。从支，古聲。（見漢京版《說文解字注》頁一二四）

而段注云：

> 今俗云：原故是也，凡爲之必有使之者，使之而爲之則成故事矣，引申之爲故舊。故曰：古故也。墨子經上曰：故所得而成也，許本之。（同上，頁一二四）

綜上所引，可知我國古代人對故事的看法；認爲是古代人的善良事蹟，是爲後世所取法者，就其事實加以演述，成爲故事；也因此而對小說有所不取。《漢書》〈藝文志〉：

> 小說家者流，蓋出於稗官，街談巷說，道聽塗說者之所造也。孔子曰：「雖小道必有可觀者焉，致遠恐泥，是以君子弗爲也。」然亦弗滅也。閭里小知者之所及，亦使綴而不忘，如或一言可采，此亦芻蕘、狂夫之議也。（見鼎文版

《漢書》冊二，頁一七四五）

西洋人對於故事的看法，其觀念較爲擴大。他們稱故事爲 Tale，而不是 Story。Story 是一種傳奇的故事，是長篇的故事，而 Tale 才是真正的故事。

以下試列我國兒童文學專家對故事所下的定義：

吳鼎先生在《兒童文學研究》一書裡說：

> 故事是就人或物在某一時間某一地區內的動態，這種動態有其特殊的意義，經作家寫述出來，不必追溯其來由，亦不須詳述其後果。（見台灣教育輔導月刊社本，頁二五八，五八年十月再版）

林守爲先生在《兒童文學》裡說：

> 有人以爲故事，就是過去的事跡，如典故、掌故、軼事等。司馬遷曾這樣說：「余所謂述故事，整齊其世傳，非所謂作也。」所謂「述」，所謂「世傳」，而不承認是「作」，可見故事，就是過去的事跡。其實這種說法失之太窄，不能代表故事的整個內容。故事固然可以敘述過去的事跡，但也可以現實生活中的事件作爲材料。
>
> 又有人以爲故事是「童話」、「神話」、「寓言」、「小說」等的總稱。凡一切有人物、有情節的演述材料，只要具有故事體裁的，都可稱爲故事。這種說

法又失之太寬。現在所稱的兒童故事，無論在內容和形式，已都較有明確的範圍了。

就內容說，兒童故事應是敘述眞實的人或物在某一時間某一地區內的動態，而這動態是具有良好意義的。

所謂眞實的人或物，自不是虛構的、假借的，他或牠的活動是切合人情物理的。所謂動態，意味著人物有著某種的行爲，不是靜止的、滯留的。行爲是由刺激而發生的反應，刺激是問題的來源，而反應是問題的應付或解決的方法。從刺激到反應，從發生到解決的過程，便構成了一種事件。每一種事件，本身都有它某種的意義，但如依客觀標準加以衡量，只有能引發別人情緒（娛樂價值），啓示別人思想（教育價值）的，才算有良好的意義。

就形式說，兒童故事是採用散文敘述方式。敘述是偏重於情節的發展，而且這種情節總是直線進行，較爲單純。在文字方面，必須是優美的、活潑的。（頁八三）

許義宗先生《兒童文學論》裡說：

故事是兒童文學的主幹，分爲「想像故事」和「寫實故事」。寫實故事是根據事實，記述人物，有情節，而富有眞實性，不管是幾千年的古代，或是活生生

的現實生活的故事。（頁二一）

葛琳女士《兒童文學——創作與欣賞》裡說：

故事的原義，就是古人的事蹟，如典故、掌故、軼事等。可是實際上故事發展到今日，這種說法，失之太狹，不能代表整個故事的內容。故事固然可以從過去的事蹟取材，也可以從現實的生活中取材，又可以自由的思考去構思。不過無論材料來自何處，故事的本身必須有一個完整的結構。並且包含主題、角色活動、情節發展、背景安排與風格文體五個要素。（康橋版，頁一一一）

綜上各引，可見對故事的定義有廣義與狹義兩種，試分述如下：

一、廣義的解釋

廣義的解釋可說建立在「事件敘述」或「情節」的觀念上，認為故事是「童話」、「神話」、「寓言」、「小說」等的總稱。故事本身必須有一個完整的結構，它包含主題、角色、情節、背景、文體風格等要素。葛琳女士從廣義立說，她認為故事範圍極廣，依其內容及寫作方式，可分為三個類型、七種體裁。

(1)現代創作：

甲、寫實故事

乙、童話創作

(2)應用傳統的資料，賦予新風格形式的故事

甲、民間故事

乙、神話

丙、寓言

(3)應用歷史資料編寫的故事

甲、歷史故事

乙、傳記文學（見康橋版頁一一三）

二、狹義的解釋

狹義的解釋，即是一般所謂的「寫實故事」。這種狹義的解釋，不但要有內容的寫實，同時也要有形式上的限制；否則一味就內容的寫實立說，仍有失之於空泛無當。佛斯特在《小說面面觀》第二章〈故事〉裡說：

故事是一些按時間順序排列的事件的敍述——早餐後中餐，星期一後星期二，死亡後腐爛等等。（志文版頁二三）

「寫實」是指內容，「按時間順序排列的事件的敍述」是指其形式而言。又段芝於《中國神話》緒言裡說：

一般說來，傳說、神話可分為三種類別：神話、傳說和故事。這三種類別大致

有分別的標準；自然這種標準也不是很明確很絕對的。大致說來，神話是指發生在遠古而人類能力所不能做到的事件；對這些事件的流傳多少帶有點神聖的意思存在。傳說則是指發生在較近的古代，而事件則屬人類能力大都能做到的；這些事件雖不一定被視爲神聖，但是多少是被人仰慕和欽佩的。至於故事則可以發生在任何時代和任何人身上，一般都富有傳奇性和趣味性。（見六十六年三月地球版頁九）

所謂傳奇性和趣味性可作爲內容寫實的註解。林守爲、許義宗兩位先生所下的定義即採狹義的解釋。

申言之，一般所謂的「說故事」、「講故事」，即是採用廣義的解釋。我國隋唐五代變文的講唱及宋代的「說話人」亦即此義，這是一種涵蓋式的說法。我們可以說小說、神話、傳說、寓言都是故事；也就是說小說、神話、傳說、寓言的基本面是「故事」。而所謂的「故事」即當以狹義的解釋爲主；這種的故事是以事件本身爲主；也就是說，它根據事實，有情節，富於趣味性，不管是幾千年的古代，或是活生生的現實生活的故事。本文所稱「兒童故事」即採狹義的解釋，這種兒童故事以敘述事件爲主；它是適合低年級兒童閱讀和欣賞的篇幅短小的故事。它是口頭文學的一種，它可以供兒童閱讀，但更主要的是用來講給兒童聽的。所以在兒童故事中，圖畫和改編顯得特別重要。

叄、兒童故事的分類

兒童故事的分類，有時因人而異，有多種不同分類，試以我國爲例：

一、吳鼎先生的分類　吳鼎先生在《兒童文學研究》一書裡分爲十二類。他認爲故事亦不僅限於「以人類日常生活的事件」爲題材，其範圍包括至廣，如：

㈠以日常生活事件爲題材的，稱爲「生活故事」；
㈡以神仙幻想爲題材的，稱做「神仙故事」；
㈢以科學或自然現象爲題材的，稱作「科學故事」；
㈣以歷史的人物或事實爲題材的，稱做「歷史故事」；
㈤以地理風景名勝古蹟爲題材的，稱做「地理故事」；
㈥以公共衛生或個人衛生等爲題材的，稱做「衛生故事」；
㈦以道德規範名人嘉言懿行爲題材的稱做「道德故事」；
㈧以民間傳說爲題材的，稱做「民間故事」；
㈨以探險爲題材的，稱做「探險故事」；
㈩以藝術爲題材的，稱做「藝術故事」；
⑪以文學爲題材的，稱做「文學故事」；

㈩以聖經為題材的，稱做「聖經故事」；

這是依照故事內容，可以歸納為上列十二類，雖然還有許多的名稱，可依其性質酌予歸類。如「民族英雄故事」，可以歸納於歷史故事範圍之內，「昆蟲故事」，可以歸納於科學故事範圍之內，自毋須多列名目了。（見頁二五七～二五八）

二、林守為先生的分類　林守為先生在《兒童文學》第五章〈兒童故事〉裡，依內容分為四大類。

㈠生活故事　以兒童為主角，敘述其實際生活的故事。

㈡自然故事　以自然物為主體，敘述其生活和特徵的故事。

㈢歷史故事　以史實作為根據，記人、記事或記物的故事。

㈣民間故事　是指流傳於民間的口述故事。這類故事大多都是根據傳說而來，真實性大可懷疑，不過因為其中有離奇的情節，濃郁的趣味，如果慎加選擇，仍可寫給兒童閱讀。（詳見頁八四～八五）

三、許義宗先生的分類　許義宗先生於《兒童文學論》第三章裡，他認為粗分起來，可分為三種：

㈠生活故事　生活故事是以兒童為主角，敘述其日常生活的美化故事，也就是兒童現實生活的寫照。

㈡歷史故事　歷史故事是透過史實摻合想像力，嚴密交織在一起的故事。可分爲記人、記事、記物。

㈢科學故事（包括自然故事）　科學是求眞的，故事是求美的，因而科學故事的結構，必須實實在在有所根據。科學故事重在啓發兒童對自然環境的關注和興趣，培育兒童學習自然科學的正確態度和方法，以及發揚科學創造的精神。

（詳見頁二一～二四）

四、葛琳女士的分類　葛琳女士在《師專兒童文學研究》及康橋版《兒童文學——創作與欣賞》，未作分類，但在師專本裡卻有副題「生活的故事」。

綜合以上四位先生女士的分類，其中吳鼎先生的分類，似乎稍嫌瑣碎；葛琳女士認定寫實故事即生活故事；至於林守爲先生與許義宗先生兩人的分類比較接近。這種分類的不同，是源於對「兒童故事」界說的不同使然。又其中較有意見的可能是民間故事；個人認爲民間故事仍當歸類於歷史故事裡，因爲民間故事大多是根據傳說而來，段芝於《中國神話》緒言裡曾有說明。又王秋桂先生於《中國民間傳說論集》序裡云：

所謂傳說，我想可以解釋爲一種流行於民間的故事。這種故事的特點是沒有定本，故事細節，甚至情節或主題，往往隨時代、地域、社會傳誦者等因素而變。傳說大部份是以口相傳，這是它容易變化的原因之一；就是有人記錄下來，這寫本也沒有絕對的權威或必然的影響力。不過，口說傳說無法長久保存，在探討一傳說源流和演變時，我們不得不依賴文字的記載，雖然這些記載往往是片斷或殘缺而不能代表傳說的全貌。（見六九年八月聯經版，頁一。）

申言之，民間故事的真實性，雖因時空的改變而會失真；但無可否認，民間故事仍以真實性爲根據。何況所謂適合兒童閱讀的民間故事，要皆以取材而言；我們認爲兒童故事是以真實性爲其特質，至於分類並非重要的課題。以下試折衷各家所見分類如左：

一、**生活故事**　敘述其實際生活的故事。兒童生活故事，由於取材容易，背景現實，寫起來也較得心應手；其內容爲生活各方面的現象，如家庭、學校、運動、遊戲、遠足各方面，都蘊藏著極豐富的寫作材料。生活故事有一種不可磨滅的吸引力；而且不僅是描寫過去，更重要的是描寫現在。兒童現實生活的寫照，由於合乎兒童的品味，較易引起兒童的興趣。

二、**科學故事**　這是以自然界的科學現象爲內容寫出的故事。一般說來，科學事實總是較枯燥而嚴肅；藉著故事的方式與文學的筆調來表現，可以增加生動的氣息，而使兒童加深其印象，喚起對科學探討的興趣。如今課本上的知識已不能夠滿足他們的好奇心，生活中的事事物物，點點滴滴，都成了他們探索的對象；因此藉著故事中的對話或敘述，把所要讓兒童了解的科學概念表達出來。一方面達到科學故事的使命；一方面也滿足兒童的好奇心。科學故事重在啓發兒童對自然環境的關注和興趣，培育兒童學習自然科學的正確態度和方法，以及發揚科學創造的精神。因而科學故事可以說是描寫人類與自然之間的故事。

三、**歷史故事**　歷史故事是以歷史事實或民間流傳的事蹟作爲根據，再加想像力而成的故事。歷史是面鏡子，可以看看自己，也可以照照別人；閱讀歷史故事，可以看到人類歷史的某一時期的色彩、特點、思想、感情和古代重要事蹟的縮影。歷史故事的目的不在於教授歷史，而在於建立歷史意識和了解我們的過去。歷史故事包括「記人的」、「記事的」與「記物的」。記人的歷史故事是以「人」爲主體；也就是以歷史性的人物爲主角，記敘其片斷，有趣、感人的故事。讀後可以鼓舞兒童向上、向善、向前的意志。而記事的歷史故事，是以「事」爲主體，記敘歷史上特別事件的發生、經過和影響的故事；讀後可以培養兒童判斷的能力，勇敢的精神，及熱愛鄉土的情操。至於記物的歷史故事，是以「物」爲主體，記敘人類生活中，某一部門的器物，從古至今發展演進的故事；讀後可以豐富兒童的知識。

四、自然故事　自然故事是以自然爲主體，敘述其生活和特徵的事。其敘述方式有用擬人法，由自然物自己敘述；有假借某種人物，在他旅行過程中，把所見所聞有關自然的事件加以敘述；也有用對話式，從具體到抽象，從已知到未知，介紹自然物給兒童。

肆、故事的泉源與構成因素

有關故事的界說雖有廣義、狹義之分，但兩者事實上是互爲表裡。我們知道，故事的概念來自我們周遭的世界；世界是多采多姿，一樁微不足道的事件，一句信口而出的話語，一件意外事件，一幅報上所刊的照片，一次氣候的突變，皆可能是故事。因此故事的泉源有許多種。麥紐爾・康洛爾（manual komre）在《長篇小說作法研究》第二章〈故事〉裡，曾列述故事的泉源如下：

一、個人的經驗　生活中所遭逢的事件，可能就是故事。

二、時事　報刊雜誌上各種各色各樣的偶發事件，可能提供故事。

三、人　人是故事的一個重要泉源。如一個乞丐，一個街頭歌手，一個鬧酒的水手，都能提供一個故事的胚胎。

四、歷史　歷史能夠提供作者以一些暗示著故事的事件與人物。

五、觀念與理由　故事有時可能源自一種觀念，而理由也可以用來作爲小說的主題。（以上詳見六四年三月幼獅版陳森譯本，頁六～一二。）

故事的泉源已略述如上，以下說明故事內容的構成因素。我們知道，傳播故事的是人，接收故事的也是人，因此傳播的故事必須能感動人；要去感動人，必須「攻擊」人的弱點；換句話說，人類的弱點，就是人類的欲望。祝振華先生於《怎樣講故事說笑話》一書裡曾引述專家學者們把人類最感興趣的事歸納成以下七種：

㈠**生命**——由出生到老死，人人希望「一路平安」，因此，幼年時期希望發育正常；以及希望永遠健康；再希望長壽，甚至於妄想長生不老；這可能是男女老幼所一致希望的。而女子多半又加上青春永駐的希望，難怪生意經要強調「美容養顏」了。

㈡**財產**——絕大多數的人希望發財，因爲「有錢能使鬼推磨」的觀念，已經深入人心，牢不可破。同時，與財產相關連的生財之道，也是層出不窮的，因此，發財的手段，也跟著發財的慾望成了人們發生興趣的事。

㈢**權勢**——我國傳統上有一種哲學：「大丈夫不可一日無權」，由於這句話在許多生來就有領袖慾的人心裡徘徊不去，所以權勢的獲得以及接近權勢的希望，早已成爲一般人的追求目標之一。換句話說，權勢也是引起興趣的項目之一。

㈣**情愛**——無論人類的那一種愛，甚至於一般動物的愛，都會引起人們的興趣。自古以來的情愛始終是人類嚮往與傳播的主題，就是因爲沒有人不需要人愛，也沒有人不需要愛人。

㈤**享受**——好逸惡勞，人之常情，難怪從洗滌到脫水「一貫作業」的洗衣機最受歡迎了！有人打趣說，機器多半是「懶人」發明的，真是不無道理。因爲這些聰明的「懶人」好逸惡勞，所以促進了工業的高度發達，結果就成了一切「自動化」。「自動化」大大地引起了人們的興趣，因爲它可以滿足人類享受的欲望。

㈥**情趣**——即令人類進步到了高度工業化的程度，甚至於更進步到了歐美社會學學者所說的「後工業化社會」，人們仍然千方百計增加一些情趣，以調劑過度忙碌的身心。也可以說，由於今天人類高度生活的壓迫，大家越發需要放鬆身心的生活情趣。在農業社會裡，似乎人人都享有充分的閒散生活，那種「不慌不忙」的日子，簡直就是廣義的生活情趣。當然，具體的生活情趣，應當特指諸如業餘活動、社交活動，包括聊天、運動、旅行、種花、養鳥、講故事、說笑話在內。

㈦**名譽**——用「名譽是第二生命」這句話的標準去衡量，不難知道在人們最關心的東西裡，名譽的地位僅次於生命。人人希望自己有個很好的名譽，因此，凡是關係到名譽的事，大半可以引起人們的興趣，（詳見黎明版，頁四～六）

以上所列舉的七種慾望，都是人類最感興趣的；這些東西一旦用作故事的主題，可能成爲優良故事的基本條件。

第二節　兒童故事的特質

兒童故事的特質在於真實性。在西洋文學史上有所謂寫實主義（Realism），亦稱之爲現實主義。在英法許多學者眼中，則把寫實主義與自然主義（Naturalism）視爲同義。其實，寫實主義乃興起於十九世紀中葉，是爲反對並且矯正浪漫主義誇張自我的惡習，所以主張將科學與藝術聯合在一起，提出了客觀的與非個人的藝術原則；然而也還是有「藝術爲藝術」與「藝術爲人生」之爭辯，意見頗爲不一致，於是有自然主義的出現。自然主義是由寫實主義孕育而生，是繼承寫實主義的文藝原則，而復加以確切的解釋。這是左拉（Emil Zola 1840~1902）在一八八〇年所提出的一種推陳出新的主義，企圖別有建樹，另成一派。然而那般號稱爲自然主義的作家，也未嘗聯合一致，嚴密遵守種種修訂的原則。

左拉的文學主張見於〈實驗小說論〉（Les Ronan Exqe' erimental 1880）和〈自然派小說家〉（Les Romanciers Naturalistes 1881）兩篇論文中。他的理論係以純粹的唯物觀作出發點，認爲人並不是靈性、精神性的東西，不過是一個機械而已，其物質現象或社會境遇，完全可以科學的測定。這一派重要作家在法國，除左拉外，有福樓拜（Gustave Flaubert 1827～1880）、莫泊桑（Guy de Maupassant 1850～1893）。在英國有狄更司（Charles Dickens 1812～1870）、沙克萊（William Makepeace Thackeray 1811～1863）、哈代（Thomas Hardy 1840～1928）。在俄國則有屠格涅夫（Iyan S. Turgeneiv 1818～1883）、杜思妥也夫斯基（Fiodor Mikhailovich Dostoyersky 1821～1881）、托爾斯泰（Leo Tolstoy 1828～1910）。

寫實主義的產生，最初的目的是反抗浪漫主義的空想、傷感、神奇的文學；而著重於人生真實的探討；他們把人世間一切事物都看爲必然的結果，絕無奇異的地方，亦不作任何驚奇的讚賞。周伯乃先生於《論現實主義》一書裡，曾說明其特色有三：

1. 客觀的重視。
2. 科學精神的尊重。
3. 無感覺。（詳見五三年四月五洲版，頁二九～三六）

由此可知，所謂寫實主義，他們對於人生的一切外界事物都是真正實在地摹描下來，而給人們對他們的作品有著真實的感覺；所以嚴格說起來，寫實的思潮並不是十九世紀後半期的產物，而是人類長久以來，開始懂得用形象來表示情感的時候，就有如何實地描寫外界事物的慾望。作爲文學表達形式之一的故事，可說源遠而流長；而寫實主義的出現，更增強了故事本身的內涵；同時也使文學本身更形繁複與精微。雖然，今日的小說已不是講故事而已，但故事的表達形式卻歷久而常新。這種常新即建立在他的真實性；而這種真實性正是人性的光輝。這種真實性的故事可以提供許多生活經驗，刺激人們善用思考解決問題，幫助人們了解生活的意義，以及誘導人們體驗真正的生活藝術。

故事的特質是在於真實性，而這種真實性，可就下列兩方面來說明：

(1)就內容而言　它必須具備人、時、地、事等的真實，林守爲先生在《兒童文學》第五章〈兒童故事〉裡有詳細的說明，試引述如下：

兒童故事應是敍述眞實的人或物在某一時間某一地區內的動態，而這種動態是具有良好意義的。所謂眞實的人或物，自不是虛構的、假借的，他或牠的活動是切合人情物理的。所謂動態，意味著人物有某種的行爲，不是靜止的、滯留的。行爲是由刺激而發生的反應，刺激是問題的來源，而反應是問題的應付或解決的方法。從刺激到反應，從發生到解決的過程，便構成一種事件。每一種事件，本身都有它某種的意義，但如依客觀標準加以衡量，只有能引發別人情緒（娛樂價值），啓示別人思想（教育價值）的，才算有良好的意義。（見頁八三）

(2)就形式而言　它是採用散文敍述的方式。我們仍引用林守爲先生的說明如下：

就形式說，兒童故事是採用散文敍述的方式。敍述是偏重情節的發展，而且這種情節總是直線進行，較爲單純。在文字方面必須是優美的，活潑的。（見頁八三）

所謂直線進行，即是指依時間順序排列的事件的敘述而言。這種直線進行的表達方式，是屬於線性思維，其特色是單純、初級的，它有序可循，情節發展，有始有終，符合兒童與中下階層思維狀況。

第三節　兒童故事的寫作原則

兒童故事的引人，在於「事件」，也就是以敘事爲主。能夠有個動人的故事構架，即是成功的一半。而這種動人的故事，必須針對人類的原始性的好奇心，這是寫作兒童故事者首先要注意的事實。以下試以其特質爲經，故事的構成要素爲緯，說明兒童故事的寫作原則：

一、把握真實性　因爲兒童故事的特質是真實性，所以在寫作兒童故事時，角色、事件、時間、地點要交代清楚。即使是取材於歷史或傳說的作品，其故事雖然不必完全拘於史實，但至少故事發生的時代，人物出世的年代，前朝的歷史是如何演繹而來，後朝的歷史是怎樣發展下去的，前後史實必須關聯。

又這種真實性，就取材方面而言，它是以「認識兒童的特徵，適應兒童的需要」爲基本原則，它的發展方向，葛琳女士在《兒童文學——創造與欣賞》一書裡有說明如下：

(1)取自兒童最接近的環境與最熟悉的事物，以增進兒童對生活的體驗。

(2)取自家庭及兒童所涉及的團體生活故事。

⑶針對在成長中，身心所遭受的問題作爲探討的中心。

⑷是針對後期兒童最關心的前途問題。（以上詳見康橋本，頁一一六～一一七）

又就組成要素而言，在兒童故事的角色裡，動物是不會說人話的；即使你的角色是動物。總之，在兒童故事裡，動物就是動物，不會是人，這是要把握的原則。又角色必須付給一個明確的形象，所謂明確的形象，並不是指強而有力的個性刻劃而言；人物刻劃的重視，那是小說的職責。在故事裡的角色，它需要的是真實的角色。首先，我們必須給他一個明確的姓名，如「林仙木」；而不是張三、李四，也不是小華、小英；用張三、李四這樣概念的姓名，有失真實性。又故事裡的角色，需要的是角色的通性，而不是強而有力的個性；因爲故事的重心，即是在故事的本身裡。

至於背景的安排，要能增加故事的力量和效果。時間、地點、景物陪襯，要足以使人有「故事感」。當然對背景的安排，可以比真實的情況更好一點；但要做到情景相融，自然而不失真實。

二、把握直線進行的原則　兒童故事不同於小說、童話；不僅要重視趣味性，還要考慮真實性，因此，他是以「真線進行」做爲他的表達形式。這種「直線進行」式是採用散文敘述方式；敘述是偏重於情節的發展；並且這種情節總是直線進行，較爲單純，也就是依時間順序排列的事件的敘述。

申言之，兒童故事的篇幅短，重心又在故事本身，所表現的主題也較單純。是以所謂「直線進行」式，可就下列幾方面加以說明：

1.就敘述觀而言，它是以第三人稱爲主；第三人稱，即是以「他」爲主體。作者使用這種手法的好處，乃是對所欲描寫的人、事、時、地、物都可以不受任何拘限。這種手法雖然没有第一人稱手法的真實感，但卻顯得比較客觀，這種手法即爲以往說書者所慣用。

2.就情節而言，兒童故事的重心在於故事本身，而故事則在於情節。情節將故事顯現給讀者，並且是以時間的連續方式顯示。這種直線進行的情節，不必做太多與不必要的解釋，末了也不必追根究柢；否則便流於小說了。雖然，他的情節發展是直線式，也是單線式；但這種直線式、單線式，並不意味單調與缺乏變化。事實上他仍需要變化與統一性，一般說來，情節的法則有下列三點：

眞實　眞實性是故事本身的特質。

驚奇　驚奇是種滿足，但以不動搖眞實性爲原則。

懸疑　好的情節必須有懸疑，懸疑在讀者心中建立一種不確定的期待。（詳見六六年六月成文版《小說的分析》，頁一六～一九。）

3.就文體的應用而言，因爲兒童故事是以散文敘述情節爲主，再加上直線式的表達方式，所以在技巧上較爲單純。但文字需要優美、活潑，並以口語爲主。至於對話的應用可說不多。

總之，兒童故事的特點是：篇幅短小、主題單純、層次分明、題材廣泛，並以敘事和口語化爲主，而其特質要皆不離真實性。

第四節　怎樣說故事

說故事，或稱講故事。以今日傳播的觀念而言，它不是打發時間的方式之一；而是一種口頭的傳播。無論大人、小孩都喜歡聽故事，這是不爭的事實，且小孩比大人更愛聽故事。

我國古代有「說話人」；「說話」是唐、宋人的習慣用語，是宋代民間藝人講故事的特殊名稱，相當於後世的說書。說話、說書是以娛樂爲目的。

早在遠古時代，人們就根據他們的生活經驗，創作了大量反映理想的故事；這種來自民間的說故事者的活動，是後來的「說話」的起源。在漫長的周、秦、漢、魏時代，俳優、侏儒是「說話」活動的代表；也是「說話」發展史上一個重要環節。在這個時期內，說話藝術職業化了；但在藝術的分工上還未獨立。「說話」完全成爲獨立的職業化技藝，而且以民衆爲對象，那是城市經濟繁榮，市民聚居較多以後的事。說話者，爲了要取悅於聽衆，於是朝向專業與藝術發展。在宋代，說話具有下列的藝術的特色：

1. 情節生動，語言通俗。

2. 聲調鏗鏘，節奏多變。

3. 態度鮮明，感情飽滿。（詳見七二、五，丹青版胡士瑩《話本小說概論》，頁七八）

可知當時說話人表演的藝術魅力已經達到了動人心魄，移人性情的地步。而今天，很多的歐美大學課程中，都開有「說故事」的課，爲公共圖書館或學校圖書館儲備專業的說故事人材。學生除了講究技巧外（包括選材、環境、聲調、情緒控制等），還必須具備豐富的兒童文學知識，和高深的文學素養，是非常慎重和嚴格的。可知說故事並非簡單的，除非是天生說故事能手，否則必須勤加練習，以下略述我們對說故事應有的認識與了解。

壹、對說故事應有的認識

說故事猶如古代的說書人說書，它是一種口頭的傳播。它主要是靠一張嘴巴說話，外加妥當運用語調、表情和速度，再配上手勢。如果是爲加强效果，或是專業者，有時可利用各種可能的道具。

一、說故事是屬於完整的語言行爲：在近代語言學家的探討之下，一個完整的語言行爲，是包括「語言性的」及「超語言性的」成份。超語言性的成分，又可細分爲帶音的部份（如快慢、音質等）及不帶音的肢體語言部份。一般說來，語言性的部份主要是擔任敘述的角色；而超語言性的部份（説話時的音色、高低、快慢及伴隨的手勢等）則洩露著抒情的及社會性的品質。口頭語言及書寫語言實際有基本的差異。除了在文法及詞彙上兩者有顯著差異外，口頭語言所伴帶的超語言部份，即語音及手勢等方面，只能在書寫語言裡用標點符號、斜體字或其他方法來粗略而不完整的代替。從這個角度來看，書寫語言顯然是一個不完整的語言行爲；以其缺乏了超語言的成份之故。因此説故事絕不能只按照書本上的文字朗讀；而是要以優美的音色與超語言性的肢體部份，去表現一個完整的語言行爲。

二、説故事的內容在於事件本身：説故事的「故事」，是屬於廣義的解釋，也就是説，它是狹義的故事、童話、神話、寓言、小説等的總稱。凡一切有人物、有情節的演述材料，只要具有故事體裁的，都可以做爲説故事的內容；而其吸引人也就在內容事件的本身。這個事件的故事本身，必須有具體的有趣的情節。因此説故事的結構是：簡單的開頭，有趣的事件本身和有意義的結尾。

三、説故事是採用直線進行的敘述方式：説故事由於説話者本身表達方式的偏限，因此其敘述方式皆採直線進行；也就是依時間順序排列的事件敘述方式。這種敘述方式比較尊重聽衆的口味，也體諒聽衆的弱點，因此比較引起聽者的興趣，進而使效果集中。英文漢聲出版有限公司出版的《中國童話》，它的內容是廣義的故事；而其敍述方式則採狹義故事的直線進行，所以它是比較適合做爲說故事的書寫文學。

貳、說故事對兒童的功能

口頭傳播就是說話。說話除了無線電廣播與電視或錄音、打電話外，都是面對面的行爲。面對面的傳播是最有效的傳播方式，其方式有：聊天、約談、面試、討論、辯論、演講、傳道、教書等。講故事也是其中之一。

國小國語課程標準有關於說話的總目標說明：

四、指導兒童學習標準國語，養成聽話及說話的能力和態度。

㈠聽話方面：凝神靜聽，把握中心，記取要點，發問謙和有禮。

㈡說話方面：發音正確，語調和諧，語句流利，態度自然和藹。（見正中版《國民小學課程標準》，頁七五）

而分段目標裡有關說話規定如下：

低年級目標

㈣指導兒童養成注意聽話的習慣和聽話的禮貌。

㈤指導兒童養成用標準國語講述簡短的話，發表自己的情感。

㈥指導兒童學習日常生活中應用的標準國語，養成發音正確，語句流利的說話能力。

㈩指導兒童先練習口述作文，進而應用已識的語詞和語句筆述簡短的文句，使能以文字表達情意。（同上，頁七七～七八）

中年級目標：

㈢指導兒童能各自搜集和整理材料，運用語文有條理的發表自己的情意。

㈣指導兒童對於標準國語，能聽能說，發音正確，語句流利而和諧。（同上，頁七八）

高年級目標：

㈢指導兒童能獨立思考，使思想清晰，內容豐富，充分發表自己的情意。

㈣指導兒童使用標準國語，從事會話、報告、討論、演說、辯論等等，均能禮貌週到，態度自然，發音正確，語調和諧流利。（同上，頁七九）

又教材綱要「說話」部分有關「故事」如下：

低年級教材綱要：

6.簡易故事的講述。

(1)聽講故事。

(2)複講故事。

(3)看圖講故事。（同上，頁八二）

中年級教材綱要：

(3)故事演述。（同上，頁八四）

高年級教材綱要：

（第五學年）故事講述。

（第六學年）自編故事講述。（同上，頁八五）

從以上轉錄，可知講述故事與兒童之間的關係；而身為教師者更當具備說故事的能力。七十一學年度第一學期，台灣省政府教育廳曾公布「台灣省立師範專科學校學生說故事能力抽測試行要點」，其目標是「加强語文教學，培養師專學生說故事的能力，以增進其專業知能」。由此更可確信講故事對兒童是具有效用的。本校同事吳英長老師在〈怎樣跟小朋友講故事〉一文裡，認為故事對兒童至少有下列六種功用：（詳見六八年十一月十五日十三卷第二期《國教之聲》頁一～五）

一、引發學童上課的興趣　教師上課若能以講故事的方式來進行教學，則較能提高學童上課的興趣，進而能使他們更愛學習，更愛生活。

二、消除師生間的距離　講故事是一種面對面的傳播，是最有效的傳播方式，也是最能引人的傳播方式。它提供了面對面的接觸經驗，兒童透過這種經驗，感染了親密而真摯的氣氛，特別覺得愉快和興奮。隨著故事情節的發展，台上台下的距離消除，兒童不再畏懼老師；進而能達到師生之良好溝通。

三、激發兒童的想像力　學童富有豐富的想像力，老師可以利用情節曲折，引人入勝的故事，來啓發他們積極的思維。如此，可使兒童的想像力更加豐富而活潑，進而能培養兒童的創造能力。

四、可以發展兒童的語言能力　一般說來，兒童的詞彙不豐富，語法也常不完整，因此語言的表達能力不强。在講述故事中，有各種不同的語調、表情、動作以及故事的氣氛，可以使兒童增加語彙；並學到許多簡單有用且又正確的詞句，對於兒童語言文字的學習大有幫助。

五、促進兒童對社會的適應　兒童從聽故事中，可以充實許多知識，了解許多有趣的事物，能幫助他們認識環境，同時學會許多做人做事的道理，可以促進兒童社會化，亦即是增進適應社會的能力。

六、矯正兒童的異常行爲　六十八年二月六日中央日報第三版曾經介紹台大醫院利用聽故事來治療異常的行爲。實驗對象是台北市東門國小的小朋友，實驗過程分成五個階段，是以故事的不同內容來區分的，也就是先讓小朋友聽神仙故事，依次爲戰爭故事、歷史故事、現代生活故事，最後是偉人故事。根據主其事的陳珠璋醫師指出，中國孩子比西方孩子更喜歡聽故事，使得這個效果良好的實驗具有深層的意義。

換句話說，講故事還是一種行爲治療的有效方法。

叁、說故事的基本原則

想要把故事說得好，必先遵守一些基本的原則。以下轉述祝振華先生在《怎樣講故事說笑話》一書裡，所提到講故事的八項基本原則：

一、推己及人的原則　要能夠設身處地爲別人設想；也就是將人心比己心，推己及人。你可以就當時的情況和氣氛，選擇一個恰當的故事講給大家聽。

二、樂觀進取的原則　說故事給人聽，其目的並不是光爲了故事，而是要從故事中給予他們精神上的鼓勵和安慰。對任何人來說，都應當講一些內容以表現樂觀與進取爲主題的故事。

三、知識與道德原則　講故事要先考慮到聽故事的人，想從你的故事中得到一些知識的情況。任何的聽衆都不希望白聽一場。一個人所講的故事內容，跟他自己的爲人是分不開的；更不可背道而馳。因此，在講故事的原則上，知識與道德是相輔相成。

四、準備充分的原則　講故事要想成功，祇有做事前的充分準備。祇有準備充分的人，講起故事來才有信心。至於準備的要點如左：

1. 多閱讀、多收集故事，並分析故事的骨架。

2.多觀察人生衆相，多思考人生的問題；尤其是與你的工作有關連的現象或問題。

3.多研究聽衆的心理，發現他們的需要。

4.不斷學習別人講故事的長處，逐漸消除自己講話的缺點。

5.勤查字典，注意字義和讀音。

如果能按照上述五點確實而持續不斷地去做，自能成爲說故事的能手。如果你只是照著書上的故事去講的話，那一定得針對著這篇故事做準備，不可大意。

五、生動與新奇的原則　生動，就是活潑而具有生命的意思。又新奇與生動同等重要；可是新奇構成的因素，並非是全新的。也就是說，故事的資料，並不是聽衆一無所知的；而是在原來爲他們所熟悉的若干資料中，加入某些更新東西，使他們覺得「新」而「奇」。因爲，與觀衆的知識完全脫節的全新的知識，是無法引起他們的興趣的。

六、雅俗共賞的原則　聽衆知識程度不一，因此說故事應當把握雅俗共賞的原則，才容易成功、收效。而把握雅俗共賞的要點有四：

1.認清任何一個聽衆知識程度都有高低不同的可能。

2.儘量把話說清楚，並且運用高雅而易懂的字句。

3. 使用最通俗的字句，說出相當高深的理論。

4. 記住：所謂「高雅」，並非咬文嚼字；所謂「通俗」，並非粗魯或俗不可耐；更不是低級趣味。（頁二一一）

七、開門見山的原則　所謂開門見山，也就是一開始就說故事的本題，用不著開場白；萬一非用開場白不可的話，最好簡短一些，而且越短越好。開門見山的原則，就是用來加强講故事的人的自信心；同時，也減少或消除聽衆的能因「迫不及待」所產生的厭煩情緒。所以，講故事想要一舉成功，最好開門見山。

八、隨機應變的原則　講故事必須具備隨機應變的能力；否則有時會不知所措。隨機應變的能力並非天生，也不是人人具備的。祇有凡事多加思索，並且多事聯想，日子久了，成了習慣，自然可以養成隨機應變的能力。不過，最重要的是：一邊思考現象及造成這種現象的因素；一邊同時考慮解決問題的可行方法。（以上詳見黎明版頁一三～二二五）

肆、說故事的方法

想把故事講好，除了遵守基本原則之外，還要有實用的方法。試以祝振華先生在《怎權講故事說笑話》一書裡所提到的方法轉述如下：

一、緊睜眼、慢開口　緊睜眼，是指注視全場，善觀聽衆的氣色。當你一登台的最初幾分鐘，是聽衆全神貫注的階段，他們抱著滿懷希望，想著你會給他們講一些有趣而且有用的東西。如果一開始吸引不住聽衆，因而失去聽衆們最寶貴的注意力的話，就是最大的損失。在聽衆還沒有把注意力集中的情況之下，如果立刻很快的開始講，那些注意力尚未集中的人，一定不會聽得明白，也因此失去了興趣。又慢開口和低聲調是暗示聽衆，講故事的人是一位有經驗的內行人，因爲他們覺得這個人很沉著。沉著表示經驗豐富；沉著表示準備充分；沉著表示信心堅强；沉著表示指揮若定。至於說話的速度以及以後的發揮方法，是：開始聲音低——前進慢——聲音稍提高——再激昂——當聽衆深受感動的時候，自己特別沉著。

二、先把故事要項交代清楚　講故事能夠先把故事中的主角以及故事發生的地點等密切相關的資料，交代得清清楚楚，自然可以一開始就引起聽衆的注意和興趣，他們明白了這個故事的「來龍」之後，再去細說它的去脈，就不難把一個故事講得動聽。

三、適當的使用「懸疑」法　懸疑法就是故弄玄虛，也就是吊聽衆的胃口的手法。講故事要用懸疑法，强調某一點，或去故弄玄虛，格外引起聽衆的注意，最好就著故事的原文，利用特殊的語調、速度或表情，達到這個目的。

四、說「像話」的話，不要咬文嚼字　初學講故事的人容易受書寫語言的束縛，時常流於咬文嚼字。講故事是屬於完整的語言行爲，必須用口語化的口頭語言說。怎樣才能做到口語化？最好的方法是先把故事的大意、重點、層次記熟，然後用你自己的話講出來；如果能夠請教高明指正，那就更理想了。總之，用自己的話，講自己的故事，乃是避免咬文嚼字，避免說不像話的話的最佳方法。

五、不要帶稿子或大綱　演講是口頭傳播中最正式的方式，尚且不宜帶稿子。而講故事是口頭傳播中比較非正式的表達方式，更不能帶稿子；也不要帶大綱。不帶稿子可以不受稿子的約束，表現比較自然。如果帶稿子，非但表示自己的記憶力差；同時表示自己沒有信心，隨時得請稿子支援。總之，講故事因為不帶稿子，而得到「自然」與「信心」兩大支柱的話，保證一定成功。

六、少講著名的故事　因為凡是著名的故事，多半都是家喻戶曉，人所共知的，不容易引起聽衆的興趣。

七、使用適當的語速　講故事一開始的時候，應當慢一點；而在講述的整個過程中，語速的快慢是應該有個原則的。講到愉快、興奮的情節，一般總是速度較快；講到憂愁、哀傷的地方，一般多用較慢的語速。如果遇到有必須加以强調或是加强聽衆印象的地方，應當使用較慢的語速來表達；但是雖然慢，卻不是暗示著柔弱無力；相反的，卻要强而有力，才可完成强調的使命。又在引述一段原文的時候，可快可慢，其快慢的程度，應當依你的目的而定。

八、把「緊張」視為「正常」現象　任何人做事或講話，莫不是在「某種程度的緊張中」進行的；尤其是一開始的時候。因此初學講故事的人，在心理上應當儘量放輕鬆些；並且隨時記得最初的緊張，乃是注意力集中，聚精會神，具有充分的責任感，以及求好心切的旺盛企圖心，所產生的正常心理現象，不但要接受它，而且要珍惜它。

九、善用準備的方法　這是針對「近程的」準備而言，也就是在開始計劃講故事以後，才正式著手的準備工作，也可以說是專為某一項講話所作的準備。在準備講故事的時候，首先要明瞭講故事的對象和目的。知道了對象和目的，然後才能針對對象和目的，去收集資料。也就是說因了解對象和目的，而後才能選擇合適的故事，進而準備與實地演練。演練講故事，猶如練功夫，只要功夫深，到頭來一定成功。唯有充分的準備，才是你成功的保障。

十、認識「遠程的」準備，不斷的準備　所謂「遠程的準備」就是指長期的準備，也就是以「不斷的」準備去完成的遠程準備工作。長期的準備工作，實際上就是不斷的以各種可行的方法，吸收有價值的資料的工作。這些可行的方法有：閱讀、訪問、觀察、思考、寫作、聊天等。（以上詳見黎明版頁二五～七四。其中〈記憶的方法〉略而不論。）

建議參考書目

壹

怎樣講故事　王玉川編著　國語日報社　五九、九　四版
怎樣講故事說笑話　祝振華著　黎明文化公司　六三、四
怎樣對兒童講故事　徐飛華著　五洲出版社　六六、八
說故事　艾蓓德著　胡美華譯　中國主日學協會　六八、二
台灣民譚探源　施翠峯著　漢光文化公司　七四、五
中國動物故事研究　譚達先著　台灣商務印書館　七七、八
說故事的技巧　陳淑琦指導　時報文化出版公司　七七、十一
林蘭女史故事叢書三十種　東方文化書局影印　六〇年秋
說書聊齋誌異選集　國家出版社　七一、九
中國童話十二冊　英文漢聲出版有限公司　七十、一二~七一、一二
中國傳奇（計八輯，每輯八冊）莊嚴出版社　七四、七　七五、一　七五、三　七

六、八　七七、四　七七、一二　七七、一二　七七、一二

中國民間故事全集（計四十冊）　遠流出版公司　七八、六

貳

兒童從童話與故事中學習些什麼　黃堅厚　見五十五年五月小學生版《兒童讀物研究》第貳輯，頁七七～八四

怎樣向幼兒講故事　見五七、四　吳鼎編《故事與兒歌》附錄頁四八～五二，新潮出版社

寫兒童故事的幾個原則　周增祥　見六十三年十一月中國語文月刊社版《兒童文學研究》第一集，頁五七～五八

文學跟「故事」　林良　見六十五年七月國語日報社版《淺語的藝術》，頁一〇五～一一二

尋找一個故事　林良　見《淺語的藝術》，頁一一三～一一九

故事講述的研究　松村武雄　見六十七年九月新文豐版《童話與兒童研究》，頁二八五～三二九

故事講述的成敗的諸因子的考察　松村武雄　見《童話與兒童研究》，第十二章頁三三一～三四七

談爲幼兒説故事　曾妙容　見六三、三、二四　國語日報兒童文學周刊第一〇二期
談兒童故事的主題和形式　羅悅玲　見六四、八、三　兒童文學周刊第一七三期
多寫歷史故事　羅枝土　見六五、六、六　兒童文學周刊第二一六期
民間故事對兒童的影響　黃晴美　見六六、七、二四　兒童文學周刊第二七四期
民間故事的價值　藍溪　見六六、一一、六　兒童文學周刊第二八九期
故事的開始　知愚　見六九、五、二五　兒童文學周刊第四二〇期
兒童故事概説　陳艷瑜　見六八、一一、一五　國教之聲一三卷第二期，頁一一～一

六

怎樣跟小朋友講故事　吳英長　見國教之聲一三卷第二期，頁一～五
講故事的藝術　葛琳　見七一、二　台北市師專國教月刊二九卷一、二期，頁四～六

第三章　神話

神話最簡單的說法，是神的故事；或一系列這類相關故事集成的神話誌。就文學而言，他不是文學的體裁，而是內容。自十七世紀科學出現之後，我們就把神話置於一旁，認爲他是迷信和原始心智的產物。直到現代，我們才開始對神話在人類歷史的性質和作用上，有一個較完整的認識。各方學者試圖將這個被棄置的內容，再加以精鍊，反而使神話一辭的意義層次益加複雜。李維斯陀（Claude L'evi–Strauss 1908～）在《神話與意義》裡說：

我個人的感覺是現代科學並沒有完全跟這些已經喪失的東西脫離，現在科學愈來愈企圖在科學的解釋上重新整合這兩件事而成爲一整體。科學和我們爲了方便起見稱爲神話的思考，眞正產生距離而分家是十七、十八世紀。在那個時代，培根、笛卡爾、牛頓等人，爲了要使科學在古老的神話和神話思考中建立起來，這兩者的分開是必須的。當時認爲科學只能在背棄了看得見、聞得到、嚐得出、感覺得到的感官世界之後才能存在。感性是一個虛無的世界，眞正的世界是數理性的世界，只有知識分子才能捉摸得到，而且他跟感覺的僞證是相抵觸的。這也許是他們必須採取的行動。經驗告訴我們，由於這種分離，也可以說這種計謀，才使得科學的思考能繼續下去。（見時報版，頁二一—二二）

另外，有些「神話偏執狂」甚至認爲「神話的重建」不僅可以挽救藝術，而且至少能獲致現代問題的治方與最後的拯救。美國著名的神話及儀式作家甘培爾（Joseph Cambell），著有《神的面具》（The Masks of Gods, 1964），及非常有影響力的《千面英雄》（The Hero with a Thousand Faces, 1949）。一度向毀謗他的同僚各界表示，大學的全般課程均可以包含在廣義的神話一科裡面。（以上詳見東大版《從比較神話到文學》，頁二七七至二七八）。

做爲兒童文學的神話，其效用與受歡迎的程度，雖然不及童話；但神話本身仍有其「趣味」與「想像」；這種「想像的趣味」正是他吸引兒童的地方。以下試分述之：

第一節　神話的意義

壹、神話的起源

或許我們可以說神話是源於先民對知識的追求；而知識的追求，則始於無知的自覺。神話是初民對於自然現象的解釋，反映人類對自然的奮鬥。先民爲了表達他們對於社會生活的認識，對於自然現象的解釋，通過幻想虛構成的神奇的口頭故事。也就是自然界和社會形態在原始社會人民不自覺的藝術幻想中的生動反映；也是當時生產力低下的人民企圖支配自然的一種結果。

因此我們可以說，神話的產生有其現實的基礎，同時我們也知道神話主要產生於原始社會。袁珂在《中國神話故事》的〈前言〉裡，曾敘述神話的起源如下：

一般說來，神話乃是自然現象。對自然的奮鬥，以及社會生活在廣大藝術概括中的反映。換句話說，神話的產生，也是基於現實生活，而並不是出於人類頭腦的空想。所以當我們研究神話的起源，古代每一時期的神話所包含的特定意義以及諸如此類的問題的時候，都不能離開當時人類的現實生活而作憑空的推想的。

神話的產生源於人們對於大自然所發生的各種現象：例如風雨雷電的擊搏，森林大火的燃燒，太陽和月亮的運行，虹霓雲霞的幻變……產生了巨大驚奇的感覺。驚奇而得不到解釋，於是以爲他們都是有靈魂的東西，叫他們做神，他們不但把太陽、月亮……等等當做神，還把各種各樣的動物、植物，甚而至於微小到像蚱蜢那樣的生物，也都當做神來崇拜。這就是所謂萬物有靈論。從這些蒙昧的觀念中，產生了原始神話和原始宗教，而這些原始神話和原始宗教，正是最早的先民，從生活中發展起來日益聰明的頭腦所創造出來的。

最早的先民長時期地被生存的困難和與自然作競爭的困難所追害時，要戰勝這些困難，所以他們一再用激情而振奮的調子唱出了一些掙扎歷程的頌歌。他們歌頌了用斧子開天闢地的盤古，創造人類和熬煉五色石子補天的女媧，鑽木取火的燧人，發現藥草的神農，馴養動物的王亥，教導人民做莊稼的后稷，治理洪水的鯀和禹……。這些征服自然，改善人類生活的英雄，是受著人們最大的崇敬的。他們是神，可也是人。

此外，從神話裡我們還可以見到諸神的著名子孫是怎樣使用牛來耕田，怎樣發明了農業上的勞作工具，怎樣創造了車和船，怎樣製造了抵禦敵人的弓箭和其他武器，有的更創下了音樂和歌舞，製造了種種美妙的樂器，……這些傳說裡

的創造和發明，只不過一再說明遠古時代人們對於智慧和勞作的讚美。（見河洛版，頁一——二）

可知，神話所反映的範圍，最初是自然現象；其後，隨著人類社會向前發展，氏族制度逐漸形成，又擴大到社會現象中來。神話是在特定的歷史條件下為鼓舞帶動或為了生存而產生的。而神話雖然由美麗的想像所組成，但不論他是多麼的離奇，不可思議，可是總是當時人民的現實生活的折光反射。即使在想像中，進行了種種看來似乎滑稽、幼稚、可笑的描繪、敘述乃至解釋，也絕不是荒謬不可知的。我們不宜把神話當做怪異荒謬的神怪故事看，而應該從其中尋求先民們在奮鬥創造的過程中所體認的痛苦經驗。因為，當人們為了生存去認識他所身處的環境時，對於那些他們所不了解的事物，必然會根據個人的經驗予以想像。所以古代的神話雖然是那樣充滿了迷信的成份，缺乏科學的根據；但是，由於他是從經驗中建立起來的想像世界，我們仍然可以在那裡發現到當時的人對於他們現實生活所作的體驗。

又我們今日所見的古代神話，是產生於先民共同勞動生產的經驗之中；同時是經過多次的「變形」（註一），而後才定型的。他們能通過漫長的歷史過程，必是由於他們已經成為這一團體之共同精神與信仰，發展成為全民族共同的財產；也就是說：他們所以流傳下來，並不是人們要透過那些故事來訴說個人的悲喜；而是借此來傳達全民族的經驗，及其共同的感情與認識。因此，在古代神話中，我們所接觸的不僅是趣味的事物，更重要的是要從其中體驗一個民族如何在艱辛中奮鬥和成長，而不是意味著羣衆迷信或率真的幻想。

貳、神話的定義

神話最簡單的說法，稱他爲神的故事；或一系列這類相關的故事集成的神話誌（詳見東大版《從比較神話到文學》，頁二七九）。也可以說是「關於宇宙起源，神靈英雄等的故事」，或是「關於自然界的歷程或宇宙起源宗教風俗等的史談」（詳見商務版林惠祥《神話論》，頁一）。我們相信，神話是民族的夢，是古代人迷惑於有意識與無意識——夢與現實——之間的產物；因此簡單而具體的神話定義是：「神話是古代民衆以超自然性威靈的意志活動爲底基，而對於周圍自然界及人文界諸事象所做的解釋或說明的故事。」（詳見聯經版王孝廉《中國神話與傳說》，頁一）

二十世紀，人類學、心理學、語言哲學等社會科學發達，爲研究神話的學者與有志於廣泛了解文化、分析文化的人，提供了新的看法；因此也使「神話」一辭的意義層次益加複雜。而這些社會科學之中，人類學無疑是對現代神話研究的熱潮貢獻最大。以下試引一個現代文學批評論集編者的意見，做爲本節的結束：

首先，我們可以列舉職業的創造神話學家不接受，而且可能引起大多數人激烈反對的三種神話觀念：㈠神話是捕風捉影的形式，是神仙故事，是寓言；㈡神話只是將稗史與遠古時代的眞人實事牽强附會（此亦即希臘哲學家攸希馬樂斯Euhemerus所謂神話是英雄人物史實的誇大敍述）；㈢神話是一種原始科學，因人們試圖解釋自然現象而產生。那麼，創造神話學家認可的界說有那些？㈠神話是儀式的語言表徵，也是儀式傳播的媒介。㈡神話是想像力藉以連繫、組織根本心智意象的語言。㈢他是最終現實的啓示與表現方式，因此，他指陳的是價值觀而非事實。㈣神話的架構類似文學，而且像文學一樣，是介乎前意識與潛意識之間而能令兩者滿足的一種唯美創作。㈤神話是一個故事，或敍事詩、文，論起源、性質，都是屬於非理性的、直覺的，所以與推論的、合乎邏輯而有系統的事物不同，也比它們重要。（引自東大版《比較神話到文學》，頁二八四）

叁、神話的分類

神話的分類，時因標準不同而有異，或依文野狀態而分爲文明神話、野蠻神話；或以民族爲標準而分爲希臘神話、埃及神話等；或依地域爲標準而分爲美洲神話、澳洲神話等。以下試引錄三種分類如下：

《談寓言》一書引薩拉斯替亞斯的分類如下：

神話的種類有五，每種都有例子。

神話有些是神學的，有些是肢體的，有些是精神的，以及有些是物質的，和有些是由最後這兩種混合起來的。神學的神話是指那些不用肢體的形態而只思考神之眞正元素的神話；像呑掉他孩子的克羅諾斯（Kronos）。既然上帝是有智慧的，而所有智慧回到它本身，這個神話就以寓言的方法表示了上帝的要素。

當神話表現了神們在世界上的行動時，它們可由肢體上來看：像以前的人都把克羅諾斯（Kronos）看成時間，而把部分時間稱做他的兒子，說那些兒子被他父親呑掉了。

精神上的神話是有關靈魂本身的行動：靈魂的思想行動雖然可以繼續進行到別的物體上，但是他們仍然存在他們生產者的內部。

物質的以及最後的一種神話是埃及人最常用的。由於他們的無知，所以相信物質的東西是眞正的神，而也那樣地稱他們：像他們稱地爲「愛西斯」（Isis），濕氣爲「渥西里斯」（Osiris），熱爲「太風」（Typhon）。或再一次，水爲「克羅諾斯」（Kronos），地上的水菓爲「阿多尼斯」（Adonis），和酒爲「戴奧尼莎士」（Dionysus）。

我們可以對明智的人說，這些東西像各種藥草、石頭、動物一樣，對神而言是神聖的。可是說這些東西是神，就是瘋子的觀念——除非其意義就像說：太陽的天體和從這天體出來的光，兩者口頭上都稱做「太陽」。

混合的太陽可以由許多例子中看出：比方說，人們說，在一個諸神的宴會中，爭執（Discord）投下一個金蘋果；女神們來爭奪它，而被宙士（Zeus）送到巴利斯（Paris）那邊去受裁決；巴利斯看到阿浮羅黛堤（Aphrodite）很漂亮，就給了她這個蘋果。這裡，那個宴會象徵著衆神的超宇宙力量，那是他們聚集在一起的理由。那金蘋果就是這世界。這個世界由於是由相對的東西形成的，所以當然可以說「被爭執投擲」。各個不同的神都贈給這個世界不同的禮物，所以說他們爭奪這個蘋果，而那按照理智生活的靈魂——巴利斯就是那樣——由於除了美以外，在這世界上見不到其他力量，所以宣告那蘋果是屬於阿浮羅黛堤。

神學的神話適合於哲學家，肢體的和精神的適合於詩人，混合的適於宗教上引人進入一種信仰，因爲每個引人進入信仰的行爲，其目標都是要把我們跟這世界和衆神聯合起來。（引自六十二年五月黎明版《談寓言》，頁二一一——二一三）

又李達三先生於〈神話的文學研究〉一文裡，則認爲：

神話的種類很多，主要的有宇宙起源神話（關於開天闢地各種說法），滅亡神話（eschatological myth說明世界毀滅與死亡），生生不息神話（如四季更替。亦即詩人雪萊所說的：「冬天來臨，春天還會遠嗎？」），時間與永恒神話（人世間的時間觀念與超越的永恒），救主神話（或基督救主神話），富翁神話（新的烏托邦世界），甚至有人主張包括混沌神話（如歐立德的二十世紀《荒原》）。（見東大版《從比較神話到文學》，頁二八一）

至於林惠祥先生的《神話論》，則依神話的性質而分爲：

1. 開闢神話：這一種包括天地自然物人類的起源等神話。天地開闢以後，常有大洪水的降臨及世界的重造，故這種洪水神話也可算爲開闢神話的一部分。

2. 自然神話：這一種包括各種自然物及自然現象的神象的神話。這一類最常見者爲日、月的神話。

3. 神怪神話：包括神祇與妖怪兩種，因爲他們同是超自然的東西，性質相近，無確切的界說。

4. 死亡、靈魂及冥界的神話：這一類所包括的三者是一串的。

5. 植、動物神話：植、動物全體的起源，常在開闢神話中述及。因此常與人類起源的神話合而爲一。

6.風俗神話：這一類包括社會制度與生活技術兩種。前者是精神方面的風俗；後者是物質方面的風俗。

7.歷史神話：歷史和神話的界說，常很不分明，有些神話，實是根於歷史的事實，不過加上神話的色彩，以致惝恍迷離疑眞疑假。

8.英雄或傳奇神話：屬於這一類的是比較有傳奇性的一篇故事，敍述某個英雄的行爲，這種英雄大都無歷史的根據，但在民衆中也常被信爲實有的人物。

（以上詳見商務版《神話論》頁二一——三一）

肆、中國神話述要

中國神話的創造與研究，素稱不發達，一直到民國十四年才有玄珠的《中國神話研究》出現。古添洪先生於〈我國神話研究書目提要〉的前言裡說：

國人對於神話一直有著很深的誤解，以爲神話僅是不經的荒誕之談。孔子不語怪力亂神，史記對這些貌似荒誕的神話亦多付闕如；因此，神話的記錄不多，且有意排斥，故散失甚鉅。晚近國際間文化交流，方知希臘、埃及、巴比倫神話之豐盛，且構成其文化中一重要部分。對比之下，國人多以爲我國神話僅存片斷，實不足與希臘諸國比，頗有自卑之感，但由於近幾十年來中國學者之努力，對神話資料之搜集及整理，自玄珠之《中國神話研究》至袁珂之《中國古代

神話》出版，方知中國神話實不如想像之片斷零碎。（見東大版《從比較神話到文學》，頁三八〇）

其實西方對神話的著力研究，亦祇不過是一兩百年事而已；但其間學者輩出，理論很多，可謂成績斐然。而我國神話之所以零落，魯迅在《中國小說史略》裡，引日本學者鹽谷溫之說，認為中國神話之僅呈零星者其原因有二：一為地理環境使然；我國先民散居黃河流域一帶，頗乏天惠，故重實際而黜玄想。二為孔子的理性主義使然；孔子不語怪力亂神，敬鬼神而遠之，在此理性的重實用的風氣影響下，神話就漸呈零落了。（詳見七九、十一、風雲時代出版社本，頁二三）其實我國在遠古時代亦曾產生過大量美麗的神話的；但從古代文獻保存下來的數量看，卻是不多，且缺乏系統整理，因此不能和希臘等各民族的神話媲美。

中國零星片段神話，有不少是賴詩人和哲學家保存下來的。屈原〈離騷〉、〈九歌〉、〈天問〉、〈遠遊〉……這些瑰麗的詩篇裡，遺留給我們非常豐富的神話和傳說的資料。尤其是〈天問〉一篇，陸離光怪，上天下地，無所不包。惜乎限於詩體的形式，又全是問話，索解為難；從一千八百年以前第一個注《楚辭》的王逸起，就已經不免望文生義，多憑臆說，後來的人更是聚訟紛紜，莫衷一是。不過如果我們下功夫去研究它，還是能夠尋出大體的端緒的。哲學家保存神話傳說如《墨子》、《莊子》、《韓非子》、《呂氏春秋》、《淮南子》、《列子》……裡都可以找出不少。《孟子》和《荀子》裡也可以找出一些古代傳説的片段。荀子〈非相篇〉裡對於古代聖主賢臣（有些其實就是神）的形貌的記述就足以供研究神話的參考。當然，保存神話資料最多的，還是要算屬於道家的《淮南子》和《列子》。《列子》雖是晉人僞作，可是晉代終是去古未遠；當然《列子》所采錄以入書的神話，可能有修改，但是臆造則恐怕未必（因爲作僞書者也還是要想取信於時人，如果臆造，那能使人完全相信呢），所以我們應該相信《列子》裡的神話資料仍是相當有價值的神話資料。

現在保存中國古代神話資料最多的著作，是《山海經》與《穆天子傳》。而《山海經》尤爲珍貴，全書共分十八卷，原題爲夏禹、伯益作，實際上卻是無名氏的作品，而且不是一時期一人所作。其中〈五藏山經〉可信爲東周時代的作品；〈海內外經〉八卷可能成於春秋戰國時代；〈荒經〉四卷及〈海內經〉一卷當係漢初人作。裡面所述神話，雖是零星片段，卻還存本來面貌，極可珍貴。

〈五藏山經〉又簡稱〈山經〉，內容係記述中國名山大川的植物，兼及鬼神；大都根據傳聞和想像。其所記述的種種現象已多不可考，由於篇末每有祠神用雄雞、用玉、用糈……等的話，又疑是巫師們所用的祈禳書。〈海內外經〉和〈荒經〉又簡稱〈海經〉；內容記述各種神怪變異和遠國異人的狀貌風俗；體制大抵同於〈山經〉而文字條貫似乎卻沒有〈山經〉的分明。爲什麼會有這種現象呢?只有從《山海經》的圖畫與文字的關係這一點上去尋求解釋。

〈海經〉的部份，保存中國古代神話資料最多，是研究中國古代神話的瑰寶;但因爲是以圖畫爲主而文字爲附的，就不免常有散漫及疏略的缺點。先說散漫:除了海外各經較有條貫外，從海內各經、荒經裡面我們可以看出——

在昆侖虛北。有人曰太行伯，把戈。……(海內北經)

東海之外大壑，少昊之國。少昊孺帝顓頊於此，棄其琴瑟。有甘山者，甘水出焉，生甘淵。大荒東南隅有山，名皮母地丘。東海之外，大荒之中，有山名曰大言，日月所出。……(大荒東經)

確實是據圖爲文的文字，每條都可以單獨成立，中間並沒有機動的聯繫。最後一篇〈海內經〉，我們看它所經的地區，由東而西，由西而南，而南，而北，次序也嫌零亂無章。

再說疏略:〈海外南經〉說:「三苗國在赤水東，其爲人相隨。」我們就不知道「相隨」的確切狀態。〈海外東經〉說:「蚕蚕在其北，各有兩首，」我們也想像不出這種怪動物的形貌。〈大荒東經〉說:「有五采之鳥，相鄉棄沙，惟帝俊下友，」也很費解。〈大荒南經〉:「有神名曰因因乎，……處南極以出入風」，〈大荒西經〉說:

「有人名曰石夷，……處西北隅以司日月之長短，」這兩位的形容狀態，我們也無法憑想像塑造他們出來。諸如此類的例子，還可以舉出好些。在以文字說明圖畫而圖畫尚存的時代，這類疏略無關緊要的，只要一看圖畫就誰都心裡明白，無怪陶靖節先生有「流觀山海圖」的樂趣；可是在喪失了古圖而單剩下說明文字的今天，就不免時或要遭遇到在黑暗中摸索的苦惱了。

但雖這樣說，《山海經》卻是一部亟待研究的重要的保存神話資料的著作。以前也有人作過一些研究，但都偏於瑣碎（雖然《山海經》文字的本身也就很瑣碎的），還沒有人專門從神話的角度提出若干重要的問題來加以精深的研究。而這種研究又是非常需要，因爲這對於整理中國古代神話，是有很大幫助的。不過話又說回來，《山海經》既是古籍當中比較難讀的一部書，有時連文字都很費解，要想作精深的研究，自然更是困難。所以對這部書的校勘和訓詁（尤其是〈海經〉部分）的這件工作，還是很值得好好地去作的。現在通行的兩種《山海經》的注本，畢沅的《山海經校本》和郝懿行的《山海經箋疏》，兩種本子都保存著郭璞的古注，都很不錯，後者更是時有犀利的見解。（以上詳見河洛版袁珂《中國神話故事》前言頁三——七）

第二節　神話的特質

神話是先民那一時期客觀世界在頭腦中的反映，是以現實生活做爲基礎。神話的真正鑄模是社會而非自然，它的基本動機是人的社會生活的投影。因此我們可以說神話的基本特性是社會的，而其整個原始心意則是前邏輯的或神秘的。也就是說神話所揭示的，乃是「神本」觀念；在這種「神本」觀念的作品前，我們難免在超人神聖之前，自嘆不如，自形慚穢，總覺自己頗受鞭策和期許。又神話涉及的多是千古不易的哲理，或玄妙難解的宇宙奧秘，大抵是博大精深；是以我們視之爲「神奇」。林惠祥先生認爲各民族都有神話，故神話極爲浩繁而且複雜，但他們都有共同的性質，其共同性質如下：

甲、表面的通性：

1. 神話是傳承的（Traditional）　他們發生於很古的時代，即所謂的「神話時代」（Mythopoeic Age）其後在民衆中一代一代的傳下來，以至於遺失了他們的起源。

2. 是敍述的（Narrative）　神話像歷史或故事一樣敍述一件事情的始末。

3.是實在的（Substantially true）　在民衆中神話被信爲確實的記事，不像寓言或小說的屬於假設。

乙、內部的通性：

1.說明性（Aetiological）　神話的發生是要說明宇宙間各種事物的起因與性質。

2.人格化（Personification）　神話中的主人翁不論是神靈或植、動、無生物，都是當做有人性的，其心理與行爲都像人一樣，這是由於「生氣主義」（Animism）的信仰，因信萬物皆有精靈，故擬想其性格如人類。

3.野蠻的要素（Savage Element）　神話是原始心理的產物，其所含性質在文明人觀之常覺不合理；其實他們都是原始社會生活的反映，不是沒有理由的。

（見商務版《神話論》頁一——三）

從其通性的說明，更可肯定的說：神話的特質在其「神奇性」。而這種神奇性具有下列的性質，約述如下：

1.流動性　做爲人類精神性文化形相的神話，不可能永遠超越一般的時空而保持它固定的形態；神話是呈現一種不斷流動變形的現象。今天我們直接面對的神話，大部分是由遠古到今天經過多種流動變化的神化；因此爲了探求神話的原始內容意義，必須以溯行方式窮追其原始神話，這種流動「變形」，卡西勒認爲它是統御神話的律則。對神話我們必須力求了解它的內在生命，它的流動性與多變性以及它的生動原理。而促使神話產生變形的動因，王孝廉先生認爲有下列因素：

甲、宗教觀念及表象的發達變化。

乙、文化環境的變化。

丙、共通意識的變化以及個人意識的強大化。

丁、異族文化的接觸。（詳見聯經版《中國的神話與傳說》，頁二—四）

2.感性　我們認爲神話是非邏輯的；這種非邏輯並不是不合邏輯，而是指另種異於邏輯的思想方式而已，或稱爲前邏輯思想。神話的真正基礎不是思想而是感受。他們的條理或一貫性多依賴感受的統一性，少依賴邏輯的法則。這種統一性是原始思想的最有力也最深入的衝動之一。卡西勒於《人的哲學》裡曾說：

我們可以說，神話有雙重的面孔。它有一個概念的結構（a conceptual structure）；也有一個感受的結構（a perceptual structure）。它不只是一堆混亂無條理的意念；它有賴於一個確切的感受樣式。設若神話不先按其特有的方式來感受世界，它也必不會按其特有的態度來判斷或說明它。爲了明白神話思想的特質，我們必須回顧一下這個比較不顯著的感受層。就經驗的思想言，我們注

> 意的是感覺經驗的種種恒常特色。我們在進行這種思考時，一定要弄清楚實質的與附帶的、必然的與偶然的、不變的與常遷的。藉著這種區別，我們就進入了一個由物理的客觀所構成的世界，其中有種種確定不移的品質。但是這種區別必需要有一個分析的過程，這是與神話感受或思想的基本結構不相合的。與討論事物與性質、實質與偶然的理論世界比較，神話的世界就處於一個遠為流質的與波動的階段。為了領會及說明這個不同處，我們或可以說：神話所感受的，不以客體為主，卻以「表面特徵」（Physiognomic characters）為主。（見六十五年九月審美出版社杜若洲譯本《人的哲學》，頁一二二—一二三）

原始心意的特色，不在其邏輯之有無，而在其對生命的全面感受。這種原始民族的思考方式，李維斯陀認為至少在許多情況下，一方面可以不受利益關係的影響；另一方面他是一種意識的思考方式的（詳見時報版《神話與意義》頁三〇）。李維斯陀並引伸說明如下：

> 我現在必須先剷除一個誤解，當我說一種思考的方式是不受利害關係影響的，同時它是一種智識的思考方式，這絕不意味這種思考方式跟科學的思考是同等的。當然，在某一方面來看，兩者是不相同的，在另一方面來看它是比科學的思考低等的。這種差異繼續存在的原因，是此種思考的方式是以走捷徑而達到

對宇宙一般性的了解。不但是一般性的，還是全盤的了解。那就是說，我們可以推想，延用這種思考方式，如果你不了解所有的事務，那你就沒有解釋任何一件事。這完全跟科學的思考是相抵觸的，科學的思考是一步一步的進步，企圖了解很有限的現象，然後才繼續解釋其它現象，照這樣按部就班的做下去。笛卡爾早已經指出科學的思考目標，是為了要解決一個難題，先得把這難題分解為很多小的問題。

所以野蠻人心思中的這種專橫的宏志跟科學思考的過程是很不一樣的。當然，最大的差異在於野蠻人的志願是絕不會成功的。經過科學的思考，我們能夠達到控制自然，這一點是很明顯的；無需我們再引申說明了。雖然神話給予人類物質力量去克服環境這方面是失敗的，然而非常重要的是它賦予人類一種幻覺，使他自認能夠了解宇宙，好像的確了解了宇宙。當然，幻覺終歸是幻覺而已。

然而，我們應該記住的是，做為一個科學的思想者，我們只運用了很有限的心智力量（mental power）。每個人只利用了各人在本行本業，或者其它特殊情形下，牽涉到自己時所需要的心智力量。所以如果有人花二十多年研究神話和親屬制度怎樣運作，那麼他就只用了這部分的心智能力。但是我們不能要求每一個人都對同樣的事務有興趣，所以每個人只用了他所需要的，或者對他有興趣的那點兒心智力量。

跟過去比較，今天人類心智能力的應用，時多時少，而且這種心智能力的性質也與過去不同。譬如説，跟以往相比，現代人類較少利用感官力量。當我在寫神話邏輯《神話科學之導論》（Mythologiques《Introduction to a Science of Mythology》）初版時，遇到一個相當神秘的問題，好像有這麼一個部落，他們能夠在白天看到金星。對我來説，這是不可思議和完全不可能的事。我向天文學家請教，他們給我的答案是：當然，我們是看不到金星的，然而等我們知道金星在白天所發散出的光時，有人能夠在白天看得見金星，就並非是完全不可思議了。後來，我在古老的西方航海誌裡讀到，古時候航海者好像在白日裡能夠看到金星。如果我們有一對受過訓練的眼睛，也許我們仍舊可以在白天看到金星。

我們對植物和動物的知識也是如此，沒有文字的民族對他們環境和資源的應用，具有令人驚異的準確知識。這種能力我們早已喪失了，但是我們並沒有平白丟掉，換來的是，譬如，我們能夠駕駛一輛汽車而不會隨時被撞毀，或者一到夜晚打開電視和收音機。這種能力暗示著現代人類心智力量的一種訓練，這是「原始」民族所沒有的，因爲他們無此需要。我認爲以「原始」民族所擁有的潛在能力，他們心智的本質是可以更改的，他們之所以不更改，是因爲他們的生活方式，和他們跟自然界的關係無此需要。人類的心智能力不可能在一剎那之間完全發展出來。每個人只能使用局部的心智能力，由於文化不同，每一局部也因而不同，如此而已。（見時報版《神話與意義》頁三〇—三二）

3.**神秘性**　神話的根本特性是社會的，但其整個原始心意卻是前邏輯的或神秘的。他們應用感性思考，而想去了解宇宙；而事實上神話給予人類物質力量克服環境這方面是失敗，然而非常重要的是它賦予人類一種幻覺，使他自認爲能夠了解宇宙，好像的確了解了宇宙；其實幻覺終歸是幻覺而已。因此我們可以說神話的主題便是生命的神秘莫測，設法爲生命中神秘而難解的問題提供不完整的答案，也算是一種藝術上的挫折。而這種神秘難解的藝術挫折，比起其他方法，至少更具有挑戰性，更能將我們帶入生命中之基本問題——喜、怒、哀、樂、恐懼。

第三節　神話與文學

遠古之初，神話的創作是被視爲真實和信念的事實。由於對生命的本能熱愛，和冥想到生命與它生存於其間的宇宙休戚之情，原始人內心時時升起一種迫切的渴望，要想對他自己，和生活周遭的物理世界及人文世界賦予豐富的意義；這是人類心靈發出的第一個訊號。自從有神話造作以來，人類就開始脫離茹毛飲血的動物性生存，而成爲有理想的和有詩意的生靈；人類的生存才從匍匐於狹隘的平面，而有了精神的上升與下潛的幅度。因此古代神話的創作是人類從物質束縛中解放；他表現的不單是智慧的運作，並且是熱情的努力。神話在描述這個世界的時候，極盡其幻設的能事；它無視於生存境遇裡現實情理的阻礙，卻無限盡地展露著創造的天真，而所謂藝術就由此產生。

就神話的流動性而言，他帶給文學的影響有兩方面：

1. 是神話內在的流動變化，使得主角、配角的形態逐漸地接近了人，人性的濃厚化趨向使神話獲得更多藝術和文學的氣氛與性質。

2. 是神話外在的流動變化，使神的構成內容把異質神話誘導進了同質神話裡面，增大了神話內容的多元性，使神話在藝術性的美感方面，由原來凝集簡約的藝術美而發展爲撩亂錯綜的藝術美。（見聯經版王孝廉《中國的神話與傳說》頁五—六）

又就神話的感性而言，其與文學無異。至於神話的「生活的神秘莫測」主題，也更是文學作品所經常表現的主題。

引申的說，從神話到文學的原因有以下幾種：

1. 是由於民衆智力的深化，對於無秩序的神話逐漸不耐，於是在神話上加上了若干的形式。

2. 是社會集團的社會性、政治性組織的進展，產生了合理主義的要求，不再允許神話與政治社會相互雜揉、並立。

3. 是神話由十口相傳而推移到成文記載的時候，記錄者開始了整理這些堆積的神話的工作；許多民族在他們文字發達了之後，都開始記錄自己的神話。神話由口誦文學而進到文字的時候，流動變化的情形相當大。（見聯經版王孝廉《中國的神話與傳說》頁六—七）

神話到文學的過程，不是突然飛躍而完成，它是逐漸完成。王孝廉在〈神話與詩〉一文裡曾論其過程如下：

神話到文學的過程，絕不是突然飛躍而完成的，是經過若干必須的階段而逐漸完成的，這些過程是：

一、許多獨立存在的個別神話在某種機緣或目的下被凝集成爲若干有共同中心的神話羣。但這些被凝集各神話羣之間，雖然有共同的中心，但並不一定是有互相關聯的，印度的吠陀神話，墨西哥和秘魯的神話，就是停留在這個階段裡。第二是聯絡這些中心相同的神話羣，使他們之間產生某種程度的交涉，進而把所有的神話羣統一成一個完整的建築。希臘神話雖然是接近了這種統一的階段，但尚徬徨在第一與第二階段之間。北歐神話是較希臘神話更接近第二階段的。中國古代的神話，或許應該是在此第一階段以前到第二階段之間吧？

神話從口傳推移到成文文學的時候，一方面神話本身是從個別文學形態轉進了體系文學形態裡；另方面神話內在的非文學性逐漸稀薄，文學性濃厚了起來。於是本來探究自然本義，或解釋歷史發展，或實用祭儀效果等實功主義漸漸地從神話的內在中乖離消失，這是神話的「解消作用」。另外在藝術價值效果上，文學作品上的鑑賞意義逐漸提高，這是神話的「純化作用」。神話經過如此的解消和純化之後，方才正式地進入了文學而成爲成文文學，這對神話本身來說，是一種劃期性的自我變形，進到純文學範疇裡面的神話，開始做爲文學中藝術的衝擧力量而活躍起來，神話從自我變形以後，從種種自我性的桎梏中解放出來，超脫了它本身的神聖性和秘密性而展開了以文學爲主力的新大路。（見聯經版《中國的神話與傳說》，頁七—八）

神話本身是「臆論」與「藝術創造」的結合（見《人的哲學》頁一二一），及神話進入了文學以後，更形相得益彰。

二十世紀行爲科學發達以前，一般人只把神話當做文學典故看待。在一些大師的作品中，神話典故僅止於文學作品中的運用，甚至有時候只被當做一種點綴。一般人認爲神話在古代文明中，祇是歷史傳統的一部分，因此，文學繼承的是神話的作用；而後經過人類學家、心理學家以及其他思想家的發現，自然能激發文學家將這些觀念併入文學批評之理論與實際。因此，創造神話與人類學家、結構主義者不同的是，其興趣不在於神話與儀式，而在於文學——視文學爲神話與儀式於藝術中之最後體現，他們試圖尋求的是「神話的重建」。他們認爲神話能擴大文學的想像，同時也能爲文學帶來更好的次序與形式。

第四節　神話的改寫

袁珂在《中國神話故事》的前言裡，曾說明為什麼要研究神話的幾點理由：

首先，神是人類社會童年時期的產物，一個大人固然不能再變成一個小孩子，可是一個小孩子的天眞爛漫畢竟也還是令人高興的。從神話裡，我們可以看到古代人民的思想觀念是怎樣的：他們怎樣設想世界的構成，怎樣歌頌人們的英武，怎樣想望生活過得更美好，怎樣讚美生命的掙扎……等等。研究神話，可以使我們更加懂得怎樣熱愛生活和熱愛人類。

其次，因為神話本身就最富於興趣，它對於文學藝術有很大的影響，文學藝術靠它才更加顯得美麗而年輕。例如我們所熟知的希臘古代精美絕倫的雕刻，就幾乎全和神話有關。再如中國殷周時代的鼎彝，多用饕餮、夔、夔龍、夔鳳、蛟、螭……等奇禽異獸的鑄像作為裝飾，就很富於神話意味；大詩人屈原著的〈離騷〉、〈天問〉、〈九歌〉……等，也都取材於神話，藉此以抒寫其對當時楚國昏庸腐敗的政治的悲憤。他如埃及壁畫、印度史詩，都具有神話的因素。這都說明神話對文學藝術是起著豐美的作用的，研究神話，可以使我們對古代優美

> 的文學藝術遺產有更深刻的認識。
>
> 再其次，神話雖然不是歷史，但卻可能是歷史的影子，是歷史上突出的片段的紀錄。要把神話中的人物都當作是一個實有的古先帝王看，固然是荒謬絕倫，可是一概抹殺神話事蹟所暗示的歷史內容，也不妥當。例如昆侖山和西王母的故事，當暗示「諸夏」之族和「諸羌」之族的文化交流。所以我們研究神話，也能從神話的暗示中尋繹出歷史的眞象。
>
> 我們還應該注意到：神話又是民族性的反映，各國的神話都在一定的程度上反映出了各國民族的特性。（六五、八、河洛版〈前言〉，頁一一）

神話最能夠激發一個人內心中的民族感情與民族愛，因此林良認爲「神話精神的真正繼承者就是兒童文學」（詳見《淺語的藝術》，頁一五五）；而蘇樺在〈談文學及其價值〉一文裡，也談到神話對兒童教育有下列的積極影響：

> 1.神話對於各種事象離奇解釋，能培養兒童的想像力。而想像力不但是文學創作的根源，還可以成爲科學創造的動機。
>
> 2.神話的內容，含有驚異的情節，正是兒童文學中最令兒童感興趣的成分，可以誘發兒童的閱讀與趣。
>
> 3.可以使兒童從自古相傳的神話中了解古史的輪廓。

4.可以輔導各科的學習。

5.神話可以啓發兒童培養優良德性。(詳見六五年五月十六日國語日報兒童文學周刊二一三期)

我們相信神話對於兒童有積極影響;衹是現代人要創作新的神話是有困難,當然最主要的原因是科學知識的普及。科學知識的普及相對的剝奪了神話的「流動性、感性與神秘性」的存在可能。神秘的消逝是無可奈何的事實,也可以說是人類文明進步的結果,尉天驄在〈中國古代神話的精神〉一文裡,曾說明了這種無奈的事實:

> 及至人類的文明再向前進展,舊社會與舊秩序因無法適應新的現實而成爲過去之時,人們由於已認識出舊事物的愚昧和可笑,因此原來由之而生的崇拜之情便一變而爲嘲弄。如此,他們才能變悲劇的對象爲喜劇的素材,並在這喜劇的諷嘲中對自己民族的幼稚愚昧,才能有一次愉快的訣別。發展到這個階段的神話也是一樣。例如戰國時的河伯,在《史記》的記載中就是一變神聖而爲卑微可笑的。——
>
> 魏文侯時,西門豹爲鄴令。豹往到鄴,會長老,問之民所疾苦。長老曰:「苦爲河伯取婦,以故貧。」豹問其故,對曰:「鄴三老,廷掾常歲賦斂百姓,收取其錢得數百萬,用其二三十萬爲河伯娶婦,與祝巫共分其餘錢持

歸。當其時，巫行視小家女好者，云是當爲河伯婦，即聘取。洗沐之，爲治新繒綺縠衣，閒居齋戒；爲治齋宮河上，張緹絳帷，女居其中。爲具牛酒飯食，（行）十餘日。共粉飾之，如嫁女床席，令女居其上，浮之河中。始浮，行數十里乃沒。其人家有好女者，恐大巫祝爲河伯取之，以故多持女遠逃亡。以故城中益空無人，又困貧，所從來久遠矣。民人俗語曰『即不爲河伯娶婦，水來漂沒，溺其人民』云。」西門豹：「至爲河伯娶婦時，願三老、巫祝、父老送女河上，幸來告語之，吾亦往送女。」皆曰：「諾」。至其時，西門豹往會之河上。三老、官屬、豪長者、里父老皆會，以人民往觀之者三二千人。其巫，老女子也，已年七十。從弟子女十人所，皆衣繒單衣，立大巫後。西門豹曰：「呼河伯婦來，視其好醜。」即將女出帷中，來至前。豹視之，顧謂三老、巫祝、父老曰：「是女子不好，煩大巫嫗爲入報河伯，得更求好女，後日送之。」即使吏卒共抱大巫嫗投之河中。有頃，曰：「巫嫗何久也？弟子趣之！」復以弟子一人投河中。有頃，曰：「弟子何久也？復使一人趣之！」復投一弟子河中，凡投三弟子。西門豹曰：「巫嫗弟子是女子也，不能白事，煩三老爲入白之。」復投三老河中。西門豹簪筆磬折，嚮河立待良久。長老、吏、旁觀者皆驚恐。西門豹顧曰：「巫嫗、三老不來還，奈之何？」欲復使延掾與豪長者一人入趣之。皆叩頭，叩頭且破；額血流地，色如死灰。西門豹曰：「諾，且留待之須臾。」豹曰：「延掾起矣。狀河伯留客之久，若皆罷去歸矣。」鄴吏民大驚恐，從是以後，不敢復言為河伯娶婦。

而就在嘲笑之中，便宣告了神話時代的結束。有了這樣結束，人們才能在不留連於「傷逝」的情懷中，開創一個新的未來。（見東大版《從比較神話到文學》頁二五〇——二五一）

新神話的創作愈困難，古代神話的不朽也就更確定。對於古代的民族神話，該怎麼處理，林良先生在〈神話跟兒童文學〉一文裡，曾表示他的意見如下：

我們對於傳統的民族神話，該怎麼處理？

答案是要活活潑潑的講述，讓孩子跟他接近。

「發掘民族神話」本身就是一件最需要想像力的工作。古籍裡所記載的民族神話，通常只不過幾十個字。多讀古籍的人以這本書及那本書互相印證，互相補足，也不過是多加幾十個字，多加一點素材，求得同一神話的多種記載的共相。這種努力並不具備文學方面的意義，儘管這努力並非「無用」的。

我們更需要的，卻是一個想像力非常豐富的講述者。他能根據有限的資料，從事多采多姿的講述。他能創造自己的「神話世界」。換句話說，他不能只是一個「搬運骷髏」的人，他必須能「肉白骨」，使骷髏長肉，長血管，而且有自己的鮮血在那血管裡運行。

他必須有膽識。在知識方面，他必須能吸收神話學者整理出來的資料，但是他仍然要有膽子，有擔戴，敢寫，而且寫得有自己的道理。他必須是一個好作家。

《山海經》裡有名的「夸父逐日」的故事，實際上只有很少的材料好用：

夸父是一個神人或巨人或人間的英雄。他不自量力，要追太陽或者跟太陽競走。他半路扔下的枴杖，後來繁殖成一片樹林。他餓了，在一個地方用「鼎」做飯吃，架著鼎的三塊石頭，品字形排列開來，就成了夸父山。他走得很渴，喝完了大河的水還不夠，想去喝西海的水，可是還沒走到，就渴死了。

「我們古籍裡有很好的神話」，這句話是完全不能照字面去解釋的。如果《山海經》裡關於夸父的記載算是「很好的神話」，那麼，它同時也是「寫得很簡陋的神話作品」。

一個好的作家可以在這裡找到一個展露才華的創作領域。

夸父應該是怎麼樣的一個「人」？他生存在一個有「鼎」的時代，那應該是什麼時代？他能喝完大河的水，那麼他應該有什麼樣的體型？「西海」要安置在什麼地方？是不是可以借用現在的「青海」？他爲什麼會興起追太陽的念頭？那是在發生了一件什麼事情之後？他有沒有家？有沒有太太、孩子？他是不是本來就是一個「跑將」，獅子、老虎、豹都曾經失敗在他的「腳下」？

一個好的作家會慢慢塑造他的夸父，而且賦給這故事一個深長的意義。

我們盼望兒童文學作家「發掘民族神話」，不正是盼望他這樣做嗎？

這就是神話的改寫。這是值得兒童文學作家努力耕耘的園地。（見國語日報版《淺語的藝術》，頁一五七—一五八）

另外林桐在〈神話的改寫〉一文裡，也提出了他的看法：

神話起源是人類的幼稚時期，雖然他的年代非常久遠了，但是至今仍然給我們新鮮的、美妙的以及奇異和恐怖的感受。

著名的希臘神話敘述的是諸神和人類之間的關係。至於一般的神話，大都是古代的人爲了解釋生命和自然現象的神秘而產生的故事。

古代的人沒有科學知識，可是他們卻爲自然界的現象提出了許多的發明。他們把自然的力量人格化了。譬如希臘人把雷說成宙斯的聲音，咱們中國人說那是雷神的打鼓聲。古代人把自然萬象，看成跟自己一樣的生物，自然的現象是神秘的，是人類的力氣所無法比擬的，因此把他說成比人類更偉大的存在。

世界上各民族都有不同的神話。這些說明自然現象的故事被紀錄下來以後，人們就發現希臘神話充滿想像的美，也洋溢著詩意。經過幾千年，到了今日，他仍然具有震撼心靈的力量。

我們閱讀神話，可以品嚐世界晨曦期的奇異光景。因爲神話發生於人類的幼年期，所以跟兒童的心理是相通的，凡是關心兒童文學的人，無不重視神話的改寫。

可是有關神話的故事，都缺乏綿密的細部描寫，因此改寫者就需要多加描述、解釋了。

給兒童閱讀的神話故事應該怎樣改寫呢？對於那古老的作品，改寫者應該注入什麼樣的東西呢？我們發現過去的許多改寫作品，只是把語言變成更淺近的白話而已，作者並沒灌注精神去「再創作」，因此都是缺乏生命力的讀物，換句話說，只是形式上描述著事件的內容而已。

要把神話「再創作」，作者必須對原來的故事有深入的了解，並且要有濃厚的感情。譬如查路斯．金克利斯（英國作家）在他改寫的《英雄故事》序文中說：「我由衷的敬愛著古希臘的人們」。

一篇改寫的神話要能吸引讀者的興趣，必須是作者把全心全力及所有的愛灌注在那上面，然後才能產生有情感的作品。

改寫者在執筆之前，不但要認識故事，也要設身處地，把自己融入當時的背景中，這樣才能夠深切的體會產生神話的人們，是懷著怎樣的心情，運用怎樣的思想，然後才能了解那一個民族特有的生活和思想，因爲每個國家，每個民族的神話，都有它不同的特徵，掌握了這一點，才能動手改寫神話。（見七十、二、二二國語日報兒童文學周刊四五八期）。

【附註】

註一　有關神話變形説，可參見東大版《從比較神話到文學》一書所收錄樂蘅軍〈中國原始變形神話試探〉，及審美出版杜若洲譯卡西勒《人的哲學》第二部分第三節〈神話與宗教〉頁一一五—一七四。卡西勒的變形説是採取文化哲學的觀點，他認爲神話是文化的最深層部分，是人類心靈自動的反映，神話應作字面的解釋，因神話在原始人以爲眞實，是客觀現實的呈現。

建議參考書目

壹

神話論　林惠祥著　商務人人文庫七一九號　五七、七

從比較神話到文學　古添洪、陳慧樺編著　東大圖書公司　六六、二

中國的神話與傳說　王孝廉著　聯經出版公司　六六、二

神話與文學　William Righter　何文敬譯　成文出版社　六八、十

花與花神　王孝廉著　洪範書店　六九、十

神話與意義　李維斯陀著　王維蘭譯　時報出版公司　七一、一

中國神話研究　玄珠著

中國古代神話　袁珂

中國神話研究　譚達先著　以上三書里仁書局合印為：中國神話甲編三種。七一、八。袁著另有河洛版書名中國神話故事。譚著另有木鐸版、商務版。

中國神話　白川靜著　王孝廉譯　長安出版社　七二、五

中國的神話世界（上、下）　王孝廉著　時報出版公司　七六、六

中國神話史　袁珂著　時報出版公司　八十、五
穆天子傳　郭璞注　中華四部備要本　五六、五台二版
神話與傳說——夏朝以前　遠流出版公司　六七、五
中國神話　蘇樺改寫　國語日報社　六九、七
西洋神話全集　馮作民譯著　星光出版社　七一、二
中國神話（事跡篇、人物篇）　王世禎編著　星光出版社　七一、五
山海經校註　袁珂注　里仁書局　七一、八
古神話選釋　長安出版社　七一、八再版
中國神話　東方出版社　七二、一

貳

神話跟兒童文學　林良　見六五、七國語日報版《淺話的藝術》，頁一四九—一五八
神話故事的分析　徐紹林　見六三、二、十、國語日報兒童文學周刊第九六期
神話與傳說　黃明譯　見六三、七、十四、兒童文學周刊第一一八期
從神話說到中國神話　蘇樺　見六五、五、九、兒童文學周刊第二一二期
談神話及其價值　蘇樺　見六五、五、十六、兒童文學周刊第二一三期
神話的改寫　林桐　見七十、二、二二、兒童文學周刊第四五八期

第四章　寓言

寓言，在文學裡是屬於一種有特殊風格的體裁。據兒童讀物專家的說法，寓言比神話、童話、故事、小說更不屬於兒童，過去如此，現在也依然如此。雖然，寓言不及童話深入童心，卻也有它的貢獻及價值，至少它告訴了兒童道德倫常的觀念。以下分節概說寓言。

第一節　寓言的意義

壹、寓言的起源

有關寓言的起源，至目前爲止，仍未有周延的說法；但大致來說，自當與自然環境及人類營社會生活有極大的關係。葛琳女士在師專本《兒童文學研究》裡說：

寓言的產生，多半是在古代文化發達很早的國家，如中國、印度、希臘等。大概由於古人接近自然、崇尚自然，同時生活安閒，富於幻想。所以他們能從自然的形形色色中體會一貫道理，這種道理如果純粹以理論發揮便是哲學思想，若將這些道理，用譬喻解說，便形成了寓言的存在。到了後來，國家的種種制度的建立，君民之間的地位懸殊，有些聰明而富有理想的人，他們對國家、社會、人生的種種問題，有獨到的見解。但是礙於帝王的專制，及社會上沒有說話的自由，只有藉著其他的事物譬喻出來。以後輾轉流傳，便構成了寓言的主要來源。（見華視出版社本，上冊，頁一六九）

又 John Macqueen 於《談寓言》一書中也說：

寓言的來源是哲學與神學，而非文學；尤其最可能的是宗教。可是，自從一開始，寓言就與故事有密切的關係。所有西方的宗教和許多東方的宗教都是在神話中表現得最完美。所謂神話，事實上就是一個故事或一連串的故事，這個故事可以說明最能從內心影響信徒的普遍現象，諸如時日、季節、收成、部落、城市、民族、出生、婚姻、死亡、道德法律、缺乏與失敗的感覺、和潛能的感覺等。後面所提到的這兩種感覺事實上已表現了人類特徵的大部份。（見黎明版，頁一）

申言之，寓言在早期只是靠口頭或宗教儀式來傳播，而後有了文字的記載，始漸脫離原始的形態，而成爲一種文學的體裁。其產生的具體時間雖然很難確定，但無損於寓言本身。譚達先於《中國民間寓言研究》一書，曾敘說中國民間寓言的產生，或許亦可視爲寓言的起源說，試引錄如下：

中國古代民間寓言產生和繁榮於先秦時代，這是由當時的社會歷史和文學本身發展的規律所決定的。

從春秋戰國的社會歷史情況看，正是從奴隸制社會轉變成封建社會的過渡時間。社會面貌發生激變，人類集團紛爭尖銳，諸侯混戰連年出現，人禍天災時有所聞，因之人民生活在水深火熱之中。人民針對奴隸社會的腐朽本質和統治者的可憎面目，創作了隱喻性寓言，進行了批判和諷刺，這就表示了人民的憎恨。寓言就成了直刺當時社會一切不合理現象的一把銳利的匕首。另一方面，隨著當時社會和經濟情況的激變，人民的思想有了一定程度的解放。這是因爲奴隸制經濟瓦解後，爲舊制度服務的上層建築動搖起來。人們既在生活中積累了不少經驗教訓，而在思想上的束縛又減少了，就更敢於作種種大膽的想像，這樣，民間創作的寓言就成了他們傳播種種經驗的教科書。

再從文學本身發展的規律來看，民間文學是有它的繼承關係的。在遠古神話中，人類祖先想假借想像、幻想來征服自然、支配自然，因而產生了英雄人物。在許多作品中，存在著初民的萬物有靈、人獸變形的思想觀念，通過神話的故事形式，把人和自然表現得栩栩如生。這些作品，有的已是完整的故事，有的則是接近了寓言的雛形，這就不僅給先秦民間寓言供給了素材，也給寓言啓發了擬人化的表現技巧。在遠古的諺語民歌中，廣泛地採用貼切的比喻和巧妙的誇張。諺語的例如《國語》的〈周語〉中爲了表示羣衆力量堅强而不可戰勝，就引用了這樣意義積極的諺語來比喻：「衆心成城，衆口鑠金」。《左傳》僖公五年引諺有「輔車相依，唇亡齒寒」，是比喻彼此間利害關係的密切。民歌的，例如《詩經》的〈魏風〉中的〈碩鼠〉篇，把貪得無饜的上層統治者說成大老鼠，是貼切的比喻，也是巧妙的誇張。就是這樣，比喻和誇張賦予作品以簡練性、通俗性，也增强了作品的思想性及說服力。寓言繼承並發展了古代諺語、民歌中這兩種藝術特點，就使具體事物的比喻，變爲全篇是個故事性的比喻。可見，民間寓言正是從古代神話、諺語、民歌的基礎上逐漸發展起來的。

古代民間寓言產生的具體時間很難確定。可以斷定的是，它講求要表現「寓意」和「教訓性」，而且要講求擬人化，因此，在人類社會發展的初期是不可能產生的。它的產生就得以社會到了比較高的生產力發展階段才有可能。最大的可能性是在神話產生後，在奴隸社會裡——先秦進入了寓言創作的黃金時代。如〈愚公移山〉（《列子》〈湯問〉）這篇古代寓言名作，讚揚了這個偉大的眞理：集體的智慧和力量，是無窮無盡的，人們依靠頑強的勞動，就可以征服自然，並改造世界。這個寓言，很可能產生於「人文神話」後，由於它既強調了人力偉大，也強調了勞動作用，就必然產生在發明了箭和採用金屬之後；要不，人們是不會產生征服自然和改造世界的信心的。（見台灣商務版，頁五一七）

貳、寓言的定義

寓言是什麼，西洋文學對寓言（fable）曾經有過這樣的定義：

寓言，是一則簡短的故事，以散文或韻文爲之，用以指示一種教訓或寓意。故事中的角色，大多爲動物，但並非必然，有時，人類或是無生命的事物，亦可以爲故事中心。寓言的主要題材，常取自民間傳說（或民謠、民俗）而常與超自然及不平常的事件有關。最有名的寓言，是《伊索寓言》。……以動物爲主角的寓言，係爲牲畜寓言（Beast Fable），是每個文學史中爲人熟知的一種形式，其主要的作用，在於諷刺人類的愚昧和不智。

將隱喻的運用，加以延伸，而使得人、物行爲在一種敘述中能發揮意在言外的作用。敘述中所表現的事物，只是另一種事物的假面具，亦即在具體的意象中，表現在其抽象意義。敘述中的角色，大都是一種抽象化了人格本性，而故事中所有的那些行爲、道具，就是表現那些抽象本質間的關係。因此，故事可以是表現宗教、道德、社會、個人或諷刺。（A Handbook to Literature）

（引自書評書目版《文學評論》第五集，汪惠敏〈先秦寓言的考察〉一文，頁六）

而國內專家學者的定義如下：

一、林守爲先生於《兒童文學》一書裡說：

寓言（fable）是什麼？寓言是寄寓著高深意思的一種故事。所以就文體說，寓言屬於敘述文，每一篇寓言都敘述著一個故事。但它的目的並不在敘述這一個故事，而在借這一個故事來表達某種高深的意思。（頁七二）

二、吳鼎先生於《兒童文學研究》裡說：

寓言的英文原名是fable，和allegory（寓言體）及metaphor（隱語）等意義相似。不過從習慣上說，一般人稱寓言，都是用fable一詞的。所謂寓言，是一種寓有教訓，或含有新的啓示的故事，其內容常把動物或無生物「擬人化」（Personificartion），使之成爲主角。如許多寓言中，常把狐狸、雞、烏鴉、山羊等動物，使他們「人格化」起來，能說能做，一切行爲和人類差不多，使他成爲故事中的主角，使其生動靈巧，活潑有趣。所以寓言是指一種不基於事實（fact），而是超自然的（supernatural）故事。（頁二七七）

三、葛琳女士於《兒童文學——創作與欣賞》裡說：

寓言是寄寓著深遠意義的一種簡短緊湊的故事。但它的目的，不止於是講故事，而是藉著故事來表達或暗示一種意義與眞理。所以，寓言也可以說是一種含有啓發性、積極性的假設故事。（康橋版，頁二一一）

四、許義宗先生於《兒童文學論》裡說：

就兒童而言，寓言（fable）是用淺近假託的故事，隱射另一事件，來闡述人生哲理，表達道德教化。含有啓發性、積極性、教育性的簡短故事。（頁六一）

由於以上各家的解說，我們可以知道：中文裡的寓言，一般是指 fable 而言；而英文中可譯爲「寓言」者，尚有 allegory、parable、apologue。一般說來，fable 是指一種用來倡導某種有用的道理或概念的故事；尤其是那種讓動物、或者甚至連無生物都會說話的故事。當然人類的角色卻未必完全被摒棄於外。而 parable 是指利用一些常屬虛構的，日常生活的故事（如野叟獻曝）以幫助聽者或讀者瞭解某種議論。這兩種通常皆爲表達某種較單純的，或單一的思想。至於 allegory 原是成人文學之一種，如《天路歷程》、《格列佛遊記》。除其篇幅較長，文字較深外，其結構也較爲複雜，同時所欲表達的思想，更常是繁複而多元化；這種寓言，雖也能引起兒童的閱讀興趣，但卻必須經過改寫。

羅馬時期，寓言被視爲一種語喻（trope）——一種修辭上附帶的手法或點綴品。（詳見黎明版《談寓言》，頁六二）

總結以上所述，寓言的界說當有廣義、狹義兩種：

廣義的寓言，可說是一種表達方式；用「比」，相當於修辭中的「譬喻」。

狹義的寓言，可視爲一種文體；假托其他事物，通過具體的故事來闡明事理。兒童文學的寓言，通常是指fable、parable。這類寓言，通常皆爲表達某種較單純的，或是單一的思想；落實的說，即是所謂「隱喻的故事」。顏崑陽先生曾爲西方寓言理出五項條件，試轉錄如下：

一、寓言必須是一則簡短的故事，有開端、發展、結尾，具備完整而有機的結構。

二、其中角色包羅一切無生物、動物、植物、仙魔、鬼怪、虛構的人物。無生物與動物可使擬人化，同樣能有屬人的語言動作。

三、它的故事都屬虛構。

四、它的文體多採散文。偶而亦用詩歌或戲劇。

五、它的意義不在字面上作直接的解說，而在故事情節中作間接的暗示。透過寓言，必使讀者得到教訓或啓示。但它和一般修辭上的隱喻不同，隱喻必有固定的喻依（作爲比喻的材料）和喻體（被比喻的對象），所以它所產生的喻意也往往明確而固定。如伍舉諫楚莊王，大鳥不飛不鳴是喻依，楚莊王不出號令是喻體，兩者有固定的對待關係。但寓言並沒有固定而對待的喻體，其意義也可自由推想和延伸。（見七十一年二月尚友版《莊子的寓言世界》，頁一二一）

叁、寓言的分類

寓言的分類，時因觀點不同，而有所差異。如葛琳女士於《兒童文學——創作與欣賞》一書中，分爲印度寓言、中國寓言及希臘寓言等三種主要的類型。（見康橋版，頁二一二～二一八），而《談寓言》一書引薄卡秀（Giovanni Boccaccio 1313—1375）的分類法分成四類：

寓言是一個不斷的講話，其外表像小說，其目的在舉例或示範。它只有在去其小說的外殼後，始能洩露出作者的目的。於是，如果我們能在寓言之面罩下發現一些可口之物，則寫作寓言當不爲完全無用之舉動。我相信寓言形成四種類別：第一種——即當我們描寫野獸或甚至於非動物相互談話時——我認爲完全缺乏眞正的事情。在這類裡，最重要的作者就是伊索（Aesop）。這位希臘人值得我們尊敬，並非只因爲他是古典名人，而且也因爲他有嚴肅的道德目的。

而雖然這本書絕大部份是供城市或鄉村之野人閱讀的，我們卻必須記得亞里斯多德（一個有超人能力的人，以及散步學派哲學家的泰斗）往往在他的書中毫不躊躇地提到他。

第二種寓言常常表面上看起來混含有虛構與事實。例如，好像我們敘述米尼亞斯（Minyas）的女兒怎樣紡紗，而怎麼樣因爲輕視酒神（Bacchus）的狂歡，而被變成蝙蝠；以及水手阿謝斯提（Acestis）的同志如何因爲計謀誘拐酒神而被變成魚。自從有史以來，那些最古的詩人便發明了那些傳說，他們的工作就是將神與人的事情披上一層小說的外衣。此後的詩人中一些較崇高的，便跟隨他們而讚揚這種寓言。不過，我們也得承認，有少數的喜劇詩人卻貶抑了它，因爲他們比較關心無知野人的掌聲，而不顧他們的名聲。

第三種比較像歷史事實而不像寓言，有名的詩人都把它應用於許多不同的方面。無論史詩（epic）的作家顯得如何按照事實來寫作——像味吉爾（Virgil）敘述伊尼亞斯（Aeneus）在海上爲暴風所搖盪，和荷馬敘述優里西士（Ulysses）被綁到船桅上以免屈服於海妖的歌聲——他們仍然曉得，在這面紗下隱藏著有某種東西與此一表面上的主題很不一樣。同樣地，那些較著名的喜劇詩人像普洛塔士（plautus）和推侖士（Terence）也用這一種在他們的對話中，他們只知那些話字面上的意義，可是卻希望藉他們的技巧來敘述各種不同的人的舉止與言談，同時又想藉此教誨與警告其讀者。因爲這種寓言談到世界的事情，所以即使這個故事沒有眞正的歷史根據，它還是很可能的，或至少可能發生的。我們沒有理由排斥這一形式的寓言，因爲我們的主基督也常常在他的譬語（Parables）中用到它。

第四種絕對不含表面或隱藏的事實，因爲那是愚笨的老婦人所發明的。（見黎明版，頁六〇～六二。）

又譚達先於《中國民間寓言研究》裏，則從角色有無生命的特點看，分成四類：

一、動物寓言。

二、植物寓言。

三、人事寓言。

四、其他寓言。以上三類包括不進去的，主人翁可能是風、雲、江、湖等自然物，也可能是生活用品，乃至於人體某部份器官等。（詳見台灣商務印書館本，頁三—四）

至於林鍾隆先生於《現代寓言》一書裡（見新兒童出版社本，頁十一），則分成爲「故事篇」、「智慧篇」、「品德篇」、「生活篇」。一般說來，寓言的分類似乎缺少真實的意義。

肆、中國寓言概述

先秦時代，寓言這種體裁即已成熟；而其中尤以莊子爲代表。中國寓言雖不是自莊子開始，但莊子卻是其中的代表。按「寓言」一辭，首見於《莊子》一書，並有〈寓言篇〉。〈寓言篇〉說：

寓言十九，重言十七，卮言日出，和以天倪。寓言十九，藉外論之。親父不爲其子媒；親父譽之，不若非其父者也。非吾罪也，人之罪也。與己同則應，不與己同則反；同於己爲是之，異於己爲非之。重言十七，所以已言也，是爲耆艾。年先矣，而無經緯本末以期年耆者，是非先也。人而無以先人，無人道也；人而無人道，是之謂陳人。卮言日出，和以天倪，因以曼衍，所以窮年。不言則齊，齊與言不齊，言與齊不齊也，故曰無言。（見三民《新譯莊子讀本》頁三一七—三一八）

寓言是莊子的語言藝術。所謂寓言，簡單的說，寓就是寄，意在此而言寄於彼，故託虛設之人、物、事，以暗示己意，也就是所謂「藉外論之」。所謂重言，陸德明《莊子音義》說「爲人所重之言」。爲人所重者，便是權威人士；在古爲往聖先賢，在今爲先輩宿學，也就是莊子所謂的「耆艾」。至於「卮言」，卮是裝酒的容器，成玄英《莊子注疏》說「夫卮滿則傾，卮空則仰，空滿任物，傾仰隨人，無心之言，即卮言也。」因此，所謂卮言就是因任物理本然而立說。也就是無心之言，隨物理本然而立說，自己沒有一定的成見。

至於所謂「寓言十九，重言十七」，這「十九」「十七」之數又怎麼說呢？十九是十分之九，十七是十分之七，寓言佔十分之九，重言佔十分之七，但這樣的比數似乎有問題。因此所謂重言佔十分之七，當指重言又佔全部寓言的十分之七。清朝姚鼐《莊子章義》說：

> 莊子之書凡託爲人言者（即寓言），十有其九。就寓言中，其託爲神農、黃帝、堯、孔、顏之類，言足爲世重者，又十有其七。（據尚友版顏崑陽《莊子的寓言世界》頁一一六引）

依姚鼐的說法，重言也應該是寓言其中的一部分。而卮言並不是有別於寓言的另一種言語，而是在說明寓言、重言的特質。胡遠濬《莊子詮詁》說：

> 案卮言，通一不用而寓諸庸之言也，凡寓言、重言，皆卮言也。此所以終身言未嘗言，終身不言未嘗不言乎！（見六九・十二，台灣商務版，頁二三七）

寓言，雖首見於《莊子》〈寓言篇〉，但莊子對於寓言這一體裁，並未在形式上給予嚴密的界說，他只是說「藉外論之」，但什麼是「藉外論之」呢？成玄英《莊子注疏》：

藉，假也，所以寄之也。人十言九信者，爲假託外人論說之也。（見世界版《新編諸子集成》冊三，頁四〇八）

他們的概念中，寓言，就是立言者將自己的思想觀念，假託其他人物的口中敘說出來，也就是將「敘述觀點」從立言者自己轉移到其他人物身上。而這些觀點人物，可以是虛構，也可以是真實。

到了司馬遷的《史記》，也只說「大抵率寓言也。」司馬遷也沒有進一步說明寓言是一種怎樣的語言形式，《史記》莊子本傳說：

莊子者，蒙人也，名周。周嘗爲蒙漆園吏，與梁惠王、齊宣王同時。其學無所不闚；然其要本歸於老子之言。故其著書十餘萬言，大抵率寓言也。作漁父、盜跖、胠篋，以詆訾孔子之徒，以明老子之術。畏累虛亢桑子之屬，皆空語無事實；然善屬書離辭，指事類情，用剽剝儒、墨，雖當世宿學，不能自解免也。其言洸洋自恣以適己，故自王公大人不能器之。（鼎文版《史記》冊三，頁二一四三——二一四四）

從以上引語裡，我們可以推想司馬遷所謂的寓言，應該是假借一件虛構的故事（空語無事實），用以類喻自己的情意（指事類情），而唐朝司馬貞的《史記索隱》說：

其書十餘萬言，率皆立主客，使之相對語，故云偶語。又音寓；寓，寄也。故《別錄》云：「作人姓名，使相與語，是寄辭於人，故莊子有寓言篇。」（見鼎文版《史記》冊三，頁二一四四）

司馬貞將「寓言」，解爲「偶言」，就是一種主客對答的語言形式，但實在無法說明寓言的特性。所引劉向《別錄》的話，則包含「偶言」與「寄言」兩層意義，而且「作人姓名」，也說明了其中人物是造作出來的，有虛構的成份。所以從《史記》以及解釋《史記》的文字當中，我們可以整理出前人對寓言的概念是假設人物，虛構故事，將自己的思想觀念寄託在這些人物的言談中，這種概念和莊子相差無幾。

《莊子》、《史記》之後，只有《文心雕龍》中曾提到一種特殊的文章體裁——諧隱。《文心雕龍》〈諧隱篇〉：

諧之言皆也。辭淺會俗，皆悅笑也。（明倫版《文心雕龍注》，頁二七〇）

隱者，隱也。遯辭以隱意。譎譬以指事也。（同上，頁二七一）

諧就是使用淺俗而有趣的語言，在聽者「皆悅笑」的情況下，達到發言目的。這種語言，典籍所載，多源於滑稽之流。至於隱語，劉勰說「遯辭以隱意，譎譬以指事。」所謂「遯辭」是真意隱遯在言辭後面的話，幾近於謎語；所謂「譎譬」是詭譎奇特的譬喻。兩者在形式上略有不同：「遯辭」往往只是簡單的辭彙在意義上的隱示；譎譬則是用隱喻的方式，以一物喻另一物，或以一事喻另一事，而兩者之間的字義不必相關聯。例如《史記》〈楚世家〉曾記載伍舉諫楚王事：

> 莊王即位，三年不出號令，日夜爲樂，令國中曰：「有敢諫者死無赦。」伍舉入諫，莊王左抱鄭姬，右抱越女，坐鐘鼓之間，伍舉曰：「願有進隱。」曰：「有鳥在於阜，三年不蜚不鳴，是何鳥也？」莊王曰：「三年不蜚，蜚將沖天；三年不鳴，鳴將驚人。舉退矣，吾知之矣。」（見鼎文版《史記》冊三，頁一七〇〇）

鳥與莊王之間，不必有字義上的關聯，這就是「譎譬」，也就是隱喻的修辭技巧。就劉勰所舉例子（伍舉諫莊王事）其形式有些和莊子書中所謂的寓言相近。假如同樣在不把寓言的界說釐清之下，這諧隱是可以和寓言混淆在一起的。持此，《文心雕龍》論到諧隱，結果仍然沒有爲寓言理出一個清楚的界說。

總之，寓言在先秦時代裡極爲流行；究其原因，是因應戰國時代政壇交際活動的需要；而其消極原因，是儒家文必雅正的文學觀，還未對中國文學產生全面性的約束。而後由於在儒家文學觀的透視下，寓言被視爲「本體不雅，其流易弊」（諧隱篇）的文體；是以寓言在中國文學中，始終未能得到應有的地位。唐時，韓愈、柳宗元諸作家，頗有意於寓言的創作；而柳宗元尤爲努力。至明代，則有劉基、馬中錫、陸灼、劉元卿等人有寓言的作品，但皆無法促進中國寓言的發展。

今人汪惠敏於〈先秦寓言的考察〉一文裡，參考先秦諸子寓言的定義，曾爲中國寓言下一界說：

寓言，爲一個短小精悍的故事，用隱喻的技巧，以散文體書寫，目的在舉例或示範：借著飛禽、走獸、魚鱉、昆蟲、神仙、志怪的性質與行動，或是人物虛構的行爲事迹，以達到諷刺、教訓、啓示的正面效果。其寓意只有在讀者去其故事性的外衣後，始能宣洩出作者的目的。（見書評書目出版社《文學評論》第五集，頁六）

第二節　寓言的特質

從前節裡所述，我們可以說，寓言不是敘事。敘事的文字，如史傳、小說之類，是從事理正面說出，文意明顯；而寓言則不然，他是意在言外，除正面的文字之外，別有涵義，另有寄託。而且史傳的內容，必爲有憑藉的史實，不能無中生有；寓言的內容則是虛構的故事，在故事之外，別有所指。

至於小說的人物、情節雖也多是虛構，但一般而言，小說家的責任，在於敘述一個故事，著重在情節的發展，人物的刻劃；而寓言則是借敘故事爲輔，故事的本身並非作者的唯一目的，它是另有居心。

又寓言也不是譬語。譬語是利用比喻的技巧，以說明事理的一種體裁。比喻是爲了幫助說明事理，而借彼喻此的一種修辭法，也就是「以所知喻其所不知」，利用舊經驗，引起新經驗；或是以易知說難知；以具體說明抽象。一般說來，比喻辭格，是由「喻體」、「喻依」、「喻詞」，三者配合而成的。所謂「喻體」是所要說明的事物主體；而所謂「喻依」，是用來比方說明此一主體的另一事物。所謂「喻詞」，是聯接「喻體」和「喻依」的語詞。凡三者具備的比喻，稱爲明喻，如「手如柔荑，膚如凝脂，領如蝤蠐，齒如瓠犀」（見《詩經》衞風碩人章）；至於「喻詞」由繫詞如「是」「爲」等代替者，則稱爲暗喻。當然暗喻的技巧，比明喻雜；不像明喻，表面上即可見出所比事物的對等關係，而是採取一種暗示的手法，表面上是一件事，其實所指的卻又是另一件事。如《韓非》〈內儲說〉七術：

齊人有謂齊王曰：「河伯，大神也，王何不試與之遇乎？臣請使王遇之。」乃爲壇場大水之上，而與王立之焉。有閒，大魚動，因曰：「此河伯也。」（見世界版《新編諸子集成》册五，頁一六二——一六三）

這段敘述，表面看來，是敘述齊王見河伯的一段故事；而其本意，則誠如韓非所說的「直信一人，故有此弊」。此寓意，雖然構成寓言有寄託的條件；可是沒有完整的故事結構，有開端、發展，而無結尾。只可以說是一段隱喻技巧的敘述，來諷刺人迷信邪說，而不能列爲寓言。因此從寓言的結構和形態來說，此種採取隱喻技巧的譬喻，也可以說是「未完成的寓言」。

申言之，寓言是將暗喻的應用，加以延伸；使一段故事中的人物行爲，在一種敘述中，具有「意在言外」的作用。因此敘述中所表現的形態，僅爲另一種事物的假面具；也就是說在具體的意象中，表達抽象的意義；而敘述中的角色，多爲抽象化後的人物個性。

總之，比喻，只是一種寫作技巧；而寓言則是一種文學體裁，利用隱喻的寫作技巧，來達到它寓言的主旨，二者不可混爲一談。（以上詳見《文學評論》第五集頁二—四）

持此，可知寓言的特質，即是在於他的寓意；也就是說在於有嚴肅性的主題。申言之，他的寓意，時常是諷刺性的教訓；因此，諷刺和嘲笑是寓言顯明的特徵。每篇寓言都敍述著一個故事，而且借這個故事，來表達某種意思；這種意思，不管其性質是事理的闡明，或是道德的啓示，或是人生的諷刺，或是一種明智的看法，或是一種寶貴的經驗，或是一種苦樂的感受，即爲寓言之所以成爲寓言的主要條件。我們無意說寓言是寓意深遠的故事；事實上，童話、神話等類作品中，含意常較寓言更深更遠；做爲文學體裁之一的寓言，他是比喻的最高形式，由三言兩語的比喻，發展爲一個完整的故事。這種文學體裁最初出現的時候，並不單獨存在，而是散見於前人作品裡，被引用幫助說理的工具。作者虛構一個故事，或是借以寄託寓言，或幫助說理；所寓之意，所論之理，才是作者的目的。以下就其寓意的特質，歸納其特徵如下：

一、含有比喻和諷喻，全篇貫串著一個極其明顯的寓意。

二、含有教訓。在全篇中，教訓性最爲重要，趣味性次之。

三、一般說來，作品形式比較簡短。（見台灣商務版譚達先《中國民間寓言研究》頁一）

第三節　寓言的寫作原則

汪惠敏先生於〈先秦寓言的考察〉一文裡，曾歸納構成寓言的要件如下：

一、以性質言，寓言必須是一則短小精悍的故事。故事求其簡短明白，除人、物的必要動作和對話可稍詳盡外，對故事的背景、人物形態的描寫，都可採取簡略的寫法。

二、以結構言，寓言必須有完整的故事性結構。所謂完整的故事性，是指一段有開端、發展、結尾，且具有機結構的敍述性文字；因此，完整的故事，必須是結構完整、緊湊而不可支離。

三、以技巧言，寓言採用隱喻的方式，因此，讀者必須透過文字，去尋求意外之意，始能推出作者的本意。

四、以文體言，寓言以散文體書寫。

五、以題材言，寓言採用虛構性的題材。

六、以功效言，透過寓言，必須使讀者收到教訓，啓示，諷刺的正面效果。

（見《文學評論》第五集，頁六—七）

件。

而沈謙先生於〈寓言與極短篇〉一文裡，則認爲寓言這種文體，至少應具備三項條件。

1.寓言必須是一則故事，有開端、發展、結束、首尾貫串，可以完整而獨立。

2.寓言的作用是寄託寓意，幫助說理，以達成教訓、諷刺、啓益的效果。

3.寓言的主角可以是人，也可以是動物、植物、或鬼神。題材多爲作者設想虛構的故事，也間採神話、民間傳說，或改良前人已有的故事。（見七一、四、二九聯副）

又譚達先《中國民間寓言研究》一書，曾介紹寓言的幾個最主要的藝術特點如下：

1.抓住有特徵意義的矛盾現象，通過短小的故事形式，生動的角色形象，巧妙的藝術構思，來表現某種深意。往往通過失敗的結局，來表達他的思想效果，即把失敗的結局和作者否定或批判的思想行爲巧妙地聯繫在一起。

2.進行有目的的虛構，豐富的想像和合理的誇張，並把現實生活中的事物與虛構中的幻想，藝術地統一起來，更好表現事物的本質。

3.寓言創作手法上最重要的特點是擬人化。這就把自然界的動、植物或別的人工物、自然物等給予人的語言、思想、性格，靈活而巧妙地把種種物類的特性和人的社會性統一起來，從而更好地表現了人的某種思想風貌。

4. 寓言的故事具有鮮明的比喻作用。

5. 不少寓言，常在結尾處發點議論，或說出主題思想所在。這種藝術特點，可以有助於把全篇的最重要的思想意義給予點明。（詳見台灣商務版頁五六——六九）

綜合以上的看法，我們認爲寓言的構成，是用一個故事，發揮一個道理；用譬喻或暗示的方法，表達獨到的思想與見解。以下略述寓言的寫作原則：

一、寓言的主題。寓言的特質，在於有寓意；所謂寓意，即是指要有明確的主題，這種寄託的寓意，可以幫助說理，以達成教訓、諷刺、啓示的效果。申言之，寓言的主題，多用來表現真理，及一個明智的看法，一種寶貴的經驗，和一種苦樂的感受。主題雖然簡單，但範圍卻極爲廣闊；但歸納其思想內容，不外是：諷刺性與說教性。諷刺的對象主要的是壞人；通過諷刺，使人們對他們有更深刻的認識，並有所警惕，不致上當。而說教是指啓示讀者在自我教育中，達到提昇自己的道德修養。

至於寓言的表達方式，亦可分爲兩種：一種是借故事以寓理，採取暗示的方式；作者的旨意，在故事中並不點破，留給讀者自行體會。另一種是作者借故事以說理，採取明喻的方式；也就是說，在故事的末尾，作者現身說法，將故事背後的主旨點出，或表明作者的感想。

二、**故事**。故事是寓言的基本構架，且以虛構為主。缺乏故事，則不成寓言，因此寓言必須是一則故事，有開端、發展、結束、首尾貫串，可以完整而獨立。

又所謂基本構架，是因為寓言的目的，是為了表現真理和經驗，所以故事的情節比較單純，只要清楚的交待一件事的過程，就可以達成目的。但是目前這種寓言，顯然不受歡迎。因此，現代寓言除了表現有內涵，有深度的真理思想外，還要從情節發展，角色活動中，創造若干情節，以增加故事的趣味。

三、**角色**。由於寓言的結構比較簡短，因此角色的活動也比較單純。每個角色的個性極為明確；善惡愚智的表現，多與一般人的行為相符，所以多有暗示和象徵的作用。

又寓言的角色，要以虛構為主；申言之，寓言的角色，可以虛構的人物為故事的主角，借他們的行為、言語，以寓託作者的旨意。也可以我們熟悉的人物，做為虛構故事的主角，但並沒有事實為根據，即故事表面混雜有虛構與事實；並可採用擬人化的角色，可以是動物、是植物，也可以是風、雨、銅、江湖等自然物，同時也可以是生活用品，甚至於人體某些器官等。但不論作者採用何種角色，要皆以達成喻於理的目標。

四、**文體的應用**。寓言的文體，有直敘式、問答式及童話式三種。直敘式的寓言，簡短緊湊，如《伊索寓言》。問答式的寓言，角色活動以語言表現，有逼真之感。至於童話式的寓言，內容比較曲折，並已擺脫古代寓言形式，完全以現代童話寫作方式表現出來；此種方式，是最受歡迎的形式。如《天路歷程》、《格列佛遊記》、《西遊記》等。

五、語言處理。一般說來，寓言的篇幅較短，在敘述和描寫時，很少用繁冗鬆散之筆，語言非常準確，又精鍊、生動。總之，不管篇幅長短怎樣安排，語言技巧怎樣運用，都是以巧妙地表達主題思想的寓意爲主。

有關寓言的寫作原則，已如上述，以下試引林鍾隆先生對「現代寓言」的十二項要求，做爲本節的結束。

1. 故事必須有肉：如果故事本身沒有趣味，只有「意義」，那就偏重教訓，失掉出之以啓示的寓言的本質。古時的寓言偏重意義，忽略形式上之文學效果的太多。

2. 意義與趣味必須兼而有之：有意義，是生硬的哲學，有趣味才是文學。現代寓言，必須更「文學」化。

3. 寓意不可道出。在伊索的寓言裡，有不少是在最後才把寓意說出來的。這不能不說是創作的失敗。寓意，必須設法用故事來表達。而不必在故事之外，另用文字說明。沒有說明，又可感，故事才算編得成功。

4. 角色的關係必須合乎本性和常情。角色違背常情，只重意義，對現代寓言來說，是不足取法的。

5. 要以現代知識爲題材，寓灌輸知識於無形。

6. 寓意應採積極的提示。寓意消極，啓發性弱，教育效果更差，就是寫消極的題材，也應使之產生積極的效果。

7. 寓意必須正確。

8. 寓意必須明確。

9. 寓意必須充分表現出來。

10. 寓意必須對人生有意義。

11. 寓意要合乎現代觀念。

12. 現代觀念的發掘。希望把新時代，現代生活中應有的觀念編成新寓言。（以上見新兒童版《現代寓言》，頁五——九）

建議參考書目

壹

談寓言　John Macpueen 著　董崇選譯　黎明文化公司　六五、五
中國古代寓言史　陳蒲清著　駱駝出版社　七六、八
中國民間寓言研究　譚達先著　台灣商務印書館　七七、八
中國歷代寓言選集　李奕定選　台灣商務印書館人人文庫本　五五、八
中國寓言選輯　張用寰著　遠東圖書公司　六十、八
現代寓言　林鍾隆等著　新兒童出版社　六三、十
伊索寓言　林海音譯　國語日報社　六五、十二
寓言故事　河洛圖書公司　六八、九
中國寓言三百字篇　楊泰聲編　佩文圖書有限公司　七二、六
中國古代寓言三六五篇　朱漢臣編著　武陵出版社　七三、八
白話中國寓言　馮作民譯述　星光出版社　七四、七

伊索寓言　沈吾泉譯　志文出版社　七四、九

貳

讓兒童寫寓言　馮俊明　見六二、二、十八　國語日報兒童文學周刊第四六期

論寓言　黃明譯　見六二、十二、二　國語日報兒童文學周刊第八七期

談寓言的改編　曾金木　見六四、五、二五　國語日報兒童文學周刊第一六三期

寓言、神話和史話　葉詠琍　見六七、三、五　國語日報兒童文學周刊第三〇六期

先秦寓言的考察　汪惠敏　見六七、六　書評書目版《文學評論》第五期頁一—五一。

其中頁一二—三八為〈先秦寓言的輯錄〉

寓言與極短篇（上、下）　沈謙　見七十、四、二九、三十　聯合報副刊

莊子的語言藝術　顏崑陽　見七一、二　尚友版《莊子的寓言世界》一書第三章，頁九八—一五九

第五章　童話

童話是兒童文學的主流，它可說是集神話、寓言兩者之長處。神話、寓言是屬於成人的世界；而童話它是成人特別為兒童講述的故事。在童話裡，神本的觀念被「人本」思想所取代；在童話裡，道德上的義理，留待他日。童話的世界是一片純真的想像世界；童話所描寫不僅限於人的社會，童話反映一個天地萬物的社會，並由此發掘一切萬物的人性。而童話之所以能吸引人，主要的原因就在這裡。

第一節　童話的意義

我國究竟何時出現「童話」這個名詞？到目前為止，就可見資料而言，似乎是始自孫毓修的《童話》叢書。孫毓修編撰的《童話》，出版時間是一九〇九年三月，即清末宣統元年；出版社是商務印書館；「童話」的第一篇作品是〈無貓國〉。

而流行的說法，則認為童話這個專有名詞的使用，是導源於日本。其緣起，則是根據周作人的一段話，周氏說：

童話這個名稱，據我知道，是從日本來的。中國唐朝的〈諾臯記〉裡雖然記錄著很好的童話，卻沒有什麼特別的名稱。十八世紀中日本小說家山東京傳在《骨董集》裡才用童話這兩個字，曲亭馬琴在《燕石雜誌》及《玄同放言》中又發表許多童話的考證，於是這名稱可說已完全確定了。（見一九六二年十二月少年兒童出版社《一九一三——一九四九兒童文學論文選集》，頁四三）

周作人這段話，有人名、書名的根據。在當時，未見有人提出相反的意見，也沒有人寫文章來證實這件事。

又周作人所說「中國唐朝的諾臯記裡雖然記錄著很好的童話」，即指唐朝段成式《酉陽雜俎》一書而言。周氏在〈古童話釋義〉一文裡，曾列舉段書〈吳洞〉、〈旁㐌〉兩文（見七一、七、里仁影印本「兒童文學小論」頁三九—四七）。段成式，字柯古，祖籍山東臨淄鄒平，生平不詳，約在唐德宗貞元十九年（八〇三年）或稍後，卒於懿宗咸通四年（八六三年），享年六十左右。《酉陽雜俎》二十卷、續集十卷。它是把志怪、傳奇、雜錄、瑣聞、考證諸體匯集成編。「吳洞」、「旁㐌」即見於《酉陽雜俎續集》卷一〈支諾臯〉上的第一篇與第三篇（見七二、十，漢京版《酉陽雜俎》頁一九九—二〇一）。其中〈吳洞〉一文，其女主角葉限。葉限故事的情節，與流行世界各地的

「灰姑娘」故事，大同小異。它是現存「灰姑娘」故事中最早見於記載的一則童話。可知我國古代的一些文學記載中，雖找不出「童話」這個用詞，但切實是有童話的存在。所謂「童言鳥語」，文人雖不屑收集，卻是自古存在，是以洪汛濤在辯證童話來歷之後。曾有如下的結論：

現在，我們中國的所謂「童話」，是我們中國惟一的、獨有的。我們中國的童話，由於一代一代的童話作家們，用自己的實踐，不斷創作、研究，形成了今天的一套獨特的童話的概念。我們的童話，完全是中國式的，是我們中國所始創的。

再拿「童話」這兩個字的字面來說，不管它是從日本搬過來也好，是中國首創也好，這可說完全是中國式的名詞。

第一，中國自古即有「童謠」之名，那是韻文體，散文體不稱「謠」，該叫「話」，有「童謠」，必定有「童話」，童謠、童話，一謠、一話，同爲兒童之作品，只是韻文、散文的區別。

第二，中國古小說稱爲「評話」或「話本」，童話，即兒童之評話、話本。

第三，從我國早期那些稱做「童話」的作品來看，可說都是沿用宋元評話、話本的寫法的，前面一大段楔子式的評語，而後始進入故事正文。

這恐怕就是「童話」這兩個字的來歷吧！（見一九八六年十二月安徽少年兒童出版社《童話學講稿》頁一八——一九。）

壹、童話的起源

關於童話的起源，有人認爲童話是由神話演變而來；他們認爲童話是由神話、傳說演變而來的，先有神話，再演變成爲傳說，然後演變爲童話。他們以爲童話是從神話退化而來的，所謂「神話的渣滓說」就是。

還有一種分支說，認爲童話的起源，是民間傳說的分支。其實，這也就是演變論，拋棄了神話變爲傳說這一段，而只是說了傳說演變爲童話這一段。

這兩種說法，頗爲流行。因此，有許多民俗學家也認爲：童話是由於神話、寓言、傳說和民間故事而來。民俗學的範圍，包括遊戲、詩歌、謠曲、傳說、神話和民間故事。尤其以民間故事，在十八世紀發展得最快，十九世紀到達高潮。

近代的民俗學家，大致認爲：神話、寓言、傳說和民間故事是人類文化初期多數人產生的。在歷史上，它的要素包括過去的宗教、儀式、迷信、或者過去的事件；在心理上，它是滿足人類基本情緒的需要；在倫理方面，它是社會的凝結力，有加强信仰和道德的作用。

所謂「童話是由於神話、寓言、傳說和民間故事」而來，還可從歷史發展上加以考察。就以西洋而言，收集民間故事的，主要有四個國家：法國、德國、挪威和英國。法國的貝洛爾（Charles Perrault, 1628–1703），不但是最早搜集民間故事者之一，並且是第一個加以改編改寫，專供兒童閱讀的童話作家。他的民間故事集——《鵝媽媽的故事》於一六九七年出版，也可說是童話集。

德國的格林兄弟，把民間故事當作科學研究。他們本身都是專門研究語言的大學教授；他們收集民俗資料，本來是想研究德國語言的起源和發展，後來對民間故事特別感到興趣，就專心致力於這方面的研究，他們把德國的古老傳說或民間故事，加以改編而成的。

至於挪威、英國也都有所謂民間故事的童話集子出版。（以上參見《童話研究專輯》頁三五—四八，朱傳譽〈童話的演進〉。）

這些民間故事集的童話，一般稱之爲「純正的童話」；這種「純正的童話」，從民俗學的觀點，乃根據各地人民禮俗而產生，其中多少帶有「傳說」的意味。

這種「純正的童話」大半是自原始社會遺傳下來，或者後世傳說轉變而成的。吳鼎先生在〈童話與兒童文學〉一文裡認爲其特質有二：

一爲代表原始思想，想像其種種神靈變化之奇，遇有難以解決之問題發生，輒以神仙爲之解決；此種思想與人類幼兒時代之思想極爲接近，所謂幼兒想像爲童話世界，即是此意。一爲代表民間習俗，就是民間傳說，內容離奇變幻，視若荒唐，但確有其原始社會禮俗所根據的。（見小學生版《童話研究專輯》頁一一二）

由此可知，所謂純正的童話，其淵源大多數出於原始社會的風俗習慣，歷代相傳，各地相傳，由於年代久遠，風俗迥異，遂衍生種種不同的童話。

上述的說法，似乎也不能真正說明童話的起源；只能證明神話、傳說、童話三者之間，並非單純的演變之關係。然而，他們皆否定太古時代有童話的存在。有關童話起源問題的理論探討，歷來的童話研究者雖有各種不同的說法，而其共識則是：肯定了童話是以神話、傳說、民間故事等民間文學爲母題，從神話、傳說、民間故事中產生。對於童話是如何的產生，我們無意深究。可是，就緣於教育與娛樂之需要，我們認爲人類有兒童有語言開始，就有童話存在；因此，我們認爲童話是來自於兒童的生活。

在民俗學的範疇中，沒有文字或雖有文字而不很善於應用的民族，常發揮其智力於故事、歌謠、諺語、謎語等方面。這種口傳的民間文學，民族學或民俗學家們，都特別加以重視，因爲它們所表現的，是人類初期的推理、幻想、記憶、聯想、理想等，也非常顯著地反映著他們所生活時代的社會形態和生活意識。

其中，傳襲的故事，略可分爲神話、傳說、與民話（民談），而一般統稱之爲民間故事。這三者各有不同的發生背景與顯著的性格。其中民話自包含有童話的成份在。因此，我們可以說，兒童文學的成長與獨立，自然是歸功於民俗學的發展，以及兒童學的獨立。所以，與其說童話是從神話、傳說演變而來，不如說童話的發源地是每個人的「純真的心境」；每個人如果稍稍擺脫生活裡的現實，追求生活裡較有永恆性的真實，那麼，純真的心境就會出現，而童話也就在他的心裡於焉產生。以下試引錄蘇尚耀先生在〈中國童話〉一文裡的一段話做爲本小節的結束：

> 研究童話的學者，探求童話的淵源所自，認爲童話和神話及傳說差不多是同時發生的。上古時代，文明未啓，先民的知識有限，他們對於生活周遭所接觸的自然物如日月山川，自然現象如四季循環、陰雨雷電，常常懷著敬畏和驚異；更常將變化不測的自然現象，比擬作不可捉摸也難以接近的精靈。於是用了自己種種的經驗去揣摩，去想像，創造種種幻想怪誕的故事，這就成了自然童話。童話的生命，就是這樣漸漸的啓發培養起來的。後來由於人類生活的發展和社會的進化，又產生了一種英雄童話。這自然童話與英雄童話，可以說是依附於神話和傳說而存在的。最初人們講述故事，大都看作是一種娛樂和知識的

來源。老年人之所以對於兒童及少年講述故事，並不由於他們喜歡於此，也並非完全由於聽的人有趣味，乃是也由於他們覺得部落中各分子應當知道這些故事而把它看作是教育的一部分。

唯初民既無童話、神話、傳說等的分別，我們也無法嚴格區分究竟這些古老的故事，那是自然童話，那是神話；或那是英雄童話，那是傳說。直到後來，人們的生活逐漸進步，時間有了餘裕，便將神話與傳說的內容，依據孩子的年齡與生活經驗，選擇一些適宜於孩子聽講和接受的故事，省略其中繁雜難記的材料，特殊的人名和地名，或者依照講者和聽者的環境，近取諸身的材料，用孩子容易領會的事物貫串著情節，並用平易的語言講述出來。所謂「童話」，我以爲就是這樣的循序發展、逐漸形成的。（見小學生版《童話研究專輯》，頁一二一—一二二）

貳、童話的定義

我國早期的童話理論，認爲童話是原始社會的文學，是原始人自己表現的東西。因此，研究童話當以民俗學爲依據，認爲童話本質與神話、傳說實爲一體。

那時候，把童話只看成是原始社會中，原始人類根據自己的思想和禮俗，所表現的東西，和神話、傳說是同一的東西。這只是看到童話的來源和存在的一方面。當時，有趙景深致力於童話的研究；就馬景賢先生《兒童文學論著索引》所錄，可見趙景深有關童話論述有：

童話評論　新文化書社　十三・一
童話概要　北新書局　十六・七
童話論集　開明書店　十六・九
童話ＡＢＣ　世界書局　十八・二
（以上見六四・一，書評書目出版社本，頁二六──二七）

其中《童話評論》一書是編集而成，收錄有周作人、趙景深兩人發表於「晨報」副刊上的童話討論書信。

而後，童話從民俗學的範疇中走出，但仍時常與「兒童文學」混同。就現有資料來看，「童話」這個詞彙，比「兒童文學」一詞早出現。先有童話一詞，而後才出現兒童文學的用詞。所以那時候，凡是寫給兒童看的一切作品，都稱之爲童話。孫毓修宣統元年二月〈童話序〉有云：

……以應學校之需，顧教科書之體，宜作莊語，諧語則不典；宜作文言，俚語則不雅。典與雅，非兒童之所喜也。故以明師在先，保母在後，且又鰓鰓焉，慮其不學，欲其家居之日，遊戲之餘，仍與莊嚴之教科書相對，固已難矣，即復於校外強之，亦恐非兒童之腦力所能任。至於荒唐無稽之小說，固父兄之所深戒，達人之所痛惡者，識字之兒童，則甘之如寢食，秘之於篋笥。縱威以夏楚，亦仍陽奉而陰違之，決勿甘棄其鴻寶焉。蓋小說之所言者，皆本於人情，中於世故，又往往故作奇詭，以聳聽聞。其辭也，淺而不文，率而不迂，固不特兒童喜之，而兒童爲尤甚。西哲有言：兒童之愛聽故事，自天性而然。誠知言哉歐美人之研究此事者，知理想過高、卷帙過繁之說部書，不盡兒童之程度也。乃推本其心理之所宜，而盛作兒童小說以迎之，說事雖多怪誕，而要軌於正則，使聞者不懈而幾於道，其感人之速，行事之遠，反倍於教科書。附庸之部，蔚爲大國，此之謂歟。即未嘗問字之兒童，其父母亦樂購此書，燈前茶後，兒女團坐，爲之照本風誦，聽者己如坐狙邱而議稷下，誠家庭之樂事也。吾國之舊小說，既不足爲學問之助，乃刺取舊事，與歐美諸國之所流行者，成童話若干集，集分若干編。意欲假此以爲羣學之先導，後生之良友，不僅小道，可觀而已。書中所述，以寓言、述事、科學三類爲多。假物託事，言近旨遠，其辭則婦孺知之，其理則聖人有所不能盡，此寓言之用也。里巷瑣事，而或史策陳言，傳信、傳疑，事皆可觀，聞者足戒，此述事之用也。鳥獸草木之奇，風雨水火之用，亦假伊索之體，以爲稗官之料，此科學之用也。神話幽怪之談，易啓人疑，今皆不錄。文字之淺深，卷帙之多寡，隨集而異，蓋隨兒童之進步，以爲吾書之進步焉，並加圖畫，以益其趣。每成一編，輒質諸長樂高子，……。（據商務景印本《教育雜誌》第一年第二期，頁九——一〇引）

考童話一詞，英文是Fairy tale、nursery tale或folk–tale。其中fairy tale較爲國人所熟悉，但是並不十分傳神；而fairy是小神仙、小仙子，所以直譯爲神仙故事。又所謂fairy，是專指愛爾蘭塞爾特族的小神仙。這種小神仙，是下凡的天使或者地神。據愛爾蘭考古學者的研究，認爲這類小神仙，是愛爾蘭奉行異教時代的神，後來基督教傳入，神格降低，變成了可憐的小傢伙；格林童話裡也有小神仙，但是無論在形態上或特質上，跟愛爾蘭的小神仙都不相同。前者貪而自私，後者美麗而仁慈，實際上，前者往往被稱爲侏儒式或小矮子，而不是小神仙。

當年格林兄弟並非先對童話一詞下個定義，然後在此範圍內來收集；而是先著手收集自古流傳下來的故事、民間傳説，隨後才闡述童話這個名詞所代表的意義。他們從一八〇六年左右開始收集童話，可是對於童話的説明是出現在初版第一卷（一八一二年）及第二卷（一八一五年）中；尤其是〈有關童話本質的解説〉這篇頗長的後記，遲至一八一九年再度修訂的再版第一卷中才發表。根據格林兄弟的解釋：童話，可以比喻爲停留於小小樹葉上的一滴露珠，在清新的朝陽下發出晶瑩的光芒；也可以比喻爲孩子臉上那雙清澈沒有污染、黑白分明的眼眸。又説清澄的幻想，是保護童話的樹籬。它既是不染塵俗的兒童故事，又是天真未鑿的家庭童話。總之，童話就是以童心爲基礎的故事。

綜合以上各種説法，波爾帝、玻利夫加在第五卷的〈格林童話注釋〉中，認爲童話是憑藉如詩的想像而創造出來的故事。由於童話中多半是魔法的世界，因此絲毫不受現實生活的拘束，這些不可思議的故事，雖然任誰都不相信真有那麼一回事，然而，各階層無論男女老少都喜歡看。（以上詳見六八、八，將軍版《格林童話》第一冊〈關於格林童話集〉一文，頁三七三—三七四）

以上的解釋，由於時代的演進，及童話的領域不斷的擴張，並不易爲人所接受。當然，要爲童話下個妥當的定義，也確實不易，以下試轉錄國內專家學者的意見。

1. 吳鼎先生在《兒童文學研究》第十二章裡説：

實際上童話是兒童文學的一種體裁，和小説、故事一樣的具有組織，含有趣味的情節，雖然有些地方要借重於自然的力量，但也都是「近」於事實，「合」於人情的。其內容則充滿興趣，能以啓發兒童想像力，增進兒童思考力；這裡面有「眞」、有「善」、有「美」，對於兒童的觀念、感情，具有一種潛移默化的功用。使兒童在不知不覺之間，受其感化，影響於日常生活行爲，所以童

話在教育上是具有很高的價值。（頁二四一）

2.林守爲先生在《兒童文學》第二章〈童話〉裡說：

童話是根據兒童的生活和心理，憑藉作者的想像和技巧，通過多變的情節，美麗的描寫以及奇妙的造境來寫的富有興味與意義的遊戲故事。（頁四七）

3.蘇尚耀先生在〈童話寫作研究〉一文裡說：

童話是講給兒童聽，或寫給兒童看，而爲兒童所喜聽樂讀的憑空結構的故事。（見板橋研習叢刊第三集《國語及兒童文學研究》頁一〇五）

4.朱傳譽先生在〈童話的演進〉文裡說：

最簡單的解釋應該是：專爲兒童編寫，適合兒童閱讀，並受兒童歡迎的虛構故事，叫童話。（見小學生版《童話研究專輯》頁三六）

5.張劍鳴先生在〈童話的涵義〉一文裡說：

根據狄奧雷和艾布斯諾特兩人對「童話」的分析，我們可以知道童話就是「具有傳奇性和完美性的幻想故事」，它的特色是情節的安排和人物的造型都非常奇特。雖然它是不合邏輯的，不眞實的；但是詩意化的風格，和故事中所貫串的「公正」、「仁愛」，卻表現了童話的主旨是在追求「至善之美」。（見小學生版《童話研究專輯》頁七三）

6.嚴友梅女士在〈關於童話〉一文裡說：

我對童話的簡單的解釋：「用一個以藝術雕琢的故事，通過詩的情感，表現精深的哲理，其中包涵著趣味的情節，美麗的描寫及教育兒童的意義。」（見小學生版《童話研究專輯》，頁二七八）

7.林良先生在〈童話的特質〉一文裡說：

童話是什麼？

最粗略的說法：

「童話」是描繪「童話世界」的文學創作。

比較詳細的說法：

「童話」是作家透過兒童的「意識世界」和「語言世界」去描繪「童話世界」的文學創作。

最詳細的說法，也是這篇文章的最主要觀念：

「童話」，是作家透過「兒童的意識世界和語言世界」去描繪「經由『透過』兒童的『意識世界』審視『現實世界』得來的『童話世界』」的文學創作。

換句話說：作家透過兒童的「意識世界」審視「現實世界」，得來一個值得描繪的「童話世界」；然後，他從裡面走出來，透過兒童的「意識世界」和「語言世界」，向兒童描繪，或敍述給兒童聽，這種的文學創作，就是「童話」。

用另一種方式說：

一個作家，先把自己當小孩子，假設自己是小孩子，用小孩子那樣純潔的心，那樣天眞的眼光，去看現實的世界。他細心體會，忽然領悟出孩子會有怎樣的想法和看法，忽然觸動靈感，獲得了一個「童話世界」，或把現實世界換成一個「童話世界」，他拿這個「世界」做描繪的對象，用孩子體會得了的觀念，欣賞得到的語文，依自己「特殊的方式」，說給孩子聽。這樣的文學創作，就是「童話」。（見小學生版《童話研究專輯》，頁二一一——二一二）

8. 許義完先生在《兒童文學論》一書裡說：

用兒童純潔的心地，天眞的眼光，專爲兒童編寫，而能適合兒童閱讀興趣、能力，並爲兒童所喜愛，使兒童得到滿足的想像故事。（頁二五）

透過以上各家的解說，或許能有一個較爲清晰的概念。所謂童話，用現代的觀點來說，即是指專爲兒童設計的一種超越時空的想像性的故事。這種想像性的故事，它的藝術特點在於「異常性」，它是以想像、誇張、擬人、假設爲表現的特徵。它的想像來源是生活，而又超越生活，還能遙望未來。一般說來，我們把這種爲兒童設計的想像性的故事，也就是像安徒生那樣寫法的故事叫做「童話」。如果想進一步的了解，或許可以藉助於童話世界的特質。只有能具體的把握童話世界的特質，始能真正明瞭童話是什麼。

叄、童話的分類

早期的童話寄生於民俗學；後來由於時代的改變，以及教育觀念的演進，童話的範圍與內涵皆有所不同。因此，稍注意兒童文學發展的人，會發現早期所謂的童話，今天被歸入民間故事。又早期由於時代的限制，致使童話與兒童文學混同，於是有所謂廣義界說的「童話」出現。在孫毓修的觀念裡，凡供應兒童閱讀的故事都是童話。而日本人松村武雄也認爲「給與兒童的故事——即童話」（詳見六七、九，新文豐版《童話與兒童研究》第五章，頁五五——一〇七），目前仍有漢聲雜誌社《中國童話》的流行，這套書範圍包括傳說、節日、偉人故事、神話、宗教故事、寓言等，而統稱之爲童話。

其實，今日的童話，與從前的童話，實在有很大的區別。因此有人或就演進、或依主題、或依結構型態爲標準，而做各種不同的分類。以下試舉國內專家學者的分類如左：

1. 吳鼎先生在〈童話與兒童文學〉一文裡分爲：

(1) 純正的童話。

(2)創作的童話。（詳見小學生版《童話研究專輯》，頁一—五）

2.朱傳譽先生在〈童話的演進〉一文裡，分爲：

(1)舊童話。（或古典童話）。

(2)現代童話。（詳見小學生版《童話研究專輯》，頁四八—五二）

3.張劍鳴先生在〈童話的涵義〉一文裡，則從童話的基本結構來分類：

(1)仙子故事，這一類故事又包括動物故事，無生命而有思想的故事兩種。

(2)幽默的故事。

(3)重疊的故事。

(4)傳奇和冒險故事。（詳見小學生版《童話研究專輯》頁七四—七五）

4.林守爲先生在《兒童文學》一書裡，依日本蘆谷重常所分者爲準，分爲三類：

(1)古典童話。（即口述童話）

(2)現代童話。（即藝術童話）

(3)科學童話。（頁五二）

5.葛琳女士在《兒童文學——創作與欣賞》一書裡，分爲三類：

(1)古典童話。

(2)藝術童話。（或文學的童話）

(3)現代童話。(詳見唐橋版,頁一三八—一四四)

6.許義宗先生在《兒童文學論》一書裡,依童話的內容、發展、寫作技巧,及特殊風格而分為:

(1)古典童話。

(2)現代童話。(詳見頁二五—四〇)

綜觀以上各家的分類,可知大都是沿用歐美或日本的分類法,只是用辭稍有不同而已。日本的「ごるね」和我們的「童話」相近。日本早期兒童文學理論家蘆谷重常在《世界童話研究》(一九二九年)裡,把童話分為:古典童話、口述童話、藝術童話等三部分。古典童話包括印度故事、希臘神話、天方夜譚、伊索寓言,亦即指古代神話而言。而口述童話,則包括格林童話、英格蘭童話等,實際是指民間傳說。至於藝術童話,則包括貝洛爾童話、安徒生童話、王爾德童話,亦即是創作童話。蘆谷重常的分法自有其理論性與權威性。不過,如口述童話,即是指「經過長久歲月口傳至今」,事實上這祇是站在民俗學的立場而言,就兒童欣賞的立場來說是毫無意義的。又藝術童話,也缺少周延性,試問之,古典童話就不是藝術?又科學童話、現代童話兩個用詞,亦有斟酌處:用科學一辭,徒增分類的困擾;至於現代一辭,有其特定的涵義,如機械文明、現代生活和教育,及它所表現的東西與方法;現代童話當是指現代內涵和現代技巧而言；但是在這個時代的作品中，並非所有的童話都是現代童話。個人認爲童話的分類，自以內容、發展、寫作技巧、及風格爲依據，則可分爲古典童話與創作童話兩類，試略述如下：

㈠古典童話

所謂古典童話，其「古典」，兼指內容與時代。本文的古典童話，兼含蘆谷重常的口述童話。因此，所謂的古典童話，是指那些流傳於民間的神話、傳說或民間故事。他們沒有明確的作者，祇是由人口述，一代代的傳下來，而後經人加以收集整編而成；並且是適合於兒童閱讀的。其間以《格林童話》和《天方夜譚》最爲有名。除外，亦包括歷代經典文學作品中，有童話特徵的，適合兒童閱讀的作品。古典童話有一定的結構，通常是分成引言、發展和結尾三部分。朱傳譽先生在〈童話的演進〉一文裡，認爲古典童話的型式有下列五種：

⑴累積性故事或者重複性故事。這裡所說的重複，是情節重複，而不是故事重複。這類故事情節很簡單，多重複，但是每重複一次，都有一點變化，逐漸走向高潮。

⑵說話的鳥獸。小一點的小孩子，最喜歡這一類的故事。

⑶幽默故事。這些故事沒有內容，但是很受兒童的歡迎。

(4)愛情故事。通常關於男女之間的愛情故事，是不適合兒童閱讀，但是經過處理過的愛情故事，仍很受兒童的歡迎。

(5)魔術故事。這是民間故事，也是童話內容的中心。（以上詳見小學生版《童說研究專輯》頁四八——四九）

(二)創作童話

所謂創作童話是指爲兒童設計的一種超越時空的想像性的故事而言；其目的是供兒童閱讀，其價值在增進兒童思考，增進兒童想像，培養兒童道德意識，充實生活能力。創作童話與古典童話最大的區別是：古典童話在實質上是民間故事，讀者對象包括大人；而創作童話專以兒童爲對象。又所謂創作童話，並不摒除取材於民間故事；他也包括那些以神話、民間傳說作材料，發展創作而成的新童話，甚至於仿神話、仿民間傳說寫成的新作品。重要的是他必須富有創造性，有新的內容，同時充滿著豐富的想像。最早從事這種工作的是法國的貝洛爾，他把民間故事改編改寫，供兒童閱讀，因此他被認爲是童話之祖。而對童話創作有最大貢獻的，則是丹麥的安徒生；安徒生可說是童話之王。

又創作童話必須有時代的意識，亦即是要有現代的概念。所謂現代，它不指題材，也不僅僅指處理題材的技巧，而是指滲透整個創作活動的那種新鮮的、令人動心的「現代人意識」。葛琳女士在《兒童文學——創作與欣賞》一書裡，曾分析現代童話有五種特色，葛琳女士所謂的現代童話，即是創作童話，試引錄如下：

(1)現代童話是隨著世界文藝發展的趨勢而演進的，它融會了浪漫和寫實的寫作特點，將許多幻想的故事，用現代生活的方式表現出來。換句話說，現代童話的最大特色是「故事的情節是想像的，而創作的手法是寫實的」，如懷特的《蜘蛛與小豬》是在樸實的農村中發展出來的。

(2)現代童話爲了健全兒童心理，啓發思考能力，故事的情節都有啓發和暗示的作用。

(3)現代童話爲了適應時代的潮流，和生活環境的改變，以及兒童學習興趣的啓發，科學童話、科幻童話，成了現代童話中的生力軍。

(4)由於科學的發展，社會繁榮，人的生活興趣越來越廣，生活思想越來越複雜，因此童話在形式結構方面，變化越來越大，內容方面也有曲折向長篇發展的趨向，並且對本國以外的各國文學，也有益漸濃的趣味。

(5)現代童話由於印刷的精美、設計和插圖增加了藝術氣質，使童話成爲兒童最受歡迎的一種文學形式。（詳見康橋版，頁一四二——一四四）

第二節　童話的特質

有許多學者把童話直接稱之爲「想像的故事」，於此可見童話的特質所在。童話在兒童文學的天地裡是相當獨特的；簡言之，童話的特質是在想像性，也就是說童話是想像的產物。它的根本特徵是表現超自然的力量，超人間的存在，可以不受現實性的規範，是以童話挾其想像，或輔以某種「寶物」，或透過誇張、假設與擬人手法，使其進入超越自然界的「童話世界」。林良先生在〈童話的特質〉一文裡，曾給「童話世界」做了一個詳盡的描繪和分析。他說「童話的建築物」，最常用的「積木」有五種：

一、第一種積木是「物我關係的混亂」。

孩子和樹葉說話，孩子替蝸牛在牆腳找庇蔭所。這種「物我關係的混亂」，跟詩人的「明月幾時有，把酒問青天」，是一個類型，是一種文學藝術上的美。

二、第二種積木是「一切的一切都是人」。

在「童話世界」裡，貓罵老鼠，醜小鴨受家禽的排斥，燕子安慰悲傷的快樂王子；這種把一切的一切都看成人，並且還安排了這個「人」和那個「人」的關係，是這種積木的特色，亦即是擬人化。

三、第三種積木是「時空觀念的解體」。

現實世界裡，時間與空間是記錄事件發生的良好工具，具備高度的真實性；但是「童話世界」裡，那種「只有愛爾蘭的古代居民才能親眼看到的小仙人」，會在「有一天晚上」，輕輕落在電視機上面，跟安安說起話來。魔豆一夜之間，就能由地面長到天上。由此可看出「時空觀念」在童話裡已然解體。

四、第四種積木是「超自然主義」。

童話裡的許多安排，常常是常識上的「不可能」，是自然法則所不能接受的。潘彼得失落自己的影子，是一個例；小女孩替他把影子縫回去，又是一個例。我們知道一個真實的事件，並不一定能引起讀者的興趣；在童話裡，脫離了自然界的規律性、理則性，而重新塑造了超自然的合理性；這種超自然的特性，是經過想像而始完成。在童話世界裡，有國王受騙脫光衣服上街遊行，有撒一次謊就長長的鼻子，這些都形成了新的「理性世界」；雖然有時荒謬不合理，但看完後，不得不欣賞其美感和風趣。

五、第五種積木是「誇張的『觀念人物』的塑造」。

人是複雜的，人的言行常常受現實生活的修正；所以在「現實世界」裡，並沒有「單一觀念」的人物，好吃的人，不會一天到晚狼吞虎嚥。好撒謊的人，不會一天到晚信口開河。但是在童話裡，塑造的往往都是「單一觀念」的人物；這種觀念人物，只有個性，沒有理性；只有觀念，沒有思想的活寶。在他由一位童話作家寫活了時候，不論成人小孩，都會為他那種迷人的「喜劇味」而傾倒。這種人物的產生，是透過兒童的「意識世界」去觀察「現實世界」的必然結果。（以上詳見小學生版《童話研究專輯》，頁一〇～一五）

這種童話世界的構築，事實上就是想像力的創造。蕭承思在《兒童心理學》一書，論〈兒童之想像〉如下：

兒童之想像　想像作用，乃感覺的經驗與知覺的經驗之再現。兒童之想像，繫乎感覺器官之是否健全，與經驗之多寡。知覺之起作用，必有刺激物存在，想像則不然，其作用之初，初不必有何物刺激其器官，此想像之所以別於知覺，而亦想像所優於知覺也。兒童之想像，有係重演過去之經驗者，亦有係綜合過去之經驗而產生新情況新事物者。兒童因經驗缺乏，故富於產生的想像，遇事誇大其詞，且因見聞之錯誤，與夫所見或所聞中間之衝突，每作荒謬之論，此荒謬之論，成人每誤認為謊言。初期之嬰孩，僅承受感覺的印象，而無想像之自由。三歲以後，身心始不完全為感覺所支配，於是漸有活潑之想像，特皆遊移不定，無目的，無系統耳。想像之發達，其始為回憶，繼而憶想，再進而為構想，青年期兒童之想像，則可別為職業的、理想的、夢想的、冒險的、發明的與浪漫的。

兒童與成人想像之不同，可自三方面述之：㈠影像種類之不同，㈡影像鮮明之程度不同，㈢影像之數目不同。兒童時期中，所揣想之範圍特大，惟其所意會者，為具體的與實物的，故兒童之思想多以物為代。例如兒童思及花草樹木時，其腦中必有花草、樹木之影像，念及葡萄仙子時，必詠葡萄仙子之曲。成人之思想，多以字為代，思想及於某事或某物時，某事物之影像，不必出沒其意識中，此種文字的或聲音的想像，於藝術文學之創作，有莫大之價值。三歲以內之兒童，其想像多為模仿的，亦即所謂無想像之自由。自三歲至七、八歲間之想像，多為自創的，凡稗官野史之所傳，均信以為眞，其玄想、幻想，有若成人之夢。自十歲至十三歲，兒童之想像，漸趨實際化，凡與常理相悖者，皆漸知其不可能，一至青年期，則因情緒之衝動大，而恢復前此想像之性質，唯想像之內容不同，以前之想像為故事式的，至此則變為所謂『日間夢想』之想像，對於將來之事業，頗有宏大之計劃，此亦為最危險最難應付之期。青年期以後，則又一變其幻想之情緒，而為實際之想像。兒童對於一切事物之影像，俱鮮明強烈，唯其鮮明強烈，故兒童每不能分別何者為記憶之影像，何者為想像之影像，其甚者，至成人之年，於知覺與影像，猶不能辨別，此之謂錯覺。錯覺之影響，每能使兒童造作謊語，前文已述及之，有時亦能使兒童畏懼，例如兒童獨自玩樂時，忽猝然靠至父母之懷，或啼哭不止，若有物躡跡其後者，有時兒童獨自嬉遊時，輒聞其自笑自譚，蓋兒童之想像中實若眞有同伴者在其左右也。兒童之影像，較成人爲多，其大部分之精神生活爲想像，且其所想像者，多爲具體的，實物的，故於思想上應有之意義、關係及判斷，皆形缺乏。

（見五六、二、台一版商務人人文庫第二二七號，頁九〇～九一）

兒童本身因爲富有想像力，所以他們會喜歡想像的故事。我們知道智力需要運用始可獲得增强，正如同我們身體需要經常不斷的鍛鍊；因此我們應把我們的「想像力的機器」，視同我們精神上的肌肉；我們更知道所謂的「人力開發的需要」，亦即人才的培養，已成爲教育的重點。而所謂人才的培養，尤其是强調創造性的想像力的培養。所謂創造性的想像力，通常的說法是：

能夠創造個人獨特見解的能力。

能夠創造出新事物的能力。

雖然兒童有異於成人，同時也未必真有積極性的創造力；但是我們知道一個成熟學者創造力的思考過程，與兒童探求未知事物的過程比較，雖然有程度上的差異，但過程是相同的。因此可以肯定的說：明日那些有創造力的工程師、科學家、文學家，以及未來世界的塑造者，正是今日那些能夠想像，能夠有奇異想法的孩子。申言之，我們知道教育的目的，在於「保存」人類寶貴的文化遺產，將此累積之文化結晶傳遞延續給生生不息的下一代；並進而以已有的文化基礎，開創出更豐富更進步的新文化，以求文化之日新月異。際此知識爆炸，變遷急速的現代社會，教育的開創功能也益形重要。杜佛勒（Alvin Toffler）在《未來的衝擊》裡（六十、十、志文出版社，蔡仲章譯本），指出未來的社會將具有三個特色：

新奇性

多樣性

暫時性

由於新的知識與新的發明，以驚人的速度累積的結果，我們的社會將充滿各種新產品、新觀念。新的產品與新的觀念不斷的推陳出新，原有的器物、生活形態、價值觀念等，都將很快的被新的事物所取代。所以今日社會中唯一不變的事實是：世界上沒有不變的事實。因此，讓學生學習如何面對未來變動不居的社會，把握解決問題與創造革新的方法，乃成爲一個人生活中極爲重要的能力。這種解決問題及創造性能力的培養，已成爲今日教育的重點，朱傳譽先生在〈童話的演進〉一文裡，曾說童話對兒童有以下六點好處：

第一：啟發兒童的想像，加深他們的情緒經驗。

第二：滿足兒童自我表現的需要。

第三：培養有益兒童身心的幽默感。

第四：使兒童不自覺的接受道德的教訓。

第五：培養他們欣賞文學的興趣。

第六：擴展他們心智的領域，給他們吸收其他國家風味和空氣的機會。（見小學生版《童話研究專輯》頁六九）

由此可見童話之所以獨特以及被重視的理由所在。申言之，會吸引一個兒童注意的故事，必須具有娛樂性，又能引發好奇心。而一篇能夠充實兒童生活的故事，應該足以激起他的想像力，有助於兒童心智的成長與情感的淨化；配合他的焦慮與企盼，完全認識他的各種困難，同時更隱隱指出解決困擾著他的難題之道。總之，這故事必須一邊關係到兒童人格的每一體、每一面；同時更促使他對自我和前途充滿信心。在所有的兒童文學類目中，源自民俗的童話，最能發揮此等功能。

因此，我們相信，想像力創造了人類的文明；我們也知道所謂想像，並不是空想，也不是幻想。以下試再就藝術的立場，說明想像的特質。我們相信，任何一件藝術品必然是一件創造品，因爲它通過了藝術家的想像的緣故。它不祇是意像的召回或經驗的再現，它包含了藝術家個人的更爲複雜而深遽的心靈作用；這種心靈作用，一般稱之爲創造的想像。舉一個淺近的例：蘇東坡說：「畫竹必先得成竹於胸中。」也就是說必先具備對於竹的完整的想像，然後把這一想像表達出來。雖然任何一個見過竹子的人都幾乎可以構成一株胸中之竹的意像，但這只是單純經驗的召回，惟有一個藝術家的胸中之竹便多少有點特殊，這便是通過他的「創造的想像」的緣故。因此想像力乃是一個藝術家必須具備的最基本的能力。姚一葦先生於〈論想像〉一文裡，認爲藝術家的想像，或創造的想像，具有下列的意義：

第一、想像活動是一種意識的活動，一種思維的活動；但是它雖是意識的活動卻不排斥潛意識。因爲藝術家的創造不是創造資料，而是創造秩序；因此一個藝術家的工作是如何收集資料，以及如何裁剪、組織、整理這些資料，組織而成一個全新的秩序。潛意識的作用在此可能提供某些資料、和形成創作的某種動機，而裁剪、組織、整理資料的工作，則全屬意識界閾內的活動，思維的活動。

第二、想像的作用爲二重的。一方面爲知的作用；另一方面爲感的作用。由於資料係來自此一眞實的世界，須憑藉吾人的感官來把握，是所謂感的作用。又由於吾人須裁剪、組織、綜合、演繹這些資料，整理成爲一定的秩序，是所謂知的作用。

第三、想像的活動因此不能脫離知識與經驗，蓋一個人的知性或理性係來自知識，來自邏輯，而吾人感官所收集的則爲經驗，是故一個藝術家不能脫離知識與經驗，知識與經驗不僅可以豐富他的想像的能力，同時可以增長他的表現的能力。（以上詳見五七、三、開明版《藝術的奧秘》，頁三六～三七）

綜合以上三者，我們知道，所謂想像絕非胡思亂想，或任意的堆砌。它表現爲一種有組織的設計；係將一些平凡、膚淺、人人所知道的現象轉變爲一種美妙的、神奇的故事，是化腐朽爲神奇的工作。所以藝術家的想像力係指如何結合這些平凡、生糙的資料能力，亦即創造一個全新的秩序的能力。

第三節　童話的寫作原則

童話在內容上，是運用想像構成的一種神秘性的遊戲故事。童話運用了美麗的想像，跨越了時空的限制，將不可思議的想法，帶入了真實的現實，使它在適當的場合出現。這是基於人類喜愛想像的天性；因爲想像的世界比真實的世界更美，尤其是兒童時期，由於憧憬未來，想像力更爲豐富，當然他們非常喜愛超越現實的想像故事。

葉可玉先生在〈台灣省兒童閱讀與趣發展之調查研究〉一文裡（見五二年國立政治大學學報第十六期，頁三〇四～三六一），曾依兒童讀物的類別，調查兒童喜歡與不喜歡的項目，其中各年級對童話一項表示喜歡的，其百分比如下：

三年級　六七．九三％居第三位
四年級　七〇．〇五％居第二位
五年級　七〇．七〇％居第三位
六年級　七二．九四％居第二位（同上，頁三三〇～三三一）

兒童所以喜歡童話的原因，據葉氏調查分析結果：

1. 故事精采。

2. 喜歡童話裡的仙境。

3. 有趣味。（同上，頁三五三）

不論從兒童喜歡童話的原因來說，或從童話如何適應兒童的閱讀興趣來說，童話創作的基本原則，乃在於想像性的發揮而已。以下試就事件、人物、背景、結局等四方面加以說明：

一、事件

我們知道，童話的重心不在人物，而是事件；又事件必須靠情節。在童話裡，情節的發展，故事必須要有動感、有高潮、有曲折、有變化；亦即是必須自始至終不鬆口氣。主角要不斷的學習事物、成長並改變，情節要能隨時有曲折變化，方能吸引讀者。在事件、情節方面，必須具有下列的條件，方能說是具有想像性。

1. 驚奇性　一般人都喜歡意外的驚奇，而富有好奇心的兒童尤其如此。凡事前未曾料到的發展與結局，及未曾料到的人物出現，都會提高兒童的興味和愉快之感。

2. 活動性　兒童本身少不了運動；如果他們停留在靜默的狀態中，無異囚犯幽禁在鐵窗之中一般，必然無法忍受。不過所謂活動性，究竟是指兒童本身在動呢？還是看其他人物在動呢？兩者之中，何者令兒童感到愉快呢？答案是：不管誰在動，有活動的總比缺少活動的來得好。因此童話中常以連續而有變化的動作，來貫串故事。

3.滑稽性　在葉可玉先生的調查研究中，指出兒童最喜歡的讀物是笑話，笑話所以能得到兒童強烈的喜愛，自因其中充滿了滑稽詼諧的趣味。除笑話外，童話也富有此特質。

4.誇張性　誇張對兒童有特別的魅力。而在童話裡，誇張性的表現至爲強烈。

5.親切性　兒童的經驗比成人的少，因此，他們對於已經獲得的經驗比成人重視得多。當他們碰到所曾接觸過的東西，或是某種現象再度呈現時；換句話，就是當他們所熟悉的事物或現象再度呈現時；他們內心會因親切而有很大的快感，童話的寫作原是依據兒童的生活與身心發展，所以作品中處處給予兒童親切的感覺，而在這種親切的感覺中，必須讓他有出乎意料的愉快感。

6.動物生活　童話中以動物生活作爲題材。一方面是滿足兒童的好奇心；同時也可幫助兒童的人格的發展，並且可增長兒童的知識及經驗；另一方面則是有助於想像性的發揮。

7.想像要素　兒童有豐富的想像力，正是兒童時期的一種特徵。凡是能激動兒童的想像力的讀物，可使他們在心靈自由馳騁中，有無窮的趣味和快樂，有無限的愛慕和嚮往，因而對這種讀物感到喜愛和重視。讀物中越具有想像力的，就越能引起兒童濃厚的趣味。在各類兒童讀物中，童話可說是最富有想像力的。（以上詳見林守爲

《童話研究》，頁二九～三二）

二、人物

童話中的人物，真是包羅萬象；所謂人物，既不限於人，也不限於動、植物；不論其體積大或小，生命的有或無，都可在童話中作為人物而出現。我們也知道，童話的重心並不在人物，因此童話裡的人物，即是所謂誇張的「觀念人物」。但雖是誇張的觀念人物，寫作時仍須先把握住各種角色各具的特性，除外，尚須注意以下各點：

1.直接性　說明事理，不如提示事物；描寫心理，不如提示形態。

2.單純性　複雜的人物造型，不是兒童所能接受；童話中的人物，可就某一點加以肯定；或善或惡，或智或愚，不容作鐘擺式的不定。

3.簡明性　這點與單純性有關，單純性係就人物某一特點來寫；而簡明性是說就上述這一點來寫時，也不必著筆過多，渲染過甚，只要在合適表現的場合中，著力刻劃幾筆，或是在以後的場合中，再予反覆便夠。如此簡明卻強烈的描寫，更易造成顯明的印象。

4.感覺性　感覺性即指感官的印象而言。所謂感官的印象，是指作品中的描寫，應直接訴之於人的感覺器官，造成一種印象；好似可用眼睛看到的，或用耳朵可聽到的，或用鼻子可嗅到的，或用手可以觸到的一樣。

5.誇張性　在童話中，爲誘發兒童的興趣，其人物不論是英勇的、正直的、勤勞的、仁愛的……，總含有多少的誇張，使它較爲突出，較爲奇特。而誇張又可分靜態與動態兩種。靜態的是指對人物靜止狀態的誇張描寫，如「長尾貓」。而動態的是指對人物的動作言語的誇張描寫，也就是把誇張性表現在整個人物的活動上面。（以上詳見林守爲《童話研究》頁一九三～一九七）

創作童話，如能把握以上要點，則不難塑造出誇張的「觀念人物」。

三、背景

背景是指時空而言。在童話中時空觀念是被解體的，童話裡沒有時間與地點的明確指示。其人物常常可以在任何時間，出現在任何地方。又童話的開頭，常用「從前」，或「很久以前，在遙遠的地方」，其目的非止於時空的解體，亦是企圖立刻引導讀者進入一個一切都可能發生的夢想世界。故事發生的地點，通常只說明在一條路上，一座橋上，一所皇宮，一座森林……，對裝飾、風景，不作任何描寫。兒童都很性急，等不及你慢慢的去描繪；因此在開頭時要簡短，很快的轉入故事中心，接觸到故事本身。於此可見童話的重心在事件本身。

一個作家，在不受時空觀念限制的情況下寫作，是一種極大的自由。從另一個角度看，在這種情況下寫作，一點也沒有依據和憑藉，也許需要更了不起的才華。

四、結局

在童話的寫作中，其結局不外成功、脫險、回家等等，也就是所謂的「圓滿的」、「喜劇的」，亦即是善和惡給安排了應得的結果。這種結局，非但有同情心，亦有正義感，更是符合兒童成長中在心理、生理與社會等方面的需要。童話裡不會有驚魂攝魄的事件；兒童知道人物遭遇的是有趣的危險，所以他們不害怕，無神仙或魔術師，也能轉危爲安。真實的人生，矛盾的現實，那是兒童故事與兒童小說的範疇，屬於童話的是：一片純真的想像世界。在純真的想像世界，現實的生活遠離，常駐的是永恆的真實。

總之，所謂童話，就是使事實長上翅膀。這種長上翅膀的事實，它是可圈可點的胡說八道；也是入情入理的荒誕無稽。也就是說童話是想像的產物，它的根本特徵是表現超自然的力量，超人間的存在，可以不受現實性和可能性之規範。這種存在稱爲「異常」的藝術要素，只要在環境背景、人物形像、故事情節中任何一個方面，或兩個，或三個存在著這種異常性，就會構成童話。

建議參考書目

壹

童話研究專輯　小學生雜誌社　五五、五
童話研究　林守爲著　自印本　五九、十一
童話與兒童研究　松村武雄著　新文豐出版公司　六七、九
創造思考與情意的教學　陳英豪等編著　復文書局　七四、九增訂初版
童話理論與作品賞析　陳正治著　台北市立師範學院　七七、六
中國民間童話研究　譚達先著　台灣商務印書館　七七、八
童話學　洪汛濤著　富春文化公司　七八、九
童話寫作研究　陳正治著　五南圖書出版公司　七九、七

貳

童話寫作研究　蘇尚耀　見五五、十二台中師專《研究叢刊第三集》，頁一〇五～一一二

一個純真的世界——談童話　林良　見《淺語的藝術》，頁一三一～一三九

童話從哪裡來？　林良　見《淺語的藝術》，頁一四一～一四七

安徒生的童話原則　蘇樺　見六一、四、十六　國語日報兒童文學周刊三期

童話的創新　曾信雄　見六一、四、二三　兒童文學周刊四期

童話的教育價值　蘇樺　見六一、八、六　兒童文學周刊一九期

科學童話的寫作　曾門　見六二、六、三　兒童文學周刊六一期

美感經驗與童話寫作　獨孤恕龍　六二、十二、九　兒童文學周刊八八期

教兒童寫童話　曾信雄　六三、一、六　兒童文學周刊九二期

童話與故事　林容　六四、四、二〇　兒童文學周刊一五八期

談科學童話　徐正平　六四、五、十一　兒童文學周刊一六一期

科學童話的特質　徐正平　六四、六、一　兒童文學周刊一六四期

我的童話觀　平田讓治作，林鍾隆譯　六五、四、二五　兒童文學周刊二一〇期

童話的改寫方式　野渡　六五、六、二七　兒童文學周刊二一九期

童話　葉詠琍譯　六六、十一、二〇　兒童文學周刊二九一期

漫談傳承童話　林桐　六七、四、九　兒童文學周刊三一一期

認識童話結構　野渡　六七、一〇、二九　兒童文學周刊三四〇期

童話的新方向　曾妙容　六七、十一、十九　兒童文學周刊三四三期
談童話中丑角的運用　邱阿塗　六八、十一、四　兒童文學周刊三九二期
新聞童話故事的寫作　劉正盛　六九、一、六　兒童文學周刊四〇一期
認識童話高潮　野渡　六九、一、六　兒童文學周刊四〇一期
認識童話尾聲　野渡　六九、三、二三　兒童文學周刊四一一期
童話的人物刻劃　野渡　六九、一〇、十二　兒童文學周刊四四〇期
認識童話的特質　野渡　六九、一〇、二六　兒童文學周刊四四二期
童話的重述和改寫　野渡　六九、十一、九　兒童文學周刊四四四期
認識童話結局　野渡　七十、一、二五　兒童文學周刊第四五五期
認識童話的技巧　野渡　七十、六、十四　兒童文學周刊四七四期
談童話中的鳥言獸語　陳正治　七十、六、二一　兒童文學周刊四七五期
談童話的開頭　野渡　七十、九、十三　兒童文學周刊四八七期
童話的背景設計　野渡　七十、九、二七　兒童文學周刊四八九期
談童話的寫作　陳正治　七五、四　台北市立師專〈國教月刊〉三三卷第一、二期，頁五二～五九

〔附錄〕 試說我國古代童話

壹、前言

中國童話，就發展觀點言，自當就以孫毓修編撰《童話》集為分水嶺。之前，統稱之為古童話或古代童話；之後，則是現代創作童話的開始。

童話，在清末，依附民俗學隨著列强的船堅砲利來到中國。因此，有人認為我國古代沒有「童話」，這種說法頗為流行。

在我國，「童話」這個名詞的出現，始於孫毓修編撰的《童話》，出版時間是一九〇九年三月，即清末宣統元年，至今有八十年。但比起世界上第一本童話集《鵝媽媽的故事》（一六九七年法國貝洛爾著），大約晚了二百年。所以，嚴格說起來，我國童話的歷史似乎很短。但是從世界童話發展的歷史去觀察，「童話」名詞出現得晚，並不表示我們從前就沒有「童話」。依據人類學、民俗學的說法，童話也是民間文學的一部分，如果我們不把「童話」的解釋，局限於現代童話部分的話，我們便可以發現，我國童話實在有其悠久的歷史。

申言之，童話乃是緣於教育與娛樂之需要；它的發源地是每個人的「純真的心境」。人類從有兒童有語言開始，就有童話；童話的歷史，就是兒童的歷史；那時候，雖不叫童話，但是已經產生了童話。

所以要談我國的童話歷史，絕不可能把它說成是有了「童話」這個名稱以後才開始有童話。我國童話的顯現與興起，雖然是受外來力量的刺激；但我們確信，中國是個有豐富童話寶藏的國家。

貳、古代童話概要

在我國古代的文獻資料中，找不到「童話」這個詞彙，但也沒有「神話」、「傳說」這些詞；那時候，它們是不分的。

而後，由於人類學、民俗學的興起，始有神話、傳說、民話之分；又由於兒童學的成立，始有兒童文學、童話等出現。我們知道，童話的發源地是每個人的「純真的心境」。童話與兒童之關係，乃是緣於教育與娛樂之需要。因此，自有人類有兒童有語言開始，就會有童話存在，童話是兒童的生活，也是兒童的歷史。然而，在我們的觀念裡，卻有「童言鳥語，百無禁忌」的諺語，人們看輕童言，也害怕童言。所以，把它和鳥語列在一起，說明它不足爲訓，自然也就少有人會去加以搜集。

所謂古代沒有童話，這是不了解兒童歷史與不研究所致。至於古書中缺乏童話記載與童話概念的認識，則是時代與民族性限制，以及「語文不一」使然。魯迅在《中國小說史略》裡，認為中國神話之僅呈零星者其原因有二：

中國神話之所以僅存零星者，說者謂有二故：一者華土之民，先居黃河流域，頗乏天惠，其生也勤，故重實際而黜玄想，不更能集古傳以成大文。二者孔子出，以修身齊家治國平天下等實用為教，不欲言鬼神，太古荒唐之說，俱為儒者所不道，故其後不特無所光大而又有散亡。（見七九、十一，風雲時代本，頁二三）

其實，不只是神話，是凡脫離「原道」、「徵聖」、「宗經」的故事性敘事文類，皆有自生自滅的命運；其中，寓言可說是惟一的變數。並不是中國人不善想像，一言以蔽之，乃雅俗觀念使然。申言之，我國的古書中，所記載的童話不多，也沒有一本較為完整的童話著作留下來，這是有原因的。我們知道，歷代的封建帝王，皆崇尚實用主義的儒家，童話這種富於想像的故事，是被斥為玄學的。儒家不但避開不談，而且盡一切可能，把這種想像性的故事，或斥為異端邪說，或將他們改變成歷史；加上封建統治者歷來輕視兒童，兒童在社會與家庭中，都沒有地位。對於為兒童喜愛的童話，更是忽略無視；再加上古代語文不一致，所以古代童話文字記載是不多的。而今，只要我們肯去加以搜集與整理，自能發現有無窮的寶藏存在。

民國初期，由於文獻不足，未敢論斷當時的搜集與整理的成果。但是，他們的研究能以民俗學爲據，則是正確不移的方向。反觀目前，則不知民俗學爲何物。如此缺乏過去的基礎，而卻奢言「中國本土化」，豈非緣木求魚？

環視當前，較能關心古代童話者，亦似乎僅有蘇尚耀先生一人而已，而他最主要的文章是〈中國童話〉，該文收錄於五十五年五月小學生雜誌社《童話研究專輯》（頁一二一——一二九）。

所謂中國古代童話，依盧谷重常的分法，即指「古典童話」與「口述童話」。古典童話，是指我國歷代文學作品中，有童話特質者，本文稱之爲典籍裡的童話；而口述童話，即指民間童話，它包括我國各地廣泛流傳的，且具有童話特質者。

童話的特質在於想像性。具體的說，童話是想像的產物，而這種想像又是來自生活。它的根本特徵是表現超自然的力量，超人間的存在，可以不受現實性和可能性的規範。總之，它是超越時空，它是萬物有靈，它也是變型。童話這種想像要皆以誇張和擬人爲表現的特徵，而以「異常性」爲藝術特點。

以下依此特質，分典籍裡的童話與民間童話兩節，概述我國古代童話於一、二。

甲、典籍裡的童話

典籍裡的童話，顧名思義是指我國歷代文學作品中，有文字記載的古童話作品。

其中，有些雖已被稱做神話、傳奇、小說、寓言、筆記、掌故。但這些作品也可以視爲童話，收入它的範圍。

緣於道統與雅俗觀念的關係，雖然在正統的古文裡，可見童話的記載並不多；然而，我們仍可以從文學史與小說史上，發掘出童話的寶藏。

我們可以說，在文學裡的遺興作品，時常可見純真想像的故事；在小說史裡的紓解性作品，更是到處可見想像的童話。因此，本文試以小說史爲據。

「小說」一詞，最早見於《莊子》的〈外物篇〉。所謂「飾小說以干縣令，其於大達亦遠矣。」，小說與大達對舉，指的是一些淺俗瑣碎的言論。這種淺俗瑣碎的言論，或許具有娛樂的意義。到了東漢，桓譚在他的《新論》中說：「若其小說家合殘叢小語，近取譬喻，以作短書，治家理事，有可觀之辭。」（據河洛本李善注《昭明文選》卷三十一江淹詩〈李都尉〉李善注引，下册，頁六九二）而班固在《漢書》〈藝文志〉則說：「小說家者流，蓋出於稗官。街談巷語，道聽途說者之所造也」。所謂「街談巷語、道聽途說」是說它們大都來自民間口頭傳說。這種口頭傳說者流，其旨不在經國濟民，要皆不離遺興志怪。試引錄幾種序跋，以見不入流的小說之特徵所在：

《山海經》郭璞序：

世之覽《山海經》者，皆以其閎誕迂誇，多奇怪俶儻之言，莫不疑焉。（據七

三、六、文鏡版《歷代小說序跋選注》頁七引）

《搜神記》序：

今粗取足以演八略之旨，成其微說而已。幸將來好事之士錄其根體，有以游心寓目而無尤焉。（同上，頁一〇）

湯顯祖《點校虞初志》序：

《虞初》一書，羅唐人傳記百十家，中略引梁沈約十數則，以奇僻荒誕，若滅若沒，可喜可愕之事，讀之使人心開神釋，骨飛眉舞。雖雄高不如《史》《漢》，簡澹不如《世說》，而婉縟流麗，洵小說家之珍珠船也。其述飛仙盜賊，則曼倩之滑稽；志佳冶窈窕，則季長之絳紗；一切花妖木魅，牛鬼蛇神，則曼卿之野飲。意有所蕩激，語有所托歸，律之風流之罪人，彼固歉然不辭矣。使咄咄讀古，而不知此味，即日垂衣執笏，陳寶列俎，終是三館畫手，一堂木偶耳，何所討眞趣哉！余暇日特爲點校之，以借世之奇雋沈麗者。（同上，頁八一——八二）

李日華《廣諧史》序：

良卿手所匯《廣諧史》一編，閫余闕曰：子史功適竟乎？失史職記載而其神駿在，描繪物情，宛然若睹，然而可悲可愉，可詫可愕，未必盡可按也，以人往而筆留也，筆之幻化，令蕉有彈文，花有錫命，管城有封邑，銅鐺門有拜表，於是滑稽於藝林者史裁悉具，又寧獨才局意度與其際用之微，可藉形以托，即閥閱譜緒，爵里徵拜，建樹謚誄，人間亹亹之故，悉在楮墨出之，若天造然，是則反若有可按者。嗟乎！從古王侯將相，博偉男子，所灼爍照耀寰區者，靡不與枯楊白草俱盡，所留者僅僅史氏數行墨耳！而滑稽者又令羣物得媲而同之，不亦悉歸幻化而無一可擅者耶。嗟乎！可以悟矣！且也因記載而可思者，實也；而未必一一可按者，不能不屬之虛。借形以托者，虛也；而反若一一可按者，不能不屬之實。古至人之治心，虛者實之，實者虛之。實者虛之故不係，虛者實之故不脫，不脫不係，生機靈趣潑潑然，以坐揮萬象將無忘筌蹄之極，而向所讐校研摩之未嘗有者耶。余躍然曰：然！然則是編也，不徒廣諧，亦可廣史；不徒廣史，亦可廣讀史者之心。子命吾矣！（同上，頁一〇五——一〇六）

無礙居士《警世通言》敍：

人不必有其事，事不必麗其人。（同上，頁一三四）

所謂「閎誕迂誇，多奇怪俶儻」、「游心寓目」、「奇僻荒誕」、「筆之幻化」、「人不必有其事，事不必麗其人」，即是指想像、誇張、擬人之特質。以下試依小說史爲主，以見典籍裡的童話。

上古時代的神話、傳說，是人類創造的最早的藝術形式之一；而中國古代的小說，也可以說是從神話傳說演化而來的。

一、先秦的神話

我國古代的神話、傳說，內容豐富，有著濃厚的浪漫主義色彩。它表現出人類童年時期的天真可愛，更表現出人類初期，在征服自然過程中所表現出來的力量、美德和理想。而在神話、傳說、童話不分的先秦神話時期，其實，此中有不少的古童話。以今天的觀點視之，神話的主角多屬天神，傳說的主角卻多是有神性的人，而童話的主角則是不具神性的凡人；有時雖具非凡的智慧或才能，乃至奇特的狀貌和神力，但皆不離人性之本位。這些古童話，散見於先秦的經、史、子、集等古籍中。如《詩經》〈大雅生民〉篇寫后稷的誕生，最初家人把他丟在小巷裡，有牛羊來餵他的奶；再把他丟在樹林裡，正巧有樵夫來砍柴；後來把他丟在寒冰上，又有飛鳥來翼護他；他長大以後，種豆、種瓜、種麻、種禾，都有很奇妙的結果，都很具有童話趣味。《莊子》〈應帝王篇〉的儵、忽和渾沌。〈秋水篇〉的埳井之蛙，雖是寓言，也可以當作童話的材料來處理。此外，《山海經》、《穆天子傳》、《諸子書》、《呂氏春秋》、《楚辭》等，其蘊藏之豐，更是有目共睹。在古籍中，有的援引一段故事，而這類故事，大多取自民間，有時也是很好的童話作品。我們可以想像，那時候，諸子百家爭鳴，所以常在文章中引用一些故事，做爲依據，想借此說服對方。這些故事，現在看來，有歷史、有神話、有寓言、有傳說，也不乏有童話作品；這些故事有的採擷自民間，有的也可能作者自編。而這種的故事，現在能看到的卻只是一些零星的片斷；它們散落在各種古籍中，記載還常常是矛盾而雜亂的。而其中《山海經》，是惟一保存古代神話資料最多的古籍。在先秦古籍中，《山海經》是一部具有豐富內容和獨特風貌的書。全書雖僅三萬一千多字，它不但是史地之權輿，更是神話之淵府。其中〈海經〉部分，保存神話之資料最多，除《楚辭》、〈天問〉，他書均無法與之相提並論，爲研究神話之入門。有關《山海經》這本書的作者與時代，袁珂在〈山海經寫作的時地及篇目考〉一文說：

總的說來《山海經》的著作時代，是從戰國中年到漢代初年，著作地方是戰國時代的楚國和漢代初年的楚地，作者是楚國和楚地的人。《山海經》篇目古本爲三十四篇；劉向《七略》以〈五藏山經〉五篇加〈海外〉、〈海內經〉八篇爲十三篇，《漢志》因之。劉秀校書，乃分《五藏山經》爲十篇而定爲十八篇；郭璞注此書復於十八篇外收入「逸在外」的〈荒經〉以下五篇爲二十三篇，即〈隋志〉所本；《舊唐書》〈經籍志〉復將劉秀原本所分的《五藏山經》十篇合爲五篇，加〈海內外經〉八篇、〈荒經〉以下五篇爲十八篇，求符劉秀表文所定篇目，即今本。（見

里仁版《山海經校注》頁五二一）

《山海經》是一本想像豐富的作品。如卷二的〈鼓〉（本文以七一、八，里仁版袁珂《山海經校注》爲據，頁四二），這是一種人面獸身的怪物。而卷五的〈神計蒙〉（頁一五三），則是龍首人身。這些奇怪的造型，當是根據真實的生活想像而成。

又卷六的〈羽民國〉（頁一八七），其人全身生羽，兩手爲翼。〈長臂國〉（頁二〇二），其人兩手由肩垂下，可抵地面。又有雙腳長過三丈的〈長股國〉（卷七，頁二二七），以及其人矮小只有九寸的〈小人國〉（卷十四，頁三四二）。

又狀如白犬，黑面長角，能飛行的〈天馬〉（卷三，頁八六）。形如狐，背上有角，乘之壽有二千歲的〈乘黃〉（卷七，頁二二五）。有狀如牛，蒼身而無角，一足，出入必有風雨的〈夔〉（卷十四，頁三六一）。

這些異物或寶物，在《山海經》裡只記述了幾行字。很可能是由於當時刻書不易，未能將整個故事記載下來。這些故事，有可能會是有趣的童話作品。

再如〈燭陰〉（卷八，頁二三〇），則是一個道地的童話人物，所謂「鐘山之神，名曰燭陰，視爲晝，瞑爲夜，吹爲冬，呼爲夏，不飲，不食，不息，息爲風，身長千里。在無脊之東。其爲物，人面蛇身，赤色，居鍾山下。」可說想像奇異。而「發鳩之山的精衛」（卷三，頁九二），也是一個上好的童話故事。至於「追日的夸父」

（並見八三、二三八、四二七等處），更是一個精美的童話。

我們知道，《山海經》中有地理、歷史、生活等方面的知識；有神話、有傳說，也有一些童話；《山海經》有文有圖，在那沒有兒童文學書籍出版，兒童還沒有書可讀的時候，他們怎麼會不喜歡這樣一本圖文並茂的富於想像的讀物呢？

今人對神話研究最有成果者，首推袁珂，試提供參考：

中國神話選　袁坷編選　長安出版社　七一、八再版

中國神話傳說辭典　袁珂編著　華世出版社　七六、五、

中國神話傳說（上、下）　袁珂著　駱駝叢刊十二、　七六、八

中國神話裡，童話材料，可說俯拾即得，端視個人之採掘與應用。

二、漢魏六朝的筆記小說

秦始皇、漢武帝等人好長生不老之術；再加上東漢以來的頻繁戰亂，社會動盪不安，佛教道教廣泛流傳，於是宗教迷霧籠罩了整個社會。在這種情況下，民間產生了大量的神怪故事。正如魯迅在《中國小說史略》中說：

中國本信巫，秦漢以來，神仙之說盛行，漢末又大暢巫風，而鬼道愈熾；會小乘佛教亦入中土，漸見流傳。凡此，皆張皇鬼神，稱道靈異，故自晋訖隋，特多鬼神志怪之書。其書有出于文人者，有出于教徒者。文人之作，雖非如釋道

二家，意在自神其教，然亦非有意爲小說，蓋當時以爲幽明雖殊塗，而人鬼乃皆實有，故其敘述異事，與記載人間常事，自視固無誠妄之別矣。（見風雲時代本，頁四九）

然而，現存所謂的漢人小說，無一本真出於漢人。因此，我們要找童話材料，可在《淮南子》、《論衡》或史傳等書裡去找。

從魏晉到南北朝時代，大量出現的小說，我們稱之爲筆記小說。它是繼承先秦神話、傳說的系統，又受其本身的時代、社會影響演變而成。

所謂「筆記」二字，本指執筆記敘。由於南北朝時代崇尚駢儷之文，一般人稱注重詞藻聲韻對偶的文章爲「文」，稱信筆記錄的散行文章爲「筆」；所以後人就總稱魏晉南北朝以來「殘叢小語」式的故事集爲「筆記小說」。筆記小說包括談鬼神說怪異的「志怪」和記載人物瑣事軼聞的「志人」。這種筆記小說始魏晉迄明清，歷代皆有之。我國的筆記小說，超現實的志怪傳奇，取材之廣博，想像力之高超，正與童話無異。

魏晉的志怪書，有題爲魏文帝曹丕撰的《列異傳》、晉張華的《博物志》、干寶的《搜神記》、祖沖之的《述異記》、託名陶潛的《搜神後記》、晉祖台的《志怪》、荀氏的《靈鬼志》、戴祚的《甄異記》等。除《博物志》、《搜神記》、《搜神後記》外，現全都失傳。南北朝的志怪書，有南朝劉敬叔的《異苑》、劉義慶的《幽明錄》，東陽無疑的《齊諧記》，南齊王琰的《冥祥記》、北齊顏之推的《寃魂志》、梁吳均的《續齊諧記》，以及題爲晉王嘉實爲六朝人所撰的《拾遺記》等。

與志怪小說並行的志人小說，如三國時代魏邯鄲淳的《笑林》，東晉葛洪的《西京雜記》，裴啓的《語林》，郭澄之的《郭子》，宋劉義慶的《世說新語》，梁沈約的《俗說》，殷芸的《小說》等。但是，除《西京雜記》和《世說新語》外，其他各書均已散佚。

一般說來，魏晉南北朝筆記小說，要以志怪小說爲主。它以接近口語的散文寫成，隨筆記敘，不重辭采，是我國小說發展史上的雛形階段。大多數作品仍屬短小的故事，祇可說粗陳梗概、略具規模，還談不上更多的寫作技巧。但它不再依附歷史人物、事件，也不單爲說明哲理；其中有些優秀作品，還可看出作者有意透過故事來反映生活，表現自己的思想感情和道德。

魏晉南北朝時代的志怪小說，數量相當可觀，可惜已經佚失不少。如今，只是零星見存於《太平廣記》等書之中。《太平廣記》於宋太宗太平興國二年（西元九七七年）三月敕撰，命取道、釋兩藏及野史小說集爲五百卷。而《太平廣記》的價值亦即是在於能博採野史、傳記、小說等諸家。廣記所存古籍，重在野史軼聞之小說，而凡此典藏自始即爲我先哲所不屑經心者，今反賴以之爲存考之取材。故《四庫全書總目》卷一百四十二云：「古來軼聞瑣事、僻笈遺文咸在焉。卷帙輕者往往全部收入，蓋小說之淵海也。……又唐以前書，世所不傳者，斷簡殘篇尚間存其什一，尤足貴也。」（見藝文印書館六三、一〇、四版，册五，頁二八〇〇——二八〇一）民國初年，魯迅講授中國小說史略，乃銳意爬梳，從《太平廣記》等書之中輯古小說凡三十六種，書名《古小說鈎沈》。雖屬殘篇斷簡，卻有助於唐以前志怪小說之研究。其實，搜集故事編輯成書的，當首推明代四明王瑩輯的一部《羣書類編故事》（見新興版筆記小說三編三册，頁一九四九——二〇六三），凡二十四卷。王氏將該書分編爲十六類，每類各包涵故事若干篇，其材料的來源，包括各類的古籍。這是一部搜集豐富的好書。又就志怪而言，左列兩書可爲參考：

漢魏六朝鬼怪小說　葉慶炳編譯　河洛圖書公司　六五、八

唐前志怪小說輯釋　李劍國輯釋　文史哲出版社　七六、七、再版

在筆記志怪小說中，要以《搜神記》、《搜神後記》、《異苑》、《幽明錄》、《續齊諧記》等書較爲著名，以下試從各書中勾繪出童話的好材料。

《搜神記》輯錄兩漢流傳下來的一些故事和魏晉民間傳說，也採輯史傳與早出的志怪書的材料；其中保存了一部分有意義的古神話和富於現實性的民間傳說。而通過想像的奇異情節，表現生活中的願望，此皆爲童話的好材料。如〈董永〉（本文以七六、

七、文史哲版李劍國輯本「唐前志怪小說輯釋」爲據，頁二一六～二一七）、〈天上玉女〉（頁二二一～二二三）、〈東海孝婦〉（頁二四二）、〈韓憑夫婦〉（頁二四六～二四七）、〈范式張劭〉（頁二五二～二五三）、〈蠶馬〉（頁二六五～二六六）、〈李寄〉（頁三〇七～三〇八）。其中〈李寄〉，寫一個貧家少女，奮不顧身，爲民除害，機智勇敢地殺死一條吃人的大蛇，全文結構完整，情節緊張，是一篇好的童話。

《列異傳》裡的〈望夫石〉（同上，頁一四七）、〈宋定伯〉（頁一五七～一五八）。《搜神後記》的〈白水素女〉（頁四三三～四三四）、〈楊生狗〉（頁四四五），皆是童話的好材料。

至於《宣驗記》的〈鸚鵡〉（頁四九八——四九九），該文記一隻鸚鵡，飛進山裡，當地禽獸都對牠很好。後來山內大火，鸚鵡入水沾濕羽毛在空中灑水救火，因此感動天神，爲牠將火熄滅。這個故事，充滿人情味，讚揚了竭盡微力以報德的至誠；全文以物擬人的寫法，已近似現代的童話。

又如《續齊諧記》的〈楊寶〉（頁五九六～五九七），〈陽羨書生〉（頁六〇一～六〇二），可說奇詭之至，更是童話最現成的好材料。至於《金樓子志怪篇》的〈優師木人〉（頁六三六），是有關機器人的卓越想像，已似科學性的童話。

總之，志怪小說之所以流傳久遠，一直爲大家所喜愛，主要就是在於它們保存了許多優秀的神話、傳說。因此，志怪小說對後世的影響很大，自唐以後，小說中給終有志怪一類，可以說是魏晉志怪小說的繼續和發展。尤其是唐朝段成式的《酉陽雜俎》、清朝的《聊齋志異》，更有現成的童話材料。

三、唐傳奇

唐代傳奇，是唐代文人的文言短篇小說。它是在六朝志人、志怪小說的基礎上發展起來，在內容上還未全能擺脫志怪的痕跡，富於傳奇色彩；然而，卻是有意創作的開始。胡應麟認爲「凡變異之談，盛於六朝，然多是傳錄舛訛，未必盡幻設語。至唐人乃作意好奇，假小說寄筆端。」（見五二、四、世界書局讀書劄記叢刊第二集《少室山房筆叢》卷三十六，下册，頁四八六）是以魯迅亦云：

> 傳奇者流，源蓋出於志怪，然施之藻繪，擴其波瀾，故所成就乃特異，其間雖亦或託諷喻以紓牢愁，談禍福以寓懲勸，而大歸則究在文采與意想，與昔之傳鬼神明因果而外無他意者，甚異其趣矣。（見風雲時代本《中國小說史略》，頁八六）

所謂「變異之談」、「作意好奇」、「擴其波瀾」，正是童話所重視的。

現在保存下來的唐傳奇，大部分收在《太平廣記》一書裡。其他，如《太平御覽》、《全唐文》等總集中也有一些。魯迅編校有《唐宋傳奇集》，精審可靠。又左列之書，參閱亦頗為簡便：

唐人小說　王之正編（當是汪辟疆）　遠東圖書公司　四五、一一。

唐宋傳奇小說　葉慶炳編譯　河洛圖書公司　六五、八。

唐人小說校釋（上、下）　王夢鷗校釋　正中書局　七二、三。七四、一。

唐傳奇在內容上，依性質與主題，約可分為四大類：神怪與靈異、俠義與公案、歷史與軼聞、愛情與世態。其中前兩類適合兒童閱讀，尤其是第一類，似與童話無異。我們談童話，最重視「變異之談」和「作意好奇」；而此二者正是唐傳奇之特徵，甚且又「擴其波瀾」。所以唐人小說中，童話材料最可採，也最可觀。其中如王度〈古鏡記〉、佚名〈補江總白猿傳〉、谷神子〈敬元穎〉、孫頠〈板橋三娘子〉、常沂〈崔書生〉、沈既濟〈枕中記〉、李朝威〈柳毅〉、李公佐〈南柯太守傳〉、李復言〈杜子春〉、〈張老〉、裴鉶〈聶隱娘〉、〈崑崙奴〉、杜光庭〈虬髯客傳〉等，情節既多幻變，篇構也極完整；取材至為方便。

除外，變文亦有童話材料。

變文湮沒了很久，幾十年前才在敦煌石窟裡被發現。它的起源與佛教有密切的關連，是屬於講唱的民間文學。這種講唱故事是緣於佛教傳入之後，為了傳教而產生俗講，俗講後有講經文，講經文之後有講佛經故事的變文，然後有講歷史故事的變文，最後有話本和通俗小說。現存變文作品之撰寫時代，始於盛唐，終於梁末帝貞明七年（西元九二一年）。

我們先人自古也喜歡說故事，在變文發生的時代稱之為「說話」；而故事的內容，以民間的傳說、寓言、笑話為主；對於經、史、諸子，則側重於忠實地闡釋。由於受到講佛經、變文發生的影響，於是又有取材於經、史、百家的變文發生，如此就為後來的俗文學開闢了一條大道，這是變文受到重視的原因。

今王重民《敦煌變文集》（六九、五、六版。世界書局易名為《敦煌變文》，上下兩冊），其中第三編最具有童話的特質。第三編包括：〈孔子項託相問書〉、〈晏子賦〉、〈鷰子賦〉（兩篇）、〈茶酒論〉、〈下女夫詞〉。

潘重規先生有《敦煌變文新書》（上、下）（七二、七、文化中文研究所出版），除校訂王書缺失外，又新增八篇，全書凡八十六篇。

四、宋元話本

唐代以前，國境常亂，經濟失調，民間通俗藝術還未能入流。唐宋以來，俗講、說話出現。更由於商業的發展，城市的繁榮，市民階層不斷擴大，相應需求的文化娛樂活動，亦達空前活躍。於是民間俗文學匯集成流。

話本的「話」，也叫「說話」，就是「講故事」的意思。話本是民間說話藝人講唱故事的底本。隨著民間「說話」技藝的發展，到了宋元時代，話本就廣泛地流傳起來。它是民間藝人和書會文人集體智慧的產物。

說話大致可分爲四家：小說、說經、講史、合生。其中以小說、講史最受歡迎。據《醉翁談錄》書首〈舌耕敘引〉裡〈小說引子〉和〈小說開闢〉兩篇記載，當時的小說名目有一百多種，但是，今天能見到的宋人小說話本，據胡士瑩在《話本小說概論》裡所論，至多不超過四十種（詳見七二、五、丹青版第七章，頁二〇〇—二三四）。而這些現存話本，主要是收錄於《京本通俗小說》、《清平山堂話本》，以及《三言》中。至於詩話，可以斷定是宋人作品的，只有《大唐三藏取經詩話》一種。

民間說話，是百姓的主要娛樂之一，也是兒童的娛樂，《東坡志林》：

王彭嘗云：塗巷中小兒薄劣，其家所厭苦，輒與錢，令聚坐聽古話。至說三國事，聞劉玄德敗，頻眉蹙，有出涕者；聞曹操敗，即喜唱快……。（見新興版《筆記小說大觀》二十二編册二，頁九〇〇）

可見宋代說話的發達，以及兒童對於聽說話的興趣，和說話對兒童的影響。尤其是小說類的靈怪、傳奇、神仙三項，和童話的性質最近，必可供寫童話的材料。至於後來的擬話本，雖不再是說話用，但其性質亦與話本相近。

話本小說集，要以馮夢龍的《三言》，和凌濛初的《二拍》爲主。而抱甕老人的《今古奇觀》，則是三言兩拍的選輯本。其中如〈白娘子永鎮雷峯塔〉、〈王安石三難蘇學士〉、〈轉運漢巧遇洞庭紅〉、〈灌園叟晚逢仙女〉等，皆具童話的情趣，也很富童話的色彩。

目前較爲簡要的話本小說選集有：

宋人小說　李華卿編　遠東圖書公司　四五、一二、

宋元話本小說　葉慶炳編譯　河洛圖書公司　六五、八、

古代白話短篇小說選集　何滿子選注　木鐸出版社　七二、九、

除外，沿襲唐傳奇的文言小說，亦有可觀之處，如劉斧的《青瑣高議別集》，其中〈王榭〉（見新興版《筆記小說大觀》九編冊五，頁三一六三—三一六七），便是一篇可注意的童話材料。蘇尚耀先生曾改寫爲〈王榭的奇遇〉一文（收存於五五、四、小學生版《小黃雀》，頁四三—五四）。

五、明清小說

明清小說中，如李汝珍的《鏡花緣》等文言小說，或許仲琳的《封神傳》等通俗小說，都有童話的章節。而其中最具特質的，自當是《西遊記》和《聊齋誌異》。吳承恩的《西遊記》，雖爲神怪小說，但想像美妙，文字活潑，雖不能算是一部純粹的童話，卻也不能拒絕拿它來作童話的處理。

至於蒲松齡的《聊齋誌異》，雖然是文言短篇小說集，卻也是素描、奇談、寓言和神怪故事的合集。這些故事中的一部分，數百年來在民間非常流行，婁子匡曾有〈台灣俗文學與聊齋誌異〉一文（詳見東方文化書局影印本，北大民俗叢書第五十二種《台灣俗文學叢話》，頁一〇三——一五四），討論台灣民間故事與《聊齋誌異》相互雷同的篇章。聊齋的故事是人們冬日向陽、夏夜納涼時最樂於談述的故事；因此，它與童話頗有關係。這本書的編集與格林兄弟的童話，實在有極相類似的地方。有關故事的來源和內容，蒲松齡自誌云：

> 披蘿帶荔，三閭氏感而爲騷；牛鬼蛇神，長爪郎吟而成癖。自鳴天籟，不擇好音，有由然矣。
>
> 松落落秋螢之火，魑魅爭光；逐逐野馬之塵，罔兩見笑。才非干寶，雅愛搜神；情類黃州，喜人談鬼，聞則命筆，遂以成編。久之，四方同人，又以郵筒相寄，因而物以好聚，所積益夥。甚者：人非化外，事或奇於斷髮之鄉；睫在眼前，怪有過於飛頭之國。遄飛逸興，狂固難辭；永託曠懷，癡且不諱。展如之人，得毋向我胡盧耶？……（見漢京版《聊齋誌異》，頁一——二）

就童話的情趣而言，聊齋誌異中的〈考城隍〉、〈王六郎〉、〈種梨〉、〈勞山道士〉、〈狐嫁女〉（以上見張友鶴輯校本卷一）、〈聶小倩〉、〈水莽草〉、〈酒友〉、〈阿寶〉（卷二）、〈汪士秀〉、〈雷曹〉、〈翩翩〉（卷三）、〈促織〉、〈雨錢〉（卷四）、〈趙城虎〉、〈農人〉、〈堪輿〉（卷五）、〈考弊司〉、〈向杲〉（卷六）、〈牛瘟〉、〈顛道人〉（卷七）、〈畫馬〉、〈放蝶〉、〈醫術〉（卷八）、〈鳥語〉（卷九）、〈瑞雲〉、〈申氏〉（卷十）、〈黃英〉、〈書癡〉、〈竹青〉（卷十一）等，都是最富童話色彩，不必費太多的周折就可以寫成古典的童話。張友鶴輯校的《聊齋誌異》（七三、四、漢京版）頗爲詳盡，可供參閱。

其他各種典籍亦有許多童話寶藏；如《諧史》、《廣諧史》等書。諧史是明神宗萬曆七年（西元一五七九年）武進徐敬修所刻。這本書所收文章，都是將木石、禽獸以至服食器用等，以擬人化的手法，各自敷衍成一篇完整的傳論文字。計收七十二篇。後來，陳邦傑花了二十年時間，在諧史的基礎上，廣詢博訪，將散見在各文集、類書或私坊刻中類似的文章，搜錄濡選，增加到二百四十二篇，取名《廣諧史》。這類文章，各抒才情，游戲翰墨，窮工極變，可謂幻化之至。這種極變與幻化，正是童話的特徵所在。

又如清雲間子的《草木春秋演義》（樂山人纂、清最樂堂繡像刊本），把草藥都當成人來寫，分爲好人壞人兩大陣營，互相打來打去。這本書雖然用草藥的藥名來做爲人名，卻没有好好根據草藥的形狀和性能，來寫這些人物的性格和作用，所以這本書沒有被孩子當成童話來讀，也沒有被大夫們當作藥物常識課本來教授學生。但是它的擬人手法卻值得我們注意。

其他，歷代文人的文集，亦有不少的精采童話素材。

總之，仍有許多古童話被湮沒在浩瀚的典籍裡，等待著我們去挖掘。

乙、民間童話

兒童文學原本就是屬於民俗學；後來雖然獨立門戶，然而，就研究的角度視之，兩者關係仍是密切，尤其是童話，更是與民間故事糾纏不清。

我們認爲童話是來之於兒童的生活。當然，我們也相信自有人類、有語言、有兒童始，也就有了童話。申言之，無論在未開化或文明社會中，都有著古老的信仰、習俗與故事，它均爲沒有文字記載時代的遺物；這些未開化民族或開化的先民，所遺留的言語或行爲，不論發生在何地，都必定有其共通的性質；而其所以能被承認或繼續保存，不是由文字的記載或科學的證明，卻是由於習俗與傳襲而連綿不斷，傳到後代。現代的民俗學，逐漸地開始採用科學的觀點與方法，研究這些傳襲的事物，加以正確的觀察與歸納的推論。

在民俗學的範疇中，沒有文字或雖有文字而不善於應用的民族，常發揮其智力於故事、歌謠、諺語、謎語等方面；這種口傳的東西，通稱爲民間文學。人類學者、民俗學者們，都特別加以重視，因爲它們所表現的，是人類初期的推理、幻想、記憶、聯想、理想等，也非常顯著地反映著他們所生活時代的社會形態與生活意識。

這種傳襲的民間文學，是民間百姓的娛樂，也是他們教養的素材。

其中，傳襲的故事，略可分爲神話、傳說、與民譚（民話）。從民俗學觀點言之，這三者各有不同的發生背景與顯著的性格，而我們一般統稱之爲「民間故事」。而本文所謂的民間童話，自是包含在民譚（民話）裡。這種統稱的民間故事，是廣義的解釋。至於狹義的民間故事，即是指與神話、傳說並存的民譚（民話）而言。這種狹義的民間故事，可包含魔法故事、動物故事、生活故事、笑話等四種。前二者想像性較强；後二者想像因素少。申言之，魔法故事又稱魔術故事，過去也通稱之爲民間童話。而動物故事也是富於想像內容的民間故事，過去又被稱作自然童話。動物故事把人類社會生活、社會關係等反射到動物身上加以想像虛構成的故事。這些故事中，活動角色幾乎全都是動物形象，這些動物都和人一樣進行各項活動，有思想、有人類的心理狀態和性格特徵；但在一定程度上，這些性格特徵又與動物本身的習性特點相接近。這種動物故事，其中有寓言、有童話。至於生活故事與笑話，則不屬於童話的範疇。是以所謂民間童話，譚達先的說法是：

> 在六十年代，年輕的民間文學研究者張紫晨在《民間文學知識講話》一書（一九六三年吉林人民出版社）裡，則把「民間故事中幻想成分最濃的一種，兒童們最喜歡」的，當作民間童話，也稱做魔法故事或魔術故事。
>
> 我認爲，如果要說的確切點，扼要點，可以這麼說：具有幻想、怪異、虛構佔優勢的民間故事，才可以稱爲「民間童話」。這是一種民間所創作、流傳的口

傳的童話。（見七七、八、台灣商務印書館《中國民間童話研究》，頁二）

一般説來，民間童話與神話、傳説之區別在於人物。申言之，神話的主角多屬天神，這種天神的事蹟，是對抗自然，以及社會生活在廣大的藝術概括中的反映。因此，神話是一種藝術形式，它產生於現實生活，不是出自空想。而傳説的主角多是有神性的人，傳説是神話的演變。隨著社會的進步，現實生活也不斷豐富，人們的認識能力、自信力逐步提高，神話的主人公也就更具有人性，故事也就更具有現實性，而這些敘述古代勇武英雄的故事，則被稱爲傳説。至於民話或童話的人物，則是生活中的百姓。他們沒有英勇的事蹟，他們不全是現實生活的反映，他們的來源雖是生活，而卻又超越了生活，重要的是遙望未來。也就是説，童話的形成動機含有了娛樂的成分，已非直接的反映。童話主角雖是凡人，然而卻挾其想像，並輔以各式各樣的寶物，如「隱身帽」、「仙丹」、「聚寶盆」等異物。透過誇張與擬人的手法，使主角變成超自然性質的人物；而情節也超越了自然。於是構成「異常性」的藝術特點。這種超越自然的人物、寶物、情節的異常現象，都是產生於民間無名作者積極的浪漫主義的美麗幻想，也是現實社會中根本不可能的事物；但又使聽者感到合乎情理，易於理解。

我國有著優秀豐富的民間童話遺產。產生於原始社會時期的作品有那些？古代由於雅俗觀念與語文不一致的限制，有關記載不多，難於具體考見。試以「螺娘型」民間童話為例，說明其文字記錄與流傳的情形。有關螺娘型故事，民初前賢已有很多人討論過。其中以時人謝明勳〈唐人小說白螺精故事源流考論〉（見七七、六、《中國書目季刊》二一卷一期，頁二六—三二）較為詳盡。

目前可見最早有文字記錄的「螺娘型」民間童話，是西晉束晳的《發蒙記》。原文：

> 侯官謝端，曾於海中得一大螺，中有美女，云：「我天漢中白水素女，天矜卿貧，令我為卿妻。」（見六五、一〇、鼎文書局再版〈初學記〉卷八，嶺南道〈素女〉條，頁一九二）

又託名晉人陶潛所記《搜神後記》中有〈白水素女〉：

> 晉安侯官人謝端，少喪父母，無有親屬，為鄰人所養。至年十七、八，恭謹自守，不履非法。始出居，未有妻，鄰人共愍念之，規為娶婦，未得。端夜臥早起，躬耕力作，不舍晝夜。
>
> 後於邑下得一大螺，如三升壺，以為異物，取以歸，貯甕中。畜之十數日。端每早至野，還見其戶中有飯飲湯火，如有人為者。端謂鄰人為之惠也。數日如此，便往謝鄰人，鄰人曰：「吾初不為是，何見謝也？」端又以鄰人不喻其意。然數爾如此，後更實問，鄰人笑曰：「卿已自取婦，密著室中炊爨，而言

吾爲之炊耶？」端默然心疑，不知其故。後以雞鳴出去，平早潛歸，於籬外竊窺其家中，見一少女從甕中出，至竈下燃火。端便入門，徑至甕所視螺，但見殼。乃到竈下問之曰：「新婦從何所來，而相爲炊？」女大惶惑，欲還甕中，不能得去，答曰：「我天漢中白水素女也。天帝哀卿少孤，恭慎自守，故使我權爲守舍炊烹。十年之中，使卿居富，得婦，自當還去。而卿無故竊相窺掩，吾形已見，不宜復留，當相委去。雖然，爾後自當少差。勤於田作，漁採治生。留此殼去，以貯米穀，常可不乏。」端請留，終不肯。時天忽風雨，翕然而去。端爲立神座，時節祭祀。居常饒足，不致大富耳。於是鄉人以女妻之，後仕至令長云。今道中素女祠是也。（見文史哲版《唐前志怪小說輯譯》頁四三三～四三四）

這個故事，在舊題梁任昉撰《述異記》卷上也有記錄，主人公也是謝端，但事情不同，原文是：

晉安郡有一書生謝端，爲性介潔，不染聲色。嘗於海岸觀濤，得一大螺，大如一石米斛。割之，中有美女，曰：「予天漢中白水素女，天帝矜卿純正，令爲君作婦。」端以爲妖，呵責遣之。

女嘆息升雲而去。（見商務影印版《四庫全書》册一〇四七，頁六二一）

從上述三篇故事的文字紀錄看，前兩篇記於晉；後篇記於梁。而民間的流傳還要比三者還早。也就是說，早在一千多年前，田螺娘童話已在民間流傳。至唐代，又有「白螺精」的記載，《太平廣記》卷八十三〈吳堪〉（引自唐皇甫氏《原化記》）云：

常州義興縣，有鰥夫吳堪，少孤無兄弟。爲縣吏，性恭順。其家臨荊溪，常於門前，以物遮護溪水，不曾穢污。每縣歸，則臨水看翫，敬而愛之。積數年，忽於水濱得一白螺，遂拾歸，以水養。自縣歸，見家中飲食已備，乃食之。如是十餘日，然堪爲鄰母哀其寡獨，故爲之執爨，乃卑謝鄰母。母曰：「何必辭？君近得佳麗修事，何謝老身？」堪曰：「無。」因問其母。母曰：「子每入縣後，便見一女子，可十七八，容顏端麗，衣服輕豔，具饌訖，即却入房。」堪意疑白螺所爲，乃密言於母曰：「堪明日當稱入縣，請於母家自隙窺之，可乎？」母曰：「可。」明旦詐出。乃見女自堪房出，入廚理爨。堪自門而入，其女遂歸房不得。堪拜之。女曰：「天知君敬護泉源，力勤小職，哀君鰥獨，勑余以奉媲，幸君垂悉，無致疑阻。」堪敬而謝之，自此彌將敬洽，閭里傳之，頗增駭異。時縣宰豪士聞堪美妻，因欲圖之。堪爲吏恭謹，不犯笞責。宰謂堪曰：「君熟於吏能久矣！今要蝦蟆毛及鬼臂二物，晚衙須納。不應此物，罪責非輕。」堪唯而走出。度人間無此物，求不可得，顏色慘沮，歸述於妻。乃曰：「吾今夕殞矣！」妻笑曰：「君憂餘物，不敢聞命，二物之求，妾能致矣！」堪聞言，憂色稍解。妻曰：「辭出取之，少頃而到。」堪得以納令。令視二物，微笑曰：「且出。」然終欲害之。後一日，又召堪曰：「我要蝸斗一枚，君宜速覓此，若不至，禍在君矣！」堪承命奔歸，又以告妻。妻曰：「吾家有之，取不難也。」乃爲取之。良久，牽一獸至，大如犬，形亦類之，曰：「此蝸斗也。」堪曰：「何能？」妻曰：「能食火。奇獸也，君速送。」堪將此獸上宰，宰見之怒曰：「吾索蝸斗，此乃犬也。」又曰：「必何所能？」曰：「食火。其糞火。」宰遂索炭燒之，遣食。食訖，糞之於地，皆火也。宰怒曰：「用此物奚爲？」令除火埽糞，方欲害堪。吏以物及糞，應手洞然，火飆暴起，焚爇牆宇，煙焰四合，彌亘城門。宰身及一家，皆爲煨燼。乃失吳堪及妻。其縣遂遷於西數步，今之城是也。（見明倫出版社六四、一、再版，冊一，頁五三八—五三九）

皇甫氏之《原化記》，可說總結六朝的傳聞，而益之以新義。這則故事，較諸前代〈白水素女〉之單一情節，算是繁複了許多。馮夢龍《情史》卷十九「情疑類」〈白螺天女〉條（見七一、八、廣文書局影印本。），及清人程麟《此中人語》卷二〈田螺妖〉條

（見新興版《筆記小說大觀初篇》，頁三六四八—三六四九）所記，大抵均未能超出前代之範圍。在後來的流傳裡，此則故事由最先之簡單結構，又吸收不少助增血肉的材料，是以整個故事的內容便愈來愈趨於複雜。直到近代，許多地方仍有田螺娘的童話流傳下來。如福建的〈螺女江〉，除《中國民間童話研究》引錄者外（見頁一三—一五），又《福建傳說》（北大民俗叢書第一三八冊，東方文化書局有影印本）亦收錄有〈福州螺女江的神話〉：

福州南門外環抱螺洲的那條大江，俗稱螺女江，又名螺江。螺江在侯官十三都石岊對面，上接㘚溪，下入閩江；螺洲居虎頭山北面，對外往來方便。關於這條螺女江得名的由來，民間流傳著一段美麗動人的神話。

很久很久以前，福州有個勤苦純樸的佃農，姓謝名端。謝端小時候就死了父親，家裡僅有一個雙目失明的老母，他每天既要下田耕作，又要燒飯煮菜養活母親。

一天傍晚，他從田裡回家，照例走到江邊洗濯手腳，忽然看見泥灘上有一只螺，又大又好看，便撿起帶回家，放在水缸裡養著。第二天中午，謝端從田間回家要燒午飯，一進門却見飯菜都已煮好放在膳桌上，熱騰騰地像是剛從鍋裡倒出來，他以爲是雙目失明的老母作出來的，母親却說不是，謝端又以爲一定是鄰居來幫他燒的了。可是一連幾天都是這樣，而且餚饌越來越豐盛了；他心裡很感激，又很納悶，想不出是那個好心腸的鄰家送來的，飯後他四處找那燒飯人去道謝。誰知跑遍四鄰，大家都說沒有給他作過飯，他愈是疑惑究竟這些飯菜誰作的呢？

第二天，他又照常出門下田，但心頭這個疙瘩解不開，那有心思到田裡工作，不到一刻工夫，謝端荷上鋤頭，偷偷地摸到家門外廚房窗口窺望，一看大吃一驚，原來有一個美艷無比的女郎，從水缸中跨出來，在灶前淘米切菜，動手給他燒飯。他又驚又喜，連忙推門進去，一個箭步闖入廚房，問道：

「小姐，究竟是誰家女兒，素不相識，不敢請你作飯。」

那女郎一時閃避不及，只好據實告訴他，說自己是那個大螺變的，因爲同情他勤勞忠厚，清貧有孝，所以來幫助他。

從此，女郎便在謝端家裡幫助，不久，鄰居們給他作媒，結爲夫妻，謝端和螺女一同勞動，過著恩愛和睦的好日子。

不久，這件美事傳到螺洲地主耳中，地主垂涎螺女姿色，很想奪佔這位美人兒。他想了想，便將謝端積欠的租糧，七加八翻的，弄出了個大數字，派人向謝端迫還，期限三天，逾期不還，就要將他妻子抵押。

謝端又氣又惱，終日愁眉苦臉，長吁短歎，螺女瞧在眼裡，悶在心裡，幾次追問他，總是吞吞吐吐不肯說明白。交租期限只一天了，謝端只好把原委一一告訴螺女，螺女聽了笑說：

「欠租糧，我設法還他就是了。」。

當晚，螺女施展法術，把地主家穀倉中的存穀，暗運到謝端家裡。第三天，地主的爪牙來迫租，滿以爲可把螺女搶到手，却不料謝端拿穀子還了債。

地主見迫租的計策失敗了，是很不甘心，便去勾結官府，誣告謝端盜竊。謝端夫妻被衙門差役逮捕了。鄉裡鄰居們都憤忿地跟著他們走，一同來到公堂上。貪官早收了賄賂，一開堂不由分說，立刻判處謝端死刑，妻歸地主。

堂下鄉人聞判大譁，就在這一剎那，忽然天昏地暗，日月無光，空中降下神火，把貪官和地主倆活活燒死。衙門吏役驚惶失色，連忙釋放謝端夫婦回家。從此再也沒有人敢來欺侮他們了。夫妻倆日出而作，日入而息，夫耕婦織，過著恩愛好日子。後人爲了紀念螺女，就將他們所居住的地方稱爲螺洲，立廟祀奉。環繞螺洲的那條江水稱爲螺女江，簡名螺江。（頁五四——五七）

除外，吳瀛濤的《台灣民俗》，也收有〈蜆女〉一文：

有個窮農夫，沒有錢娶妻，過著了獨身的生活。他家有一隻祖先時代就傳下來的老蜆。一日，這隻蜆裡化出來一個美女，趁農夫去耕作不在的時候，就替他炊好了飯，洗好了衣服。農夫回家，當然不知其理由，心裡感覺很奇怪。這樣一連過了幾天，農夫要知究竟，有一天，就假裝著去耕作，却躲在屋後窺視。看到了蜆從水缸裡爬出來，並變出一個美女。農夫就趕快將蜆殼藏匿懷中，且向那個美女要求做他的妻子，美女不得已答應了，以後生了幾個孩子。一日，農夫不愼，竟對孩子說出了母親是蜆變的，孩子就問母親有沒有這種事。以後母親就去責問丈夫說：「你怎麼知道我是蜆怪呢？」丈夫一被她這樣追問就答說：「當然知道的」。說著就將平日很要緊地藏於懷的蜆殼拿出給她看。她一看到蜆殼，就趁丈夫不注意時，奪了回去，又復變回了從前的一隻蜆，走入水缸去了。（見七三、一、衆文圖書公司《台灣民俗》，頁四五二—四五三）

這篇民間童話的最原始的作品，是否在晉代才產生呢？按民間文學作品被記錄的慣例，總是在經過一段時間的流傳之後，才引起學者的注意以及寫定。由此可知，田螺娘的童話，在晉代以前早已流傳；到了晉代才第一次寫定，又經過一段時期，到了梁代再一次被寫錄。後來，經過一千多年的流傳、發展，到了近代，終於產生了各種流變與異體。就以林蘭編輯的民間故事而論（東方文化書局有影印本）。其中《金田雞》中有〈九天玄女〉（頁四五—五一）、《怪兄弟》中有〈河蚌精〉（頁八六—八八），《獨腳的孩子》中有〈田螺精〉（頁三九—四二），《鬼哥哥》中有〈田螺娘〉（頁九十—九二），皆屬「螺娘型」的民間童話。

又如「天鵝處女型」的童話，它在晉人干寶的《搜神記》卷十四有記載：

> 豫章（郡名，漢置，今北西省）新喻縣（今江西清江縣）男子，見田中有六七女，皆衣毛衣，不知是鳥。匍匐往，得其一女所解毛衣，取藏之，即往就諸鳥。諸鳥各飛去，一鳥獨不得去。男子取以爲婦。生三女。其母後使女問父，知衣在積稻下，得之，衣而飛去，後復以迎三女，女亦得飛去。（見新興版《筆記小說大觀》四編冊二，頁九三二）

後來，郭氏的《玄中記》裡，也記錄了這個故事，只是語句稍有不同，原文是：

> 昔豫章男子，見田中有六七女人，不知是鳥，匍匐往，先得其毛衣，取藏之，即往就諸鳥。各走就毛衣，衣此飛去。一鳥獨不得去，男子取以爲婦。生三女。其母後使女問父，知衣在積稻下，得之，衣而飛去。後以女迎三女，三女兒得衣亦飛去。（見文史哲版《唐前志怪小說輯釋》，頁一九六）

到了本世紀初，在甘肅敦煌石室發現了唐代署名句道興撰的《搜神記》裡，曾有〈田崑崙〉的故事（詳見世界版《敦煌變文》第八編，冊下，頁八八二—八八五），全文約有二千字，在思想上裝飾較少，語言較淺，也吸收了一些唐代的民間口語。這篇作品與前引兩篇作品相比較，很明顯地可以看出它的故事情節已有了較大的發展演變。前兩篇作品較簡樸，大約是很接近民間原型的作品。這種「天鵝處女型」的故事。世界各地都有類似的記錄。在近代，《蒙古民間故事及寓言》一書裡（七二、六、台灣中華書局，周寶鳳編撰），有〈蜥蜴和僕人〉（頁六三—六七）一文，其故事情節與「天鵝處女型」的故事相同。據此，可以推知：就算僅僅從晉代算起，這類「天鵝處女型」的童話，流傳至今至少有一千多年的歷史了。

又段成式的〈吳洞〉一文（見七二、一〇、漢京版《酉陽雜俎》，頁二〇〇—二〇一）是記錄南方人傳誦的一篇童話。其女主角葉限，它的故事情節，與流行世界各地的「灰姑娘型」童話大同小異，它是現存「灰姑娘」故事最早見於記載的一則童話。

又如「老虎外婆」的故事，就和貝洛爾的〈小紅帽〉十分相似；而它最早的記載，似乎是清代康熙年間黃之雋所作〈虎媼傳〉（見黃承增編寄鷗問舫藏版《廣虞初新志》卷十九）。在現代，則有杭州中國民俗學會編審，一九三二年十一月發行的《民間月刊》二卷二號的《老虎外婆故事專輯》，共收各省此類童話二十一編。這種作品最初可能產生於很古老的年代，那時在窮鄉僻壤中，人類和野獸有著極其密切的關係，不是惡獸吃人，就是人戰勝惡獸。這種故事情節大同小異，至今各地仍流行，祇是充當外婆的惡獸不同，有「老狼婆」、「老狐精」、「大黑狼」、「虎姑婆」、「熊家婆」等，在台灣則稱爲「虎姑婆」。

從上述的例子，我們明白有的民間童話是流傳很早的。不少在近代流傳的民間童話，由於缺乏早期的原始資料，已經無法考知產生的眞實年代；但從所反映的思想內容，既有濃厚的原始生活、原始思想的因素，又有某些封建時代人物活動的色彩。雖然，由於流傳或適應某種需要，有些民間童話的結尾，時常把故事中的人物附會到特定的時空，給補充上傳說性尾巴，可能會引起懷疑，但只要從整個作品的思想與藝術特點來看，仍可確定它是童話的。

我們口述傳襲下來的民間童話，既豐富且量多。民國初期的民俗熱潮，曾經有過搜集與整理，但做得不夠好。我們還沒有一本有系統、比較完整一些可供研究用的中國民間童話集出版。林蘭編輯的《民間故事叢書》三十種（台灣東方文化書局有影印本。）是民國初期的收集成果，其中《金田雞》、《瓜王》、《怪兄弟》、《菜花郎》、《換心記》、《鬼哥哥》、《雲中的母親》、《三個願望》等書，可說就是民間童話集。

叁、古代童話的整理

中國是個童話古國，然而，使童話概念顯著者，則不得不歸於外來力量的衝擊。早期最用心於童話的人，自當首推趙景深其人。趙景深（一九〇二～一九八五），四川宜賓人，一九二二年畢業於天津棉業學業，文學是他自學出來的。他在天津中學時，就開始翻譯安徒生的童話，至一九二二年畢業，開始撰寫有關童話的論述文章，計出單行本四種：

童話評論　新文化書社　十三、一

童話概要　北新書局　十六、七

童話論集　開明書店　十六、九

童話學ABC　世界書店　十八、二

這些童話論述的書，可說是代表早期研究的成果，可惜無緣全部目睹。他在一九二五年，曾由鄭振鐸推薦去上海大學講授童話，講義後來交北新書局出版，書名《童話概要》。這是我國最早在大學開設的童話課。

在趙景深之前，又有孫毓修、周作人兩人，對童話的發展有過貢獻，尤其是對於古童話的肯定，更是值得大書特書。以下試爲介紹一、二：

甲、孫毓修

有人將孫毓修稱之爲「現代中國童話的祖師」，因爲〈無貓國〉童話的出現，正表示著中國現代童話的開始。

清朝末年，緣於西潮的衝擊，有識之士認爲普及教育是强國之道。一九○二年商務印書館在上海成立，開始編輯發行中小學校的教科書；並注意青少年與兒童的新知識教育，先後發行有《教育雜誌》、《小說月報》、《婦女雜誌》、《少年雜誌》、《兒童教育畫》等許多刊物。其中，有一個叫《童話》，這個《童話》不定期出版，像刊物，又像是叢書。

《童話》的創辦，時間是一九〇九年，即宣統元年的三月。這是我國第一次出現「童話」這個用詞。

《童話》的創辦者，就是孫毓修，他也是編撰者。孫毓修，又名星如、留庵，別署吳舊孫，生卒年月不詳，大約一八六二～一八六五年，即清同治初，生於江蘇無錫。幼時在無錫南菁書院讀書，有深厚的國學基礎。後來又曾向教堂中的美國牧師學過英語，所以又有外語能力。商務印書館開辦設立編譯部，他是高級館員。起先做版本審核工作，後來調到國教部，負責主編《童話》。

《童話》的第一篇作品是〈無貓國〉。這篇作品，可說是我們第一篇叫「童話」的作品，文長有五千多字。

《童話》集刊是按照兒童的年齡分為兩類。第一集是為七、八歲兒童編的，每篇字數限在五千左右。第二集是為十、十一歲的兒童編的，字數在一萬字左右。童話的第一、二集，計孫毓修的七十七種，沈德鴻（茅盾）的十七種，其他四種，合計共九十八種。再加上鄭振鐸所編的第三集四種，總計是一百零二種。這些書是當時孩子的恩物與伴侶。

孫毓修編撰《童話》的目的，是在啓發知識，涵養德性。而《童話》的題材，有取自古書舊事，有取自歐美所流行的故事。其題材來源據趙景深在〈孫毓修童話的來源〉一文裡說：

在這七十七種童話中有二十九種是中國歷史故事。其中取材最多的是《史記》，凡十二種：湛盧劍（吳太伯世家）、獻西施笨哥哥（越世家）、秘密兒（趙世家）、蘆中人（伍子胥列傳）、夜光璧（廉頗藺相如傳）、火牛陣（田單列傳）、銅柱劫（刺客列傳）丈人女婿（張耳陳餘列傳）、氣英布（鯨布列傳）、馬上談（酈生陸賈列傳）、救季布（季布欒布列傳）。取材於前後《漢書》的則有河梁怨（李陵蘇武傳）、河伯娶婦（王式傳）、雞黍約（范式張劭傳）三種。取材於唐人小說的則有蘭亭會、扶餘王二種。其餘女軍人取材於孔雀東南飛、木蘭辭等，風波亭取材於《岳傳》，伯牙琴取材於《今古奇觀》，風雪英雄取材於《虞初新志》，中山狼取材於馬中錫的〈中山狼傳〉，凡五種。此外晉朝的故事除三害，宋朝的故事紅線領、賽皋陶、風塵三達，明朝的故事教子杯、無瑕璧、哥哥弟弟凡七種。

西洋民間故事和名著，有四十八種，牠們的來源，我疑心有一小半是取材於故事讀本，而不是取材於專書。（見五八、一〇、東方文化供應社影印本《民間故事叢話》，頁三五～三六）

孫毓修有系統地介紹當時外國的一些童話名作，影響所及超過古書舊事的改寫。這一些富於想像的、大膽誇張的外國作品，給當時的兒童文學界很大的啓發。

至於他取材於古書舊事的童話，其實是一些歷史故事、傳奇故事。在今天看來，還不能算是童話。但是，他撰寫童話作品的時候，很注意文筆的質樸，他的故事完全是中國式的，即使那些外國故事，他也將它寫成適合中國兒童閱讀習慣的作品。他每寫完一篇作品，一定讓那些十來歲的兒童先閱讀，然後根據兒童的反應作刪改。

他爲了使兒童能理解這些童話，在每篇童話之前，都按宋元評話話本的格式，寫一段楔子、評語。後來，一些童話作者都仿效他的寫法，可見影響之大。

雖然，孫毓修認爲凡供應兒童閱讀的故事都是童話的觀念，是有失空泛。同時，他也忽略了民間童話。我們可以說，他當時對於「童話」這種文體，認識不可能是很完整的，這是歷史的限制。然而，他對於童話的功用、特點、題材所作的努力是非常可貴的，尤其在題材方面，他讓我們知道：我們中國是有豐富的童話。他爲日後童話的發展，開闢了一條道路，並爲後人所沿行。

乙、周作人

周作人是新文學的一代大師，更是近代中國文學散文藝術最偉大的塑造者之一，他繼承古典傳統的精華，吸收外國文化的神髓，兼容並蓄，體驗現實，以文言的雅約以及外語的新奇，和白話語體相結合，創造生動有效的新詞彙和新語法，重視文理的結構，文句的均勻，和文采的彬蔚，爲二十世紀的新散文刻劃出再生的風貌。

他早年亦曾經參與兒童文學理論的研究。就童話而言，他在我國現代童話史上，是一個有過貢獻的人。

周作人（一八八五～一九六八），原名遐壽，又名啓明、知堂老人等。浙江紹興人，是魯迅的弟弟。青年時代曾留學日本。一九一一年由日本回國，在故鄉的省立第五中學做教師，並擔任縣教育會會長，並在一九一三年十月創辦了一份《紹興教育會月刊》。同時開始寫童話和兒童文學的理論。這些理論大多發表於他辦的刊物。這月刊成了我國早期的一本兒童文學理論刊物。五四時期，任教於北京大學等校。抗日時期，曾擔任僞華北政務委員會總署督辦。

他有關童話論述的文章，除收存於《兒童文學小論》（三一、三、上海兒童書局）的三篇之外，還有和趙景深的童話對談，發表於「晨報」副刊，時間是民國十一年一月二十五日、二月十二日、三月二十八日、三月二十九日、四月九日，分五次登完，這次討論共發表書信九封，其中趙景深五封、周作人四封。這些討論書信後來收存於趙景深所編的《童話評論》裡。

收錄於《兒童文學小論》裡的三篇童話理論，即是〈童話研究〉、〈童話略論〉、〈古童話釋義〉。據作者在該書的序文裡說是寫於民國二、三年。而鄭樹森於聯合報七十四年六月七日的〈文學日誌〉云：

一九一二年周作人在六月六日及七日「民興日報」發表〈童話研究〉。此文後來又重刊於一九一三年八月刊行的《教育部編纂處月刊》。該刊九月發表〈童話略論〉。這兩篇論文可能是中國現代文學史上最早關於童話的專論，前篇且以比較角度闡述中外童話之淵源與異同。

周作人的童話論述，是目前可見到的最早論述文章，也是當時最有研究、最有影響的一位童話理論工作者。

〈童話略論〉一篇，全文分緒言、童話之起源、童話之分類、童話之解釋、童話之變遷、童話之應用、童話之評騭、人爲童話、結論等九節，是一篇有系統的論述文章。本篇「緒言」說：「童話研究當以民俗學爲據，探討其本源，更益以兒童學，以定其應用之範圍，乃爲得之。」（見《兒童文學小論》，頁七）可見其立足論點。又本文並見「兒童之文學」的用詞。

〈童話研究〉一篇，則仍以前文立足論點爲據，分析中外童話。

至於，〈古童話釋義〉一文，其旨在論證「中國雖古無童話之名，然實固有成文之童話」。在前面兩篇文章亦曾有此論述：

中國童話未經蒐集，今所有者，出於傳譯，有大拇指與玻璃鞋爲佳，以其係純正童話，無貓國盛行於英，但猶今古奇觀中洞庭紅故事，實世說之流也。（《童話略論》，里仁影印本，頁一六）

今將就中國童話，少加證釋，以爲實例。第久經散逸，又復無人采輯，幾將蕩然，故今茲所及，但以兒時所聞者爲主，雖止一二叢殘之佳，又限於越地，深恨闕漏，然不得已，尚期他日廣蒐遍集，更治理之耳。（《童話研究》，頁二十三。）

中國童話自昔有之，越中人家皆以是娛小兒，鄉邨之間尤多存者，第未嘗有人采錄，任之散逸，近世俗化流行，古風衰歇，長者希復言之，稚子亦遂鮮有知之者，循是以往，不及一世，澌沒將盡，收拾之功，能無急急也。格林之功績，茀勒貝爾（Frobel）之學說，出世既六十年，影響遍於全宇，而獨遺於華土，抑何相見之晚與。（同上，頁三七）

申言之，〈古童話釋義〉一文，是在否定中國古無童話的說法。而他的寫作動機，則是針對商務《童話》第十四篇〈玻璃鞋〉而寫，在該文前端有云：

中國自昔無童話之目，近始有坊本流行，商務童話第十四篇玻璃鞋發端云，「無貓國是諸君的第一本童話，在六年前剛才發現，從此諸君始識得講故事的朋友，無貓國要算中國第一本童話，然世界上第一本童話要推這本玻璃鞋，在四千年前已出現於埃及國內」云云，實乃不然，中國雖古無童話之名，然實固有成文之童話，見晉唐小說，特多歸諸志怪之中，莫為辨別耳。今略舉數例，附以解說，俾知其本來意旨，與荒唐造作之言，固自有別。用童話者，當上採古籍之遺留，下集口碑所傳道，次更遠求異文，補其缺少，庶為富足，然而非所可望於並代矣。（見《兒童文學小論》，頁三九）

周氏進而在文中舉〈吳洞〉、〈旁也〉（二者見《酉陽雜俎》續集卷一支諾皐上）、〈女雀〉（見郭氏《玄中記》）三則為例，詳加說明與比較，並旁及〈雀折足〉（越中童話）、〈馬頭娘〉、〈槃瓠〉、〈劉阮天台〉、〈爛柯〉等篇。除外，在〈童話研究〉一文裡，亦提及〈蛇郎〉（越童話）、〈老虎外婆〉兩篇口述童話，其目的皆在印證中國自古即有童話的存在。

總之，周氏這篇〈古童話釋義〉，對當時惟外國童話是瞻，說中國古無童話的人，是很有說服力的反擊。洪汎濤在《童話學講稿》曾說：

周作人的這篇〈古童話釋義〉，把一九〇九年開始的現代童話和古代的無童話之名的童話傳統，從理論上銜接起來了。這對中國童話的發展是有貢獻的。（見第二章第四節，頁二六六）

丙、其他

國外對於我們中國的童話寶藏，向來都是非常注意的。據趙景深在《民間故事叢話》（中山大學民俗叢書、東方文化供應社有影印本）與《近代文學叢談》（六五、一一、中華藝林文物出版公司）兩書裡，可見外國人收錄的中國童話有五種。

十九世紀末期，有一個叫費爾德（Adele M. Fielde）的美國學者，在中國汕頭住了十七年，搜集了四十個汕頭的民間童話，編成《中國夜談》一書。這本童話集於一八九三年在倫敦、紐約等地先後出版。

另有一美國學者皮特曼（Normon H. Pitman），在一九一〇年出版了一本《中國童話集》，內容故事十一篇，彩色插圖八幅，取材皆以典籍爲多。又有馬旦氏《中國童話集》、亞當氏（Marion L. Adams）《中國童話集》、白朗（Brian Brown）《中國夜談》等三種。

以古書或民間故事作素材，改寫而成的新童話，是孫毓修爲童話發展所開闢出來的一條道路。早期商務印書館、中華書局，都有改編的中國古典童話集出版（大部分收入他們的《小學生文庫》與《小朋友文庫》裡）。今就目前坊間可見改寫童話集轉錄如左：

小黃雀　蘇樺著　小學生雜誌社　五五、四
中國童話故事集　陳小仲編　進學書局　六一、六
中國童話集　編輯委員會編譯　東方出版社　六六、二
可愛的中國童話　林耀川編著　名人出版社　六八、五
中國童話　蘇崇中、陳里光譯　萬人出版社　七一
洞庭紅　姜如琳改寫　聯廣圖書公司　七一、一二
中國童話　蘇樺改寫　聯廣圖書公司　七二、一
五彩筆　楊思諶著　九歌兒童書房　七二、三
中國童話選集　黃桂雲譯　大衆書局　七四、八、再版
中國童話故事　王映鈞、李月蓮編校　景文出版社　七七、三
海中仙　Arthur Bowie Chrisman　劉宜譯　智茂文化公司　八一、四

其中，〈五彩筆〉各篇在四十五年間刊登於中華日報「中華兒童」周刊，後來並由報社出版單行本，書名就叫《五彩筆》。

而萬人出版社國際中文版的《中國童話》，原是日本講談社「世界童話故事全集」

的第十一本，計收七篇。

綜觀各書，於取材來源，大都未能有清楚的交待。但從以上各書所收錄文章，至少，我們可以確信古代中國是有童話的。

收集或整理古代童話，在民國初年，曾有許多學者致力過，如日本人片岡巖的《台灣風俗誌》（原書於一九二一年二月出版。七一、一、有大立出版社陳金田譯本），其中有〈台灣的童話故事〉十四篇（見頁四〇八～四一七），又十八年謝雲聲的《福建故事》（民俗叢書九十八～一〇〇，有東方文化供應社影印本），第二集即為《童話》十七篇作品。又如十七年米星如改寫的《仙蟹》（民俗叢書五十七，東方文化供應社有影印本）十二篇，即爲改自古童話素材。

肆、後語

所謂中國的創作童話，必須富有現代性、幽默性與啓發性。而這些現代性、幽默性與啓發性必須是中國式的。而中國式的現代性、幽默性和啓發性，則必是源於中國人的生活與傳統。

雖然，在我國近代童話的發展過程中，我們不可磨滅外國作品對我國童話發展的影響。在童話發展中，許多外國作品，我們借鏡過，學習過，並從其中汲取過他們的精華。

然而，今天的童話，除外來的影響之外，我們更必須有自己的傳統。亦即是必須立足在過去童話的基礎上，進而發展起來。所謂過去童話的基礎，即是指我國的古童話。這種古童話，包括典籍裡的童話和民間童話兩種。爲了繼往開來，搜集與整理童話是必須的。

我國對古童話的發掘與研究工作，可以說仍有待努力，我們有待於中國古童話全集的問世。

參考書目

壹

兒童讀物研究　張雪門等　小學生雜誌社　五四、四
「童話研究」專輯　吳鼎等　小學生雜誌社　五五、五
童話研究　林守爲著　自印本　五九、一一
童話與兒童研究　松村武雄著　新文豐出版公司　六七、九
晚清兒童文學鉤沈　胡從經著　少年兒童出版社　一九八二、四
兒童文學小論　周作人著　里仁書局影印本　七一、七
童話學講稿　洪汎濤著　安徽少年兒童出版社　一九八六、一二
中國民間童話研究　譚達先著　台灣商務印書館　七七、八
中國動物故事研究　譚達先著　台灣商務印書館　七七、八

貳

五十年來的中國俗文學　朱介凡、婁子匡著　正中書局　五六、三　二版

民間文學概要　烏丙安著　春風文藝出版社　一九八〇、一一
宋元話本　程毅中著　木鐸出版社　七二、七
魏晉南北朝小說　劉葉秋著　木鐸出版社　七二、九
唐人傳奇　吳志達著　木鐸出版社　七二、九
明清小說講話　吳雙翼著　木鐸出版社　七二、九　再版
歷代小說序跋選注　文鏡文化出版公司　七三、六
台灣民譚探源　施翠峰著　漢光文化公司　七四、五
中國小說史（上下）　孟瑤著　傳記文學出版社　七五、一　新版
中國古代小說史十五講　宋浩慶等　木鐸出版社　七六、八
中國小說史略　魯迅著　風雲時代出版社　七九、十一

第六章　兒童小說

兒童不可能永久停留在理想裡，他必須走向真實的人生；而真實的人生卻是矛盾的，他需要相當的時間去適應；在這段適應的時期，他是需要引導和說明的。就文學而言，兒童小說可說就是他的啓蒙導師，因此也有人稱爲「少年小說」。

第一節　兒童小說的意義

壹、小說的定義

小說的定義很難有明確界說，自古以來，中外作家界說紛紜：

王鼎鈞先生說：「凡小說都含有故事。」

彭歌先生說：「小說，用簡單的話來說，乃是用自由體的散文寫成，有人物、有結構、有情結的創作故事。」

謝活利（M.Abel Chavelley）先生說：「小說是用散文寫成的某種長度的虛構

故事。」

子于先生說：「小說是一種感受的傳達——用故事傳達出來。」（以上見學人版黃武忠《小說家談寫作技巧》頁一〇—一一）

以上所說都著重在故事方面，故事固然是小說的基本面，但小說並不止於故事。由此可見小說定義之不易確定。方祖燊先生在〈什麼是小說？〉一文裡，曾就過去各種不同的小說作品以及前人的說法，概括出小說共有的特性，而給小說下一個比較妥善的界說如下：

(1)小說是用散文來寫的。

(2)小說是綜合各種文學寫作技巧的一種作品。

(3)小說仍然以鋪寫故事爲主題的。

(4)小說主要在描寫人類的外在、內在的生活。

(5)小說要寫得感人有趣。

(6)小說的作者應有完美的理想，這樣才能產生不朽的作品。（詳見六一、十二、六—八　中央副刊）

貳、我國小說簡史

《狂人日記》是我國第一本現代小說。而在現代的中國學者中，最先提出夠水準小說觀的是梁啓超。他在〈論小說與羣治關係〉一文裡說：

> 欲新一國之民，不可不先新一國之小說。故欲新道德，必新小說；欲新宗教，必新小說；欲新政治，必新小說；欲新風俗，必新小說；欲新學藝，必新小說；乃至欲新人心、欲新人格，必新小說。何以故？小說有不可思議之力支配人道故。（見台灣中華書局《飲冰室文集》之十，頁六，第二冊）

梁氏又分由「薰」（薰染）、「浸」（潤）、「刺」（刺激）、「提」（同化）四方面，說明小說的影響力。所謂小說，以我們今天的眼光來看，至少應該有故事、人物、結構三要素，然後把握住主題，再以優美的文字所表現出的一種引人入勝的文體。如果以這種尺度來衡量，企圖清理我國小說的源流，則將遭遇到極大的困難，因爲合乎這種標準的小說，幾乎至唐代才開始。

小說一詞，最早見於《莊子》〈外物篇〉：

> 飾小說以干縣令，其於大達亦遠矣。（見世界版《新編諸子集成》冊三頁三九九—四〇〇）

他以小說與大達對舉，自是指那些淺薄瑣細，無關治道的言論。所以桓譚的《新論》說：

> 小說家合殘叢小語，近取譬喻，以作短書，治自家理事，有可觀之辭。（據河

洛本李善注《昭明文選》卷三十一江淹詩〈李都尉〉李善注引，下冊，頁六九二）

因此便有許多人認爲，過去的所謂小説，只是目錄學上的名詞，而與文學上的體式無關。目錄學家爲了方便書籍的分類，於是把那些淺薄瑣細，荒誕不經的書，都稱之爲小説，它不過是內容瑣細，篇幅短小的文章，和今天的小説，完全沒有關係。《漢書》〈藝文志〉把小説列爲九流十家之一，而且説：

> 小説家者流，蓋出於稗官，街談巷語，道聽途説者之所造也。孔子曰：「雖小道必有可觀者焉，致遠恐泥，是以君子弗爲也。」然亦弗滅也，閭里小智者之所及，亦使綴而不忘，如或一言可採，此亦芻蕘狂夫之議也。（見鼎文版《漢書》冊二，頁一七四五）

如淳注云：

> 王者欲知閭巷風俗，故立稗官，使稱説之。（同上）

由此可知，稗官是一種小官，其責任是記載「街談巷語」「道聽途説」的一些里巷風俗，以方便於王者之統治。有關國家的大事要言、典章制度的記載，則由史官爲之。那些流傳於里巷的奇聞瑣事，爲史官所不屑記載，則由稗官收集之，其內容既不本於經傳，又無助於儒術，以致於地位不顯。由於他們所記載的都是些「殘叢小説」，所以班固的結論是：

諸子十家，可觀者九家而已。（同上，頁一七四六）

獨小說家不入流，由於這種傳統觀念的延續，才使我國小說在文學史上，成爲一朵遲開的花。

以下略述我國傳統小說如左：

甲、先秦的神話

嚴格地說起來，先秦並沒有所謂的小說，只有神話、傳說、野史、寓言等瑣碎的記錄。

神話是初民對於大自然所作的天真樸素的解釋，我們不必追求它的真實性。它和傳說之間不易作一個嚴格的劃分。

《山海經》與《穆天子傳》可說是神話、傳說的寶庫。《山海經》偏重地理，屬於「遠方珍異」的系統；《穆天子傳》偏重歷史，屬於「搜奇志怪」的系統。以後傳統小說的發展，很難跳出這兩個系統之外；前者是雜俎類，後者是志怪類。

歷史與傳說亦有密切的關係，有時稍加誇飾，便又成爲小說的根據。其實最早的歷史與神話、傳說皆有著無法分割的密切關係，所以《左傳》、《戰國策》，甚至《史記》，許多記載都無法擺脫神話與傳說的色彩；只是他們後來漸朝向求真的方面去努力，那些被遺落下來不太真實的部分，它便是所謂野史，它充滿了故事的趣味。

由於先秦是個百家爭鳴的時期，諸子在闡述他們的哲學思想時，常藉著美麗動人的故事，來爲他們深奧的理論作深入淺出的解釋，這便是所謂的寓言，寓言常包括著親切而動人的內容。

先秦時期有關小說方面的材料，無疑是貧乏，且亦少彙集成專書，但仍不失爲小說的濫觴。

乙、漢魏六朝小說

兩漢小說是繼承先秦搜奇志怪的傳統風格，但是在精神上卻有一個基本的不同點；先秦的小說雖不外神話與傳說，其內容多半是說明我們的祖先怎樣與大自然搏鬥所產生的神跡；從秦始皇開始求長生不老之藥起，漢武帝又和他有相同的心理，所以造成兩漢方術之士符籙鍊丹之說的盛行，而使秦漢以後直至六朝的小說內容，充滿了神仙鬼怪的迷信思想，但卻不如先秦時期的神話、傳說那樣有感染力。

漢代小說的篇目雖多，但流傳下來的卻很少；現存的漢代小說，如託名東方朔的《神異經》、《十洲記》，託名班固的《漢武帝故事》、《漢武帝內傳》等書，大都是魏晉人所作。由此看來，論中國小說，最可靠的時代，應該以魏晉爲開始。

魏晉六朝的小說除志怪外，同時流行志人小說。東漢末葉，由於宦官干政，於是產生了李膺、杜密輩所謂清流人物。此輩人物以禮教自持；其批評人物，時稱爲清議，一言之褒，有榮於華袞。於是處於清議時代之士大夫，既不能任意講話，亦不能緘默無言，於是專道幽默風雅之言，以免為清議所指摘。降及魏晉，與清談之風相合，再加上亂世，於是流行更廣。著名的志人著作有《語林》、《世說新語》。

至於志怪是指記載怪異事物而言；怪異指的是奇怪的事，超現實的神靈作用，凡此等記載，均屬志怪範圍。漢魏六朝小說以志怪為主流。其內容形形色色，有的是自古流傳的民間傳說，有的是有關當時的人物和事件、故事，有的更含有濃厚道家思想，也有依據佛教經典或教理敷衍附會而成的短篇。較為有名的著作有干寶的《搜神記》、劉義慶的《幽明錄》、張華的《博物志》、葛洪的《神仙傳》等書。

志怪小說在中國小說史上，占有很重要的地位；志怪可以說是說話的豐富寶庫，它提供唐代傳奇，以至後代的小說、戲曲許多素材。又志怪的記載大多是單純樸素，不是個人憑創作力，發揮自己藝術性而展現的創作；它不過是在衆多故事中，敘述頗饒趣味，足以吸收讀者的部分製作而已，不過亦已接近創作小說。

嚴格說來，魏晉六朝僅為小說的醞釀時期，並無真正的小說產生。真正的小說當具有完整的故事，嚴密的佈局，正確的主題，人物的刻劃及文學的趣味等條件，缺一不可，而魏晉六朝的小說卻少有具備者，故我國小說的成熟，不得不歸之於唐代。

丙、唐代的傳奇

中國小說，到了唐代，才算脫離了筆錄雜記的形式，正式以小說的姿態出現。對於這個時期的小說，通稱爲傳奇。傳奇這個名稱的由來，大概是由於唐人裴鉶作《傳奇》三卷的緣故，後人就借這本書的書名，作爲唐代小說的專稱。我們說它是唐代小說的專稱，似乎有些不妥，因爲後來宋人的諸宮調，元人的雜劇，明人的戲曲，都用傳奇這個名字，但是，仔細推究起來，宋諸宮調、元雜劇、明戲曲，它們的內容，絕大多數取材於唐人小說，可想而知，它們之稱作傳奇，必然也是由唐人小說那兒襲取過來的。

唐以前的小說又稱爲筆記小說，那是因爲他們的特性之一即是記錄性。到了唐代傳奇，單純的記錄已消失，所有傳奇的作品，都能提供讀者相當程度的趣味性。在題材上，傳奇和志怪一樣，都是奇怪的事物，超現實的烏托邦；但它與志怪不同，志怪只有題材的怪奇和趣味；傳奇的趣味性，是通過故事的構造和發展而發揮出來的。志怪是由記錄者、編集者記錄下來又流傳開來的；而傳奇卻有了作者，並且是以個人有意的創作的姿態出現的。

傳奇發生於唐初，正當六朝綺靡藻麗的文體發生了改革，散文的提倡漸次普遍，所以傳奇的形式，表面上已使用散文來寫，但駢麗整齊的語句，依舊夾雜採用。初期作品的風格傾向於華艷，與六朝文體很接近；但在描寫技巧上來說，傳奇小說無論是記事、狀物、抒情等方面，大都特別注重鋪張、渲染和具體的形容。明胡應麟《少室山房筆叢》卷三十六：

變異之談，盛於六朝，然多是傳錄舛訛，未必盡幻設語。至唐人乃作意好奇，假小說以寄筆端。（見五二．四、世界書局本，下冊，頁四八六）

所謂「盡幻設語，作意好奇」，便是傳奇小說的特色所在。

唐代傳奇的代表作品，有王度的〈古鏡記〉、無名氏的〈補江總白猿傳〉、張鷟的〈遊仙窟〉、沈既濟的〈枕中記〉、李公佐的〈南柯太守傳〉、陳玄佑的〈離魂記〉、李朝威的〈柳毅傳〉、許堯佐的〈柳氏傳〉、杜光庭的〈虬髯客傳〉、蔣防的〈霍小玉傳〉、元稹的〈鶯鶯傳〉、白行簡的〈李娃傳〉、陳鴻的〈長恨歌傳〉等。王之正編有《唐人小說》一書（遠東圖書公司印行），參閱頗爲簡便，又王夢鷗先生有《唐人小說研究》四集（皆由藝文印書館印行），敘述可說更爲詳盡。

丁、宋人的平話

宋代白話小說的產生，在中國的小說史上，是一件極可紀念的事；因爲它結束了文言小說的生命，替未來小說的成長與發展，開闢了一條新路線。數百年以來，許多用白話文體寫成的小說，同正統的文言文學同存並進，一直流傳到現在，成爲民間的精神糧食。

白話小說的產生，是受變文的影響。變文是直接受印度文學的暗示，在東晉末年，已十分盛行。變文是以講唱的方式表演，源於寺院，旨在宣揚佛經經義。於是變佛經爲俗講，而中唐以後，寺院裡的「俗講」已非常盛行；因爲太聳動「愚夫愚婦」，再加上內容「淫穢鄙褻」，於是在宋真宗時代（一〇二二）正式被禁止。而後它趁機流入「三瓦兩舍」，反而因此壯大。

流入市井的俗講，配合環境的需要，加入了屬於現實人生的悲歡離合的故事，於是它們成爲許多民間娛樂中最受歡迎的一種，那就是「說話」。說話人所用的話本，就是白話小說的雛型，也是白話小說的始祖。

兩宋說話人極多，因爲擅長的故事與表現方法之不同，可分爲小說、說經、講史、合生等四家。其中小說、講史爲宋代說話的大宗。小說之體，在說一故事而立知結局；講史之體，則敘述史事而雜以虛辭。前者多半爲短篇小說，後者則全爲長篇小說。

現代宋人話本，短篇以《京本通俗小說》殘卷爲最重要。又明洪楩刻《清平山堂話本》，馮夢龍刻《喻世明言》、《警世通言》、《醒世恆言》，其中亦收有宋人話本。而長篇，僅存《大唐三藏取經詩話》、《新編五代史平話》、《大宋宣和遺事》三種。今人李華卿編有《宋人小說》（遠東圖書公司印行），頗爲簡要。

宋代白話小說的文學價值，雖然不如唐代傳奇和明清章回；但是，短篇的話本，爲後代使用白話文，奠定了良好的基礎；長篇話本，在形式和結構方面，爲章回小說塑造了雛型。

戊、明清的章回小說

中國的白話小說，經過了宋元兩代的長期孕育，到了明清，無論在形式上、藝術上，都達到極高的成就，而表現出蓬勃的生命來。長篇小說有《三國志演義》、《水滸傳》、《西遊記》、《金瓶梅》、《紅樓夢》；短篇小說有馮夢龍的《三言》、凌濛初的《二拍》，以及其選本《今古奇觀》，他們的成就都足以傲視前人。

宋元話本只是說話人的參考用書，除了少數幾篇佳作之外，多半還是很粗陋的；但由於經過話本的種種嘗試和摸索，使得章回小說能夠一開始就表現出它用語流暢，結構穩妥的優點；也因此初期的章回小說，幾乎全部取材於話本，只由這一點，便已經明白顯示出平話與章回間的密切關係了。

叄、兒童小說的定義

小說是以人物活動爲中心的散文形式的故事。小說中所構想的人物活動，往往代表一個時代的風尚，一種理想的實現，或揭發人生的特點及弱點，闡揚人生的意義及價值。兒童時期，感情豐富，理性的發展，尚未達到成熟的階段，小說有引導兒童邁向成長之路的力量。

而屬於兒童的小說，應該和成人的小說有所分別，它應該是兒童的，它的一切成分都該是兒童的。但怎樣才算是合乎「兒童的」這個要求?國內專家少有人爲兒童小說下個定義。其間許義宗先生在《兒童文學論》一書，曾說明兒童小說的意義如下：

> 小說佔據文學絶大部分的領域，可說是文學上重要的支柱。兒童小說是架構這個支柱的一部分，具有獨特的風格。大多數的兒童小說，是取材於兒童世界中生活的情趣、純眞的感情、美麗的憧憬……。不管是現實的、想像的生活，都能給兒童親切的感覺，而緊緊的吸引著兒童。
>
> 兒童小說以刻劃兒童生活領域中的人物爲主，並用情節、對話來推展，使兒童的感情隨著人物的表現而起變化。因而兒童小說的角色應以兒童喜愛的人物爲宜。
>
> 從上所述，我們可以初步的瞭解，兒童小說是把兒童生活領域中，人物的典型，發生的事物，用細膩的手法，刻劃出來，使人身臨其境的作品。
>
> 兒童小說和童話同爲兒童文學的兩大部門，不過童話可以自由的超越時間和空間，但小說卻必須限制在現實的必然性當中。換句話說：小說是以現實爲法則，因果關係爲準據，如果觸及不可能在現實發生的事物，也要根據現實的原理來描述。（頁六八）

又林鍾隆先生在〈談兒童小說的創作〉一文裡，認爲所謂合乎「兒童的」這個要求，大概地說有下列幾項：

(1)主要角色是兒童擔任的。

(2)故事是合乎兒童心理的。

㈠幻想、夢想、想像

㈡同情

㈢好奇

㈣冒險

㈤好強、好勝、愛逞英雄

㈥俠義

(3)思想、意識、技巧是合於兒童程度的。

(4)能有助於兒童各方面成長的。

（詳見小學生版《兒童讀物研究》頁一四三——一五〇）

申言之，所謂的合乎「兒童的」要求，亦即是從兒童的觀點立論。兒童在心理、生理、社會等方面皆有異於成人；「兒童有心，余忖度之」，凡事假兒童之觀點視之，描寫令兒童產生興趣的情景，探討對兒童具相當意義的問題，再試而出之以仿兒童口吻，則是所謂合乎「兒童的」要求。至於主角是否為兒童，或事件是否為兒童參與，與造詞用字的深淺，並不構成兒童文學與成人文學之分際。持此，可知兒童小說除立論觀點與成人小說不同外，其餘部分皆與成人小說無異。

又由於時代的需要，兒童文學除想像性的之外，另有寫實性的出現。而這種寫實性的讀物，即是以兒童故事與兒童小說為主。二十世紀是一個很重視知識的實用，以及教育普及的時代，兒童讀物的內容，逐漸由單純的童話世界，進入真誠面對現實的寫實境界。許多成人世界中的問題，也在讀物中被提及，企圖告訴孩子，不幸他們也一朝身陷其中時，應該如何去面對問題，解決問題。寫實的小說以描寫平凡的人生為主，幫助讀者更了解人和他自己，以及人與人之間的關係。因此有許多人認為它比其它型的讀物更重要，他們認為兒童必須從那「理想」裡出來，接觸真實的人生。因此兒童小說就是帶領青少年走向成人世界的啓蒙導師。在兒童小說的世界裡，孩子們可以接觸有智慧的人，可以跟心中仍然燃燒著理想的人接近，也可以聽到勤奮不息的人說話，更可以接受經驗豐富的人的指引，於是孩子們可以安然的走入成人世界。

肆、兒童小說的分類

小說的分類，可依時代、內容、文體、表現的手法，與篇幅等不同觀點加以分類。而兒童小說則以篇幅和內容的分類，較為可行。

(一)**依篇幅分**：可分爲短篇小說、中篇小說、長篇小說。以下以趙滋蕃先生在〈小說創作的美學基礎〉裡的意思轉述如下：（詳見六七、三，道聲版《文學與美學》，頁八九—九一）

(1)**短篇小說**：是指半小時到一小時可以看完的作品，字數約在兩千到一萬字。短篇小說有人直截了當稱爲「故事」。其結構形式是：描寫生活中的一個片斷，描寫人生中的單獨事件，或表現人生中的一個插曲。申言之，短篇小說以單一性爲原則，他的人物數量不會太多，作品的內容量也不會太大。人物描寫的方式，以直接刻劃爲主，著墨不多，形成性格。發展的事件，比較單純；供讀者追問「以後呢」的故事，不會太曲折，而引導故事的發展的事件，也不會複雜。故事發展之前的人物狀況，以及故事結束之後的人物處境，都可以輕輕帶過，或絕口不談。這些人物描寫的方式，乃成爲短篇小說的結構特徵。短篇小說由於限於篇幅及人物，應該節省筆墨，它是要以最有經驗的手法，表現最精彩的故事。總之，短篇小說，大抵力求故事的單純、文字的精鍊，使全篇作品成爲一個前後呼應、情調一致的有機體。

(2)**中篇小說**：字數約在一萬字到五萬字之間。其實中篇小說和短篇小說或長篇小說的真正區分，並不完全在字數的多寡，而是在「結構特徵」。

中篇小說圍繞著某一主要人物，或跟主要人物發生密切關係的少數基本人物，組構成一段較長的生活時期，鋪排出一連串插曲。因此，中篇小說有較大的容量和更廣泛的一圈人物。中篇小說的佈局、頂點和終點，都包括著更爲發展的事件；跟故事主角起相互作用的一些角色，也得到更多的描寫。小說家可以用「敘述者」的身份，夾敘夾議，有更多的機會代言。這些人物描寫的方式，遂凸顯了中篇小說的結構特徵。

(3)**長篇小說**：字數約在五萬字以上，長篇小說的結構是很複雜的。每一章都很像一個短篇，但情節並不能完全獨立，長篇小說交織了不同人物的個性和描寫，敘述著事件發生以前他們的情況，事件進行中和結束後他們的處境。在「語言特徵」上，長篇小說包括了不同樣式的語言結構，如人物的獨白、對話，敘述著的旁白，用作說明、解釋、判斷的插入語，以及人物素描，自然風景與人物活動環境的描寫等。

長篇小說必須多方面表現人物，多方面映現生活，兩者共同構成一整幅異常複雜的人生圖畫；從許多人物的錯綜複雜的關係中展開衝突，發展情節。因此，長篇小說描繪的生活現象是複雜的，人物的描寫方式也是多方面的。總之，長篇小說不能只寫出幾個特徵，幾個具代表意義，具象徵性片斷和插曲，它要求生活細節的描述，它要求包括故事發生時代的橫切面和縱剖面。長篇小說的主人翁，必須能夠按照當時人類的思考方式、生活方式、和意識方式去行動、去生活，因而廣大的世界和某一歷史階段，都爲這個或這組主人翁照耀出來。長篇小說，它所表現的主題多是深遠的，人數衆多，情節複雜，像浩瀚的大江，它是由許多的小溪與河流滙合而成的，其水源既多且遠，氣象萬千。

㈡**依內容分**：國內兒童文學專家大都取內容分類。林守爲先生在《兒童文學》裡分爲六類：

歷史小說
傳記小說
冒險小說
神怪小說
俠義小說
推理小說（詳見該書頁一〇〇）

又吳鼎先生在《兒童文學研究》裡亦分爲六類：

歷史小說
探險小說
傳記小說
神怪小說
傳奇小說

武俠小說（詳見該書頁二八六—二八九）

又許義宗先生在《兒童文學論》裡也分爲六類：

現實小說

冒險小說

偵探小說

動物小說

歷史小說

科學幻想小說（詳見該書頁六九—七〇）

又葛琳女士在《兒童文學——創作與欣賞》裡則分爲四類：

寫實小說

冒險小說

童話小說

傳記小說（詳見該書頁二八五—二九二）

除外，傅林統先生在〈兒童小說〉一文裡則分爲四類：

少年小說：又分爲現實小說、冒險小說、偵探小說等三種。

動物小說

歷史小說

科學幻想小說（詳見六八．十、作文版《兒童文學的認識與鑑賞》頁一〇六——一一〇）

綜上所列，可知許、傅兩先生的分類較爲平實可取，以下依此分述如下：

⑴**現實小說**：從現實生活中，描寫兒童們的歡笑、悲傷、煩惱、憧憬，而追求正確的生活方式；也就是給讀者提示了人生的一面縮圖。這種小說不能和兒童生活太隔膜，距離太遠。如亞米契斯《愛的教育》，內容是一個小學生在校一學年共十個月的日記；日記所涉範圍，有校中生活，也有校外的種種事故。除日記部分外，還有「每月例話」，是教師講給學生聽的關於高尚的少年故事，由學生筆記下來，書中充滿著愛國、愛民族的情緒，對於教育、軍事都極端推崇。

⑵**冒險小說**：以兒童的冒險爲核心，輔以幽默的氣氛，充滿驚奇、刺激的小說。這種冒險小說，情節比較單純，大都是以主角的冒險爲核心，而把種種預料之外的危險事件，用連鎖的形式組織起來。如史帝文生的《金銀島》，就是以個性鮮明的人物，環繞著寶藏圖，而接連的產生異常的事件，强烈的吸住讀者的興趣。又如馬克吐溫的《湯姆歷險記》，主要是描寫一個勇敢、俠義、頑皮的小孩的生活。

⑶**推理小說**：描寫少年的才智；運用思考，推理判斷，去探究揭開異常事件的小

說。如林葛琳的《少年偵探》（六九．四、純文學出版社，嶺月譯，全書一套三本），描寫三個聰明活潑又機智勇敢的少年，喜歡玩冒險偵探的遊戲，沒想到他們竟真的幫警察破了案。

優美的冒險、推理小說，不僅以珍奇的、異常的、犯罪的事件吸引讀者，而且也把主角放在危急的「限界狀況」；描寫他如何思考，如何行動，並且如何的越過了緊要關頭。這兩種小說和前面所說的現實小說，不同的是採取自由的和想像的描寫法；並且也富於娛樂性，容易吸引兒童的好奇心。冒險小說由於事件的發生都順著時間展開，所以較容易流於平板；但推理小說卻有因有果，而且也可以採取逆流的手法。這種小說的特質在於對案件的理論與實證的追究。

(4)**動物小說**：這是以動物爲主角的小說。一般說來有兩種形式，其一把動物人格化，使他們具備跟人一樣的心情和感情。如肯尼斯、葛拉罕姆（Kenneth Grahame）的《柳林中的風聲》（六一．十二、國語日報社，張劍鳴譯）；其二是根據動物的實態，把自然的姿態用小說的形式描述出來；如德國鄧納葆（H M Dennebovy）的《小揚和野馬》（五九．一、水牛出版社，宣誠譯）

(5)**歷史小說**：這是以歷史事件或歷史人物爲題材，站在正確的歷史觀上所寫的小說。它的特色是在題材是過去的，而受史實和人物的限制。

(6)**科幻小說**：這是虛構文學的尖端，是現代科學思想、正確知識和人類想像的美妙結合的小說。如羅勃・海萊思（Robert Heinline）的《探星時代》（六七・五、純文學出版社，孫成煜譯），是屬探險科幻小說，頗適青少年閱讀。

第二節　兒童小說的特質

小說的特質，在於真實感；也就是說讓人讀起來感覺它是真實。而其真實感，又以人物爲主。以下試分述之：

壹、小說構成的元素

小說構成的元素，說法不一。有人認爲是：人物與故事，也有人以爲應該加上主題，還有人認爲應該再加上時間和地點，乃至景物。本文試依羅盤先生在《小說創作論》的說法，分爲主要元素及相關元素兩種，主要元素爲：主題、人物、故事；相關元素爲時間、地點、景物。茲分述之：（詳見東大版頁二四—三〇）

甲、主要元素

一、主題：小說不論是有所爲，或無所爲的作品，都有其哲理和問題，或目的存在。我們稱這些所謂的哲理、問題或目的爲小說的主題。主題是經過藝術化融入作品之中，一般人讀來不容易發現。但它卻是作品的生命，作品的靈魂，也是作者所要表達的思想意識情感。小說不僅止於故事，小說具有反映人生、表現人生、美化人生、啓迪人生、指導人生等任務，小說離不開人生。離不開人生的小說，不能沒有主題。

主題是作者的思想、意識和人生觀。姚一葦先生則稱之爲意念。他說：「所謂的意念係指藝術家通過藝術品傳達出來的思想或主旨）（見五十七・二、開明版《藝術的奧秘》，頁六九）。主題只不過是抽象的一種觀念，把這種觀念予以具象化在小說的故事情節、人物、語言上，而後方能成爲小說的主題。

姚一葦先生在〈論意念〉一文裡認爲：「藝術即表現，藝術即表現自身；當藝術即表現自身時，除了顯露藝術家的『人格』外，應別無目的；藝術品是藝術家的第二生命或生命自身，藝術家只有在自我的不可遏止的衝動下創作才與他自身的生命相結合；藝術家只是在表現，表現他的第二生命或生命自身才表露出它的嚴肅性，才是真誠與虔誠的態度。因此藝術品所蘊含意念必須置於這一基礎上來了解才不是枝節的、片斷的把握，才具現它的完整的意義。」（見《藝術的奧秘》頁八〇—八一），姚先生並進而說明如下：

> 首先，我肯定的是藝術所蘊含的意念與藝術家的人格的關聯。
> 其次我要肯定的：藝術品的意念必得通過藝術品的表現方法而具現；藝術品的表現方法才使藝術品成爲藝術品，事實上不能把握藝術品的特質，便無法把握它的意念。（詳見《藝術的奧秘》頁八一—八二）

由上述可知主題與作品的關係。如以建築喻小說的經營過程，則主題是這建築的基礎，又如以生理喻小說的成長過程，則主題就是肉體內的精神。而主題又與作者人格息息相關。並且我們也了解主題若少結構性，則不能達到美感經驗，若要達到美感經驗，則必須經過一種藝術的處理。如此主題方有結構可言；也就是所謂主題的結構，主題的結構就是指意義層次的安排。事實上小說主題的說服力，即是奠基於情節的性質與作者處理情節的能力。

總之，主題的結構決定小說的成敗。小說的故事情節、人物、背景等，只不過爲主題需要而設計。

二、故事：小說都有一個故事。故事縱使不是小說的全部，也是小說的要素；故事縱使不是最重要的，它也是不可少的；故事縱使不是寫小說的目的，也是作家必經的手段。佛斯特在《小說面面觀》裡說：

> 我們都會同意，小說的基本面即故事。（見志文版頁二一）

小說因爲有了故事，才能提高作品的可讀性；因爲有了故事，作品才容易於流傳，才能家喻戶曉；因爲有了故事，才能將人物刻劃得栩栩如生，躍然紙上；因爲有好故事，才能使讀者入迷，感人至深。小說不同於一般文學作品，就是因爲它不是以直陳的手法來表現作者的思想、作品的主題，它是以「側筆」借故事和人物來表現。

故事是原始即有的，可回溯到文學之起源。它是直接訴諸我們心中的原始本能。

故事是指有開頭、有結尾、有高潮，能使大多數人感到興趣的事件。在設計上，它還就缺乏文學修養的讀者，訴諸人類的好奇心。故事是「一些按時間順序排列的事件的敘述——早餐後中餐，星期一後星期二，死亡後腐爛等等。就故事在小說中的地位而言，它只有一個優點：使讀者想知道下一步將發生什麼。反過來說，它也只能有一個缺點：無法使讀者想知道下一步將發生什麼。這就是能夠加諸於故事性小說中僅有的兩個批評標準。故事雖是最低下和最簡陋的文字機體，卻是小說這種非常複雜體中的最高要素。」（見志文版《小說面面觀》頁二三）

我們知道，小說並不僅是故事，雖然最早的小說就是一些故事。直言之，即是先有故事，後有小說；故事並不是因爲小說產生的，而是小說將故事予以生命，予以技巧，加以利用，使之成爲一種表達思想感情的工具。可知小說中的故事，和一般講故事者所講的故事，其目的、作用並不相同；後者或許僅是爲了娛樂，而小說卻是借一個故事來表達主題、人物和感情。所以一個能夠充分表現主題、人物和情感的故事，才能入選爲小說中的好故事。一般來說，一個被小說家所選擇的好故事，林適存在〈小說的故事選擇和處理〉一文裡，認爲必須包括下列三個條件：

㈠在藝術的一面而言，這個故事宜於寫成一篇小說。

㈡在娛樂的一面來說，因爲故事的動人，寫成小說後才容易被讀者所接受。

㈢在教育的要求上說，一篇好的文藝作品，單是引人入勝還不夠，它必須對讀者負擔起教育責任。（見這一代版《小說論》頁七三—七四）

小說裡的故事是經過編織的，同時溶化爲情節。故事是按時間順序安排的事件的敍述，而情節也是事件的敍述，但重點在因果關係上。在情節中時間順序仍然保有，但已爲因果關係所掩蓋。如果我們問道：「然後呢？」這是故事；如果我們問：「爲什麼？」這是情節。這是小說中故事與情節的基本差異。欣賞故事，只要好奇心；而欣賞情節還得用智慧和記憶才行。因此我們可以說小說裡的故事是編出來的。編有好幾種意義：根本沒有發生這麼一回事，寫小說的人教我們覺得真有那麼一回事，這是一種編；事實上有這麼一件事，作者不照事實原來的寫出來，替它動了手術，這裡加一點，那裡減一點，這又是一種編。

三、人物：我們知道，小說是主題、故事、人物三者的一種組合。而主題是抽象的，它祇是一種思想，一種精神；沒有人物和故事的助力，便無以表現。而故事呢？則猶如一種工具，它雖具有莫大的功能，但它自身是沒有生命、沒有動力的，必須借助人物的動力來推動，借由人物的操縱和駕馭而進展；也就是說，小說是借故事創造人物。一般的故事未必有創造人物的企圖，而小說家，或者說我們所標榜所推崇的小說家，他的工作是像上帝一樣造人；他的作品，簡直就是一個人或數個人的傳記。但真正的傳記是依據史料；小說的人物卻出於創造，小說中的故事乃是以創造人物爲目的故事。因此 Maren Elwood 女士在《人物刻劃基本論》裡說：

> 一般人都認爲要寫小說或劇本先得有情節。情節最重要，但尚有比情節更重要的，那便是人物。人物賦予情節以生命和意義。（見丁樹南譯，五九、五、傳記文學社版，頁一）

又趙滋蕃先生在〈談人物刻劃〉一文裡：

> 小說的構成要素，因小說家的藝術觀點不盡相同，頗有出入；但人物與情節，卻是大家一致公認的。而小說裡邊人物的刻劃，依個人創作經驗，不獨是小說創作的入門工夫，而且是小說家有沒有創作潛力的試金石。我們似可做這樣的認定：小說家表現的成功或失敗，筆力的老到或稚嫩在他的人物刻劃上幾乎能看清眉目。（見《文學與美學》頁一一七）

由此，我們可以說：是人物賦予情節以生命和意義。情節從屬人物，人物比情節更重要。小說中的事件只有能影響到人物的生活時，才是必要的。除非小說家筆下的人物，通過自然而生動的筆觸，有令人置信的刻劃，能予以讀者以真實感，或予讀者以真實的幻覺時，才能使讀者同休戚、共哀樂，才能引起讀者的濃厚興趣。總之，小說的情節就建立在人物的處境上，表現他對於衝突的反應，以及衝突解決之後，對於該人物性格的影響。

在小說中Character一名兼二義：一即「人物」；二為「性格」。二者的密切關係由此可知。實際上，作家刻劃人物就是創造人物的性格。而人物刻劃乃作家通過生理的、心理的、社會的因素，通過人物的思緒與活動，情節與對話，建立起該人物的與衆不同的性格之技法。故人物刻劃，又叫做「性格描寫」。

刻劃人物的方式，趙滋蕃先生歸納為兩種。一種為動態的間接刻劃；一種為靜態的直接刻劃。（詳見《文學與美學》頁一三四－一四八）

動態的間接刻劃，是把人物放置在故事的場景裡邊，讓他們在可見的範圍內，用動作、談吐、情緒反應及表情，面臨嚴重抉擇時的態度等等，自行「表演」給讀者看的一種刻劃方式。作家在小說裡所提的祇是若干動作的事實，而讀者看到這些事實後，卻可自行推斷該人物的個性。

至於靜態的直接刻劃，是作家跳進故事裡頭去，指手劃脚，直接告訴讀者，那是什麼樣的人物。換言之，直接刻劃是站在作家的立場，把有關人物的姓名、性別、身份、高矮、肥瘦、年齡、相貌、職業、服飾、嗜好、習慣姿勢，習慣表情等，講給讀者聽的一種刻劃方式；一般不涉及人物的動作。它是使用說明、敍述與分析，來描寫人物。

直接刻劃與間接刻劃，互有長短。但一般而論，間接刻劃讓讀者覺得有自行推斷的自由，有自身參與的機會，他不一定按照作者所提示的去想像，更能引起讀者的興趣。且間接刻劃讓人物在故事裡邊自行表演，只要合乎人物的行爲動機，新奇怪異無妨。這樣，人物的刻劃就不易於流於板滯、沉悶，就顯得自然而生動。而直接刻劃，三言兩語，把人物勾勒出來，快速搏成形象，明確交代個性，寫來簡樸，自有其經濟處，短篇小說與小小說常用之。這兩種小說形式，篇幅有限，用字的精簡與富暗示性，在在使人物刻劃偏向直接刻劃。人物的直接刻劃有三忌：一忌平舖直敘，沈悶有如流水賬。理當抓住特點，撇開枝節。二忌臉譜化與類型化。三忌在直接刻劃中沒有灌注生氣和活力。

綜括以上所述，刻劃人物必須記取以下三個原則：

第一、所謂特性的描寫，是先在我們心中和人物們見面，並了解他們。只有如此，我們才能極有信心地，和靈活有力地去處理他們，使他們成爲眞實的。

第二、我們必須深切了解，人物之所以成爲眞實的，主要是由於讀者能夠共享他們的情感；同時要讀者能分享他們的情感，便必須使他們纏結在故事裡——在那些刺激人物的環境裡。

第三、我們必須提醒自己，那些特殊的細節如能被栩栩如生地有效地表現出來，要比一般大而無當的概述有價值得多；如果再加之這些又都是用的陳腐的浮泛的詞藻來表現的，它們不只適用於一個人，也適用於成百的人，那就更沒有意義了。（見阿波羅出版社《小說創作法》頁一一三）

總之，充分認識你筆下的人物，挑選你最感興趣的人物入小說，應該是人物刻劃的基點；而人物由充分認識到心靈醞釀成熟，在內心創造人物，乃人物刻劃的初步；又人物的行爲動機，情緒醞釀與對比設計，是人物刻劃的要件。

小說中的人物，依佛斯特的說法，分爲扁平人物和圓形人物兩種。（詳見《小說面面觀》頁五九—七二）扁平人物在十七世紀稱爲「性格」人物，現在有時被稱爲類型或漫畫人物。在純粹的形式中，他們循著一個單純的理念或性質被創造出來。扁平人物易於辨認，易於讀者所記憶，但他卻是無法與圓形人物相提並論。一個圓形人物必能在令人信服的方式下給人以新奇之感。圓形人物絕不刻板枯燥，他在字裡行間流露出活潑的生命。小說家可以單獨利用它，但大部分將它與扁平人物合用以收相輔相成之效，他並且使人物與作品的其他面水乳交融，成爲一和諧的整體。

總結以上所述，可知主題、故事、人物是構成小說的基本因素；三者互爲因果，有其不可分割的關係。申言之，人物是扮演故事，故事是表現主題，主題則是作者所欲表達的意識思想。因此可說小說是以人物爲中心，故事爲媒介，主題爲依歸，三者互爲關聯，缺一不可。但是小說的主題是借故事來表達，而故事的組成又賴於結構。而所謂的主題、人物、故事，又皆有賴以文字的表達；文字雖有呈露物象性能，但卻受限於時間的因素而不易同時呈露，因此呈露的過程必分先後。作爲藝術以後的文字的兩大階層，是主題的結構及語言的結構。主題結構是指意義階層的安排，及意義採取了不同的方式所展開的態勢而言；而語言結構是指意象與節奏的安排，而好作品的起碼條件應是兩者合一。這種結合主題、人物、故事於一體的結構，並不祇是語言與技巧的問題，更是作者全部心思的獨運。（以上見五九年十月晨鐘版葉維廉《中國現代小說的風貌》一書〈現代中國小說的結構〉一文，頁一──二八）又蔡源煌在〈小說的虛構與現實〉一文裡，亦從結構的觀點，認爲：小說創作，乃是一種文字構架。（七十年十二月十五、十六兩日台灣時報副刊）

乙、相關元素

一、時間：不論任何人，出生總得有個年代，不論任何事件，發生總得有個時間，因此佛斯特在《小說面面觀》裡說：

在小說中，對時間的忠誠恆爲必要，沒有任何小說可以擺脫它。（志文版頁二四）

小說是由人物和故事所構成，那麼時間的元素在小說中自是不可或缺的。小說中對時間元素的處理，通常有明暗兩種方式。其一是：將時代背景，乃至於年代時序，都寫得明白，使用這種手法的作者，有兩種用意：第一、是希望讀者信其故事的真實性。第二、是借此轉移讀者的視線，此爲障眼法。其二是：將時代背景不寫明，事情發生的年代亦不寫出，用這種手法的作者，也有兩層意思，第一、因係取材於現代，其中人物、故事皆是現實，讀者一見便知，毋須多贅述。第二、是故事將時代混淆，以亂人耳目，以避免不必要的干涉及困擾。

申言之，小說作者必須學會處理四種時間，他得選擇一個「直敍時間」量度——一天、一小時、一年或十年——讓構成情節的事件或插話發生於其中。在這一個他所預計的、孤立的時間片斷中，他指示故事的開端、動作的進展，以及高潮和結局。他還得瞭解「回溯」的用途，此涉及過去與現在的聯繫。他必須對付「轉接」，一個場面與另一個場面的時間鏈環或拱廊，予人以故事向前發展的印象。最後，他得瞭然故事本身的「節拍」或「步度」。總之，在寫作者手裡，「時間」是一種控制的工具。把握小說的「直敍時間」，作者可縮短小說的時限，濃縮其焦點。瞭解「回溯」的用途，他據此以加添必要的資料，增進人物刻劃的深度。他憑著處理「轉接」與「節拍」，去調度展現自己經驗過程的速度，去用最可信、最有趣的方式把表現的各部分聯繫起來。（以上詳見大地版《經驗的河流》，頁八〇—八六）

二、**地點**：即故事發生的地點、人物活動的空間。空間元素之於小說，亦如時間的元素，它是不可或缺的。作者對空間的運用和描寫，也有「虛」、「實」的不同。通常，小說中的故事所發生的地點，多是泛指一區域，或是假託某一城市鄉鎮，鮮有以真實的地理環境作背景，一五一十地寫來。一則不可能；再則也無此必要。甚至由於過份寫實，反會招致無謂的煩惱，引起別人的指指點點，胡亂批評。此外，如果某一作品，其人其事是有所影射，作者不特要避實就虛，並且還要設法假託。

三、**景物**：景物描寫之於小說，一如佈景之戲劇，衣著之於人類。景物描寫之於小說，有多種不同的功能：

1.**它可以顯示人物心理**。有些人以爲對人物心理的描寫，只能用直接的筆觸，其實不然，一段好的景物描寫，也可以顯示出人物某時的心境。

2.**它可以製造故事氣氛**。借景物的描寫來造成一種意象，通過讀者的聯想作用，及利用讀者的真實經驗，使讀者的幻覺中能產生一種期望的氣氛，借這種氣氛再來烘托人物的心理，或幫助故事情節的發展。

3.**它可以構成意象**。作者聯合許多形象，將它們組合在一起，使它產生一種新的東西，讀者因此而得到一種新的感受，這種感受就是作者所欲表達的一種意識，而就讀者感受的結果而言，便是一種意象。

4.它可以烘托暗場。暗場是指不直接呈現讀者或觀衆眼前的一種景像。借景物作媒介來烘托暗場是一種經濟和象徵的手法。

至於景物描寫的方法，大致可分爲兩種。一爲全般描寫；一爲重點描寫。所謂全般描寫，那是根據某個環境中真實的景物，一一據實地描寫下來，作者的筆觸是詳細的，態度是客觀的，不予增減，也不予選擇。重點描寫則不然，作者在某個環境中只是捉住一些特別的景物予以描寫，餘者便都省略，作者的筆觸是簡約的，態度是主觀的；當增則增，當減則減，作者要選擇和取捨。

貳、兒童小說的特質

從前一節「小說的構成要素」裡可知，小說的組成離不開「人、事、時、地、物」等因素，及由這些因素所虛構的故事。但我們卻希望它比真實的故事更具真實感；佛斯特在《小說面面觀》裡說：

> 小說的基礎是事實加X或減X，這個未知數X就是小說家本人的性格，這個未知數也永遠對事實有修飾增刪的功效，甚至把它整個的改頭換面。（見志文版頁三八）

所謂「加X或減X」，即是指虛構性而言，佛斯特又引一名法國批評家阿倫的話：

> 小說中的虛構部分，不在故事，而在於使觀念思想發展成外在活動的方法，這種方法在日常生活之中永不會發生……歷史，由於只著重外現的來龍去脈，局面有限。小說則不然，一切以人性爲本，而其主宰感情是將一切事物的動機意願表明出來，甚至熱情、罪惡、悲慘都是如此。（見志文版頁三九）

總之，小說是徘徊在虛構與現實之間。因此，小說不但是虛構，同時也代表著一種對現實的詮釋，蔡源煌先生在〈小說的虛構與現實〉一文裡說：

> 小說創作，乃是一種文字架構。它像蓋房子一樣，從地基、棟樑、房椽、牆壁一步一步地堆築起來，自而成形爲屋；小說中之文字架構，逐步堆砌而成爲所謂的「作品」——其中你可以看到一個虛構的時空，這個虛擬的時空，無論如何，像我們生活中的現實時空，但那只是虛擬的，所以叫做文字構築。更精確地說，它應該配合想像力而產生的重建——是在「經驗」發生過之後，才去回想而加以重建的。小說中，文字之堆砌構築，絕不像照相機鏡頭的攝影原原本本地將實物、現實攝入畫面。其實，縱使是照相攝影再怎麼眞實或栩栩如生，它也已經將現實事物的三度空間實體約化爲二度空間的平面。換句話說，現實經過詮釋，便已有所變形。作家憑他的經驗，慢慢地把他所要捕捉的現實，融合經驗與想像，虛擬出——或重建出——一個特定的時空場合，而人物的行動、

話語就在字裡行間活躍起來。這就是我為小說創作所下的定義：小說乃是文字構築。然而，用文字捕捉現實，勢必牽涉到一個問題，那就是——人對現實的認知是經過解釋的。現實裡面的種種現象，叫一個作家來記述，他必定要憑主觀的認知去加以整理，他不可能活生生地、很粗糙地把現實影印過來。認知過程中，個人所做的一切解釋都是主觀的。（見七一、十二、十四——十五兩日，台灣時報副刊）

在虛構與現實之間，我們可以知道小說的特質所在，趙滋蕃先生在〈談人物刻劃〉一文裡說：

> 小說是人的藝術，卻把人物刻劃的重要性，推到了無可減約的事實基礎上。
> （見道聲版《文學與美學》頁一三〇）

趙先生認為小說的特質，在於是人的藝術；而表現人的藝術則在於人物的刻劃。這個「人的藝術」、「人物的刻劃」，皆在臻於「無可減約的事實基礎上」，也就是企圖突破虛構與現實，而達到「真實感」的要求。因此真實感即是小說的特質所在，也就是說小說的特質在於人物的真實感。這就是說小說是離不開人物，而人物又必須是真實的。又何處去找這些人物呢？其實真實的人存在真實的生活中。找尋真實人物最合適的地點，便是我們生活的周遭。試就趙滋蕃先生所論轉述如下，以見小說的真實感。

趙先生認爲小說是人的藝術，至少包含五個重點：

第一、人物的活動，是故事和情節之源。也只有人物的活動，才能賦予故事與情節以意義和價值。而人物刻劃，不獨能使讀者產生真實感，同時也能使讀者產生關切之情。

第二、小說是人的藝術，係確指小說藝術的表現焦點是人。人與人的相對活動，不獨是故事與情節的源泉，而人也是社會諸關係的總和。人的外表行爲，人的內心活動，人的所思所感，一言一行，使他從各方面跟環繞他的世界相關聯。如此，作家的視野才能籠罩整個的生活；作家才能由人物組成的小社會，複製著整個社會的衆生相。它的明面和暗面，它的實體和幻象，它的動態和靜態，它的綜合觀察和分析觀察，它的深度和廣度。一句話，人的描寫，必然居於小說藝術的首位；而人的問題，也必然是小說表現的核心問題。

第三、小說是人的藝術，指明了「人」是小說的活材料，小說家是依賴這些材料，依賴人而工作的藝術家。故小說家必須觀察許多類似的人，才能建立起一個類似的典型。小說家必須永遠把自己的人物提昇到典型上去。偉大的天才跟常人不同的特徵即在此：他有綜合和創造的能力，他能結合一系列人物的性格，創造出某一典型。

第四、小說是人的藝術，在表現上重點地提出：外表行爲方面是人在行動裡邊的精神面貌；內心生活方面是人的心靈的歷史；在生活經驗方面，肯定了藝術即經驗。是人的經驗創造了小說；而直接、獨特、豐富的人生經驗，才是小說家最珍惜的第一等素材。

第五、小說是人的藝術，還指出另一個重點，那就是小說以語文爲表現媒介；而語言和文字，是人所獨有的。（以上詳見《文學與美學》頁一二五－一三四）

由上可知，小說裡，如果沒有人物的活動，如果人物未加刻劃而不能予讀者以真實感，則其他一切創新的努力，終屬徒然。總之，小說的特質在於真實感，而這種真實感就兒童小說而言，則在於容量簡單和敘述寫實。就簡單性來說，兒童小說出現的人物不會太多；情節敘述的方式以正敘和插敘爲主。主題不能過於深奧，像《紅樓夢》的「人生就是虛無」或像《荊軻》的「俠義和氣節的表現」，對兒童來說，顯然不易了解。一些富於哲理思考的小說也不易爲兒童所接受。就寫實性來說，無論是人物、背景和情節，兒童小說趨向現實；我們可以這樣說，兒童小說在童話世界與成人世界之間搭起一座橋樑，它驅使兒童由幻想走向現實，進而窺取實際人生的真義。

第三節　兒童小說的寫作原則

小說就篇幅而言，有短篇、中篇、長篇之分；本文所說的寫作原則，是指短篇而言。胡適給短篇小說的定義是：

> 短篇小說是用最經濟的文學手段，描寫事實中最精采的一段，或一方面，而能使人充分滿意的文章。（見遠東版《胡適文存》第一集，頁一二九）

可知短篇小說特別著重「經濟手段」和「事實效果」。在「事件」（行爲）、「人物」（性格）、「情節」（境遇）等要素中，短篇小說通常把重點放在其中的某一要素上，使其他二要素成爲附從。所以，短篇小說有強調「以事件爲中心」，強調「以人物爲中心」，或強調「以情節爲中心」三種效果不同的類型。作者認定了他強調的目標之後，便傾全力去發揮他的效果；其他事情，都屬枝葉，僅用來幫助中心目標的顯明襯托罷了。由此可知，短篇小說大抵力求故事的單純，及文字的精鍊，而使作品的印象強烈與統一以及結構緊密。因此我們可以說短篇小說的特色，即是「單一性」。而「單一性」本身不是目的，它只是使短篇小說趨於圓滿的一項經濟的手段。

單一性之說，本屬戲劇的寫作律則。是義大利的卡斯特維托所提出（Lodovico

Castelvetro, 1505~1571.），而後法國戲劇家拉辛（Racine 一六三九—一六九九）又提出，且宣稱是由希臘哲學家亞里斯多德所倡，它是新古典主義的戲劇寫作原則。顧名思義，單一性即指僅僅「一個」而言，拉辛等人認爲戲劇應具三項單一性，這就是所謂「三一律」，三一律是指：

時間的單一：故事應儘可能發生於一段連續的時間內。

地點的單一：故事儘可能發生於一個地點。

動作的單一：故事應儘可能包括一系列事件。

三一律對短篇小說而言，可能不夠周延，但單一性卻是可做爲短篇小說寫作的依循，也就是說對「單一性」加以合理的運用，確實可以使短篇小說趨於更易寫、更易讀，且形式更具完美；同時，它又對文學上的「經濟」也具有極大的助益。以下將短篇小說寫作時應有的單一性分述如下：

一、單一動作　單一動作，就是指一個或一羣人經歷一個事體（或一系列事件）而言。也就是說作者所應用的每一個字都應該與故事的主要問題有關。從開始到高潮抵達，活動應不斷。避免一切離題的補敘。一篇小說可以包括幾個問題，不過應該讓讀者明白每一個從屬的問題都與主要問題直接有關。

戲劇手法的應用可以幫助維持動作的單一。因爲我們靠人物的表演來表現故事，比直接敘述要來得簡潔俐落。一篇小說，在最後定稿之時，最好能逐句檢查，自問是否每個字都能有助於推動情節、發展故事。每一段落、每一句子、每一片語、只要與問題解決無關，都應予刪除。

二、單一時間　「三一律」的單一時間，是故事時間不得超過二十四小時的規定。一般說來，短篇小說的內容，只能包含一個人物一生中的一個重要事件。因此，時間的單一，對短篇小說而言，除了經濟之外，還可以避免興趣的中斷。

初學者所選擇的故事材料，其發展的時間最好不超過一星期。當然，假如從問題的介紹到問題的解決，所需的時間能不超過二十四小時的話，那就更好。

寫作者事先構思小說，應對材料妥加安排，使小說的開端儘可能接近故事的高潮。有些事實細節是應該讓讀者知曉的，不過除非故事一開展實際上就必須交代明白；小說的敘述不必從這些細節發生的時候開始，而應該以一個具有戲劇性的情勢作爲開頭；此情勢應與即將呈演在讀者眼前的故事具有實際的關係者。待讀者的注意被抓住以後，再利用「回憶」把讀者應知曉的細節作簡單的交代。也就是說選擇一段發展故事最多的時間爲「決定性時間」，而把其餘各段時間納入「回溯」。

「回溯」的意思，是說故事發生於「現在」，而通過人物的記憶去再現「過去」。在此情形下，作者置故事的基點與興趣於現在，在必要的情形下，讓讀者通過

「回溯」看到過去，當回返「現在」時即不致中斷其興趣。「回溯」不宜過長，只要能達成任務，則越簡單越好。假如需「回溯」的細節很多，與其作一次表現，不如分爲若干次表現。「回溯」應以如戲劇化的表現，才更能動人，也就是應借人物的對話與行動來呈現情勢。

三、單一地點　單一地點是指故事發生於一個地點而言。因此，如果變更地點，這個單一性便破壞了。不過，地點的單一並不是說非把故事發生的地點侷限於一個房間不可。是以不可把場面變更與地點變更混爲一談。我們通常不容易找到只要一個場面便交代得清楚的小說題材；何況一篇小說只包含一個場面，讀者讀來不免有單調之感。因此場面可基於情節的需要而時常變換。

雖然，有些名作家常破壞了地點的單一性，但是除非你具有與他們同樣精鍊的寫作技巧，否則還是依循此一原則。與其地點變更，不如對情節加以巧妙的安排，以保持單一地點；使小說更具效果。

四、單一人物　短篇小說通常只包含一個主要人物，同時一篇小說不能有太多人物出現，所謂不能有太多人物，一般是指六人以下而言，否則，便破壞了單一性。

短篇小說是以經濟的手法來製造效果，建立印象；故事的時間與空間都不容許我們過事舖張。在這樣的侷限下，如果利用過多的人物來表現情節，結果勢必一團糟，因為我們不可能有機會刻劃每一個人物，使他們個個鮮明突出。因此，不必要登場的人物不宜登場。換言之，除非十分必要，不要隨便把一個人物扯入故事。同時，與情節有密切關係的人物，不可以在第一個場面出現後便不見了；更不可以讓一個人物突然在高潮出現；當然，僕役或官吏之類無關緊要人物不在此限，因為他們的作用跟佈景差不多。

五、單一觀點　在小說中，一個人物具有「觀點」，意即作者通過這個人物的眼睛、情緒、思想等來表現故事。小說是由講故事演變而來，時至今日，小說的內容大抵仍不離「故事」。一個故事所牽涉的範圍很廣，你以那一個角度來講呢？不同的角度決定不同的著眼點，賦予故事不同的風貌，不同的意義，予讀者以不同的感受。因此作者選擇不同的觀點，讓讀者看到不同的東西。觀點限定了小說的內容，對小說而言，觀點一方面是他製造效果的工具；一方面無形中成為他取捨題材的基準之一。在短篇小說裡，我們最好保持貫徹始終的「單一觀點」。單一觀點是指僅通過一個人物的主觀意識去呈現客觀世界。在這種情形下，作者筆觸所及，僅此一人的見聞、感受以及思緒為限；凡是這個人物所不能見、不能聞的，讀者也只好不見不聞。這個人物便稱為「觀點人物」。

由於作品在寫作過程中嚴格地依循著同一的觀點去表現，自始至終，不作轉移，以求統一；讀者在欣賞過程中也自始至終接受著同一觀點。讀者通過觀點人物的視覺去看，通過他的聽覺去聽；讀者以他的感受爲自己的感受。或者說，作者使讀者自始至終定著注意焦點於同一人物，達成效果的集中。

單一觀點，一般人認爲它是短篇小說獨一無二的寫作觀點。因爲運用單一觀點，可以使效果因集中而更趨有力，從而更增加了作品的深度。（以上所論單一性，詳見大地版《經驗的河流》頁一八〇——一八五〈短篇的單一性〉）

建議參考項目

壹

小說寫作的技巧　紀乘之譯　光啓出版社　五十、十一
小說技巧舉隅　王鼎鈞著　光啓出版社　五二、六
短篇小說透視　王鼎鈞著　大江出版社　五八、九
人物刻畫基本論　丁樹南譯　傳記文學出版社　五九、五
小說論　趙滋蕃編　這一代出版社　五九、八
小說創作法　羅勃・史密斯著　楚茹譯　阿波羅出版社　六十、四
中國小說史（四册）　孟瑤　傳記文學出版社　六十、五
寫作技巧與效果　丁樹南著　開山書局　六十、十
寫作淺談（一、二）　丁樹南譯　學生書局　六一、四
小說面面觀　佛斯特著　李文彬譯　志文出版社　六二、九
長篇小說作法研究　陳森譯　幼獅文化公司　六四、三

經驗的河流　丁樹南譯　大地出版社　六四、十一

小說的分析　陳廼臣譯　成文出版社　六六、六

小說家談寫作技巧　黃武忠著　學人文化事業公司　六八、九

小說創作論　羅盤著　東大圖書公司　六九、二

小說入門　李喬著　時報出版公司　七五、三

從發展觀點論少年小說的適切性與教學應用　吳英長著　慈恩出版社　七五、六

認識少年小說　馬景賢主編　中華民國兒童文學學會　七五、十二

貳

談兒童小說的創作　林鍾隆　見小學生版《兒童讀物研究》，頁一四一—一五一

兒童小說　傅林統　見作文版《兒童文學的認識與鑑賞》，頁一〇五—一三九

少年小說的任務　林良　見國語日報版《淺語的藝術》，頁一八三—一八八

淺談少年小說　邱阿塗　見七一、七《布穀鳥詩刊》，第十期，頁五六—五九

談少年小說的寫作　楊思諶　六九、六、十五　「青少年兒童福利學刊》第二期，頁四五—四九

小說創作的美學基礎　趙滋蕃　見六七、三道聲版《文學與美學》，頁八一—九六

談人物刻劃　趙滋蕃　見《文學與美學》，頁一一七—一四八

兒童小說　黃明譯　六三、一、六　國語日報兒童文學周刊第九二期
歷史小說㈠　黃明譯　六五、二、十五　國語日報兒童文學周刊第二〇〇期
歷史小說㈡　黃明譯　六七、一、十五　國語日報兒童文學周刊第二九九期
歷史小說㈢　黃明譯　六七、一、二二　國語日報兒童文學周刊第三〇〇期

附錄

台灣地區兒童文學論述譯著書目

——三十八年～七十七年

從民國七十六年七月一日起，省市九所師專改制爲學院；七月十五日，宣布解嚴；十一月一日，開放大陸探親。而七十七年元旦起，報禁解除。

是以七十六年，是個轉型與蛻變的年代。就兒童文學界而言，亦有左列事件值得記載：

「兒童文學」成爲新制師院生必修課程。

彼岸兒童文學書籍的湧進。

多少兒童性報章雜誌蓄意待發。

於是，幼獅文化公司有整理民國三十八年以來台灣地區兒童文學選集的計劃。個人曾參與其事，並主編《論述篇》一書。緣於《論述篇》所選文章要皆以單篇或論體製者爲主，因此又彙集台灣地區有關論述譯著書目做爲附錄。收錄年代始於三十八年，止於七十七年。其間翻印早期或大陸地區者皆不錄。

本書目以出版成書者爲據。雖說始於三十八年，而實際上最早的一本是劉昌博《中國兒歌的研究》，出版時間是四十二年七月；可見早期兒童文學受冷落之一般。當時雖有楊喚等人的努力（詳見七四、五、歸人編，洪範版《楊喚全集》裡有關書簡；並見一一三期《台灣文藝》頁八～一六拙著〈楊喚對兒童文學的見解〉一文。），但似乎無濟於論述著作的出現。

兒童文學向來有寂寞一行之稱，而論述更是寂寞中的寂寞。其間必有若干論述著作或由作者自費印行，流通不足；或因個人偏處東隅，搜集不及，遺珠必多。如今不揣簡陋，勉力成篇，旨在提供愛好兒童文學之同道研究參考，並期引玉以增補不足。

壹

五十年來的中國俗文學　婁子匡、朱介凡合著　正中書局　52、8

兒童閱讀及寫作指導　王逢吉編著　台中師專　52、10修訂再版

兒童文學研究　劉錫蘭編著　台中師專　52、10修訂再版

兒童文學　林守爲編著　自印本　53、2

兒童文學研究　吳鼎編著　台灣教育輔導月刊社　54、3　（69年改由遠流出版社出版）

兒童讀物研究第一輯　小學生雜誌社　54、4

國語及兒童文學研究　瞿述祖編　台中師專印　55、12
兒童讀物的寫作　林守爲著　自印本　58、4
談兒童文學　鄭蕤著　光啓出版社　58、7
師專兒童文學研究（上）　葛琳編著　中華出版社　62、2
師專兒童文學研究（下）　葛琳編著　中華出版社　62、5
兒童文學創作選評　曾信雄著　國語日報出版部　62、10
兒童文學研究（第一集）　謝冰瑩等著　中國語文月刊社　63、11
兒童文學研究（第二集）　葉楚生等著　中國語文月刊社　63、12
兒童文學散論　曾信雄著　聞道出版社　64、1
淺語的藝術　林良著　國語日報出版部　65、7
我國兒童文學的演進與展望　許義宗著　自印本　65、12
兒童文學論　許義宗著　自印本　66年
如何實施兒童文學教學　陳東陞著　市女師專　66、6
兒童的文學教育　王萬清著　東益出版社　66、10
西洋兒童文學史　許義宗著　台北市師專　67、6
兒童文學的認識與鑑賞　傅林統著　作文出版社　68、10

兒童文學——創作與欣賞　葛琳著　康橋出版社　69、7
兒童文學賞析　林守爲著　作文出版社　69、9
兒童文學的新境界　邱阿塗著　作文出版社　70、2
兒童文學與兒童圖書館　高錦雪著　學藝出版社　70、9
中國兒童文學　王秀芝編著　雙葉書廊　70、10（75、2三版增訂）
兒童文學評論集　馮輝岳著　自印本　71、11
西洋兒童文學史　葉詠琍著　東大圖書公司　71、12
如何指導兒童文學創作　北市教育局　72、6
兒童文學綜論　李慕如著　復文圖書出版社　72、9
兒童讀物研究　司琦著　台灣商務印書館　72、10
改寫本西遊記研究　洪文珍著　慈恩出版社　73、7
慈恩兒童文學論叢(一)　慈恩出版社　74、4
兒童的文學創作　洪中周編著　浪野出版社　74、5
敦煌兒童文學　雷僑雲著　台灣學生書局　74、9
怎樣寫兒童故事　寺村輝夫著　陳宗顯譯　國語日報出版部　74、10
認識兒童文學　馬景賢主編　中華民國兒童文學學會　74、12

幼稚園兒童讀物精選　華霞菱著　國語日報出版部　74、12
我國兒童讀物發展初探　邱各容著　自印本　75、4
兒童文學　葉詠琍著　東大圖書公司　75、5
幼兒天地第三期（幼兒讀物與教育專輯）　北市師專兒童研究實驗中心　75、5
兒童文學漫談　藍祥雲著　北成國民小學　76、1
兒童文學故事體寫作論　林文寶著　復文圖書出版社　76、2
兒童文學的天空　吳當著　自印本　76、12
兒童故事原理研究　蔡尚志著　百誠出版社　77、2
兒童文學講話　李漢偉著　供學出版社　77、2
兒童文學　林守爲編著　五南圖書出版公司　77、7
認識兒童文學　許漢章著　高雄市兒童文學寫作學會　77、8
兒童文學理論與實務　張清榮著　供學出版社　77、8
中國兒童文學研究　雷僑雲著　台灣學生書局　77、9
兒童文學談叢　邱各容著　自印本　77、10
兒童文學研究　台北市國語實驗國民小學編印　77、12
淺談兒童文學創作　宜蘭縣羅東國小兒童文學叢書(二)　77

貳

中華民國兒童圖書目錄　國立中央圖書館編　正中書局印　46、11

中華民國兒童圖書總目錄　國立中央圖書館編印　57、10

國民小學圖書館管理與閱讀指導　陳思培編寫　台灣省國民學校教師研習會出版　58、3

怎樣指導兒童課外閱讀　邱阿塗編著　台灣省教育廳　60、3（70、3增訂再版）

「世界兒童文學名著」欣賞　藍祥雲等　國語日報出版部　61、9

兒童文學論著索引　馬景賢編著　書評書目社　64、1

中華兒童叢書簡介　省教育廳兒童讀物編輯小組主編　64、4

第二期中華兒童叢書簡介　省教育廳兒童讀物編輯小組主編　67、12

第三期中華兒童叢書簡介　省教育廳兒童讀物編輯小組主編　72、5

第四期中華兒童叢書簡介　省教育廳兒童讀物編輯小組主編　75、9

全國兒童圖書目錄　國立中央圖書館台灣分館編印　66、6

兒童閱讀研究　許義宗著　台北市立女師專　66年

世界文學名著的小故事　蒙特高茂來著　張劍鳴譯　國語日報出版部　66、12

卅年來我國兒童讀物出版量的分析　余淑姫撰　啟元文化公司　68、12（70、8修

訂再版）

我國兒童讀物市場之調查分析　楊孝濚撰　慈恩出版社　68、12

中外兒童少年圖書展覽目錄　台灣省立台中圖書館編印　71、3

中華兒童叢書、中華兒童科學畫刊資料索引　台北市教育局發行　71、5

中華民國圖書館基本圖書選目——兒童文學與兒童讀物類　中國圖書館學會編印　71、6

兒童文學名著賞析　許義宗著　黎明文化公司　72、10

全國兒童圖書目錄續編　國立中央圖書館台灣分館編印　73、4

兒童圖書目錄第一輯　台北市立圖書館編印　73、10

兒童圖書目錄第二輯　台北市立圖書館編印　75、12

兒童讀物研究目錄　國立中央圖書館台灣分館採編組編　該館印行　76、11

台灣地區兒童文學作品對讀書治療適切性的研究　施常花著　復文書局　77、8

爲孩子選好書　曹之鵬、王正明著　時報文化出版有限公司　77、10

叁

怎樣講故事　王玉川編著　國語日報出版部　50、5

怎樣講故事說笑話　祝振華著　黎明文化公司　63、4

怎樣對兒童講故事　徐飛華著　五洲出版社　66、8
說故事　艾蓓德著　胡美華譯　中國主日學協會出版部　68、2
畫圖畫說故事　凱滋．湯姆遜原著　高堅譯　中國主日學協會出版部　72、4
說故事的技巧　陳淑琦指導　時報文化出版有限公司　77、11
認識兒童讀物插畫　馬景賢主編　中華民國兒童文學學會　76、11
神話論　林惠祥著　商務人人文庫七一九號　57、7
中國的神話與傳說　王孝廉著　聯經出版公司　66、2
花與花神　王孝廉著　洪範書店　69、10
神話的故鄉（上、下）　王孝廉著　時報文化出版有限公司　76、6
兒童讀物研究第二輯（童話研究）　林良等著　小學生雜誌社　55、6
童話研究　林守爲著　自印本　59、11
日本童話文學研究　邱淑蘭著　名山出版社　67、1
童話的智慧（上、下）　吳當著　金文圖書公司　73、12
童話理論與作品賞析　陳正治著　市北師國教輔導叢書　77、6
從發展觀點論少年小說的適切性與教學應用　吳英長著　慈恩出版社　75、6
認識少年小說　馬景賢主編　中華民國兒童文學學會　75、12

國小戲劇教材與教學　孫澈著　正中書局　66、7

台北市兒童劇展歷屆評論集　中國戲劇中心　70、1

兒童戲劇概論　陳信茂著　台大文化事業出版社　72、1

青少年兒童戲劇指導手冊　台北市政府教育局　72、6

戲劇與行爲表現力　胡寶林著　遠流出版公司　75、2

教材戲劇化教學研究　陳杭生編著　台灣省國民學校教師研習會　75、3

兒童戲劇編導略論　黃文進、許憲雄著　復文圖書出版社　75、7

認識兒童戲劇　鄭明進主編　中華民國兒童文學學會　77、11

肆

中國兒歌的研究　劉昌博著　自印本　42、7

怎樣指導兒童寫詩　黃基博著　台灣文教出版社　61、11（全頁四十一頁）

兒童詩歌欣賞與指導　王天福、王光彥編著　基隆市教育輔導團　64、5

兒童詩研究　林鍾隆著　益智書局　66、1

怎樣指導兒童寫詩　黃基博著　太陽城出版社　66、11（將黃著台灣文教出版社之版增訂爲二三九頁）

中國兒歌　朱介凡編著　純文學出版社　66、12

童詩研究　李吉松、吳銀河著　高市七賢國小　67、6
兒童詩論　徐守濤著　東益出版社　68、1
兒童詩的理論及其發展　許義宗著　中山學術文化基金會獎助出版　68、7
兒童詩教學研究　陳清枝著　自印本　69、3
台灣兒歌　廖漢臣著　省政府新聞處　69、6
兒童詩畫論　陳義華著　北市萬大國小　69、9
兒童詩指導　林鍾隆著　快樂兒童週刊社　69、11
童詩教室　傅林統著　作文月刊社　70、3
兒童詩畫曲教學研究　黃玉華、王麗雪著　台南市喜樹國小　70、12
我也寫一首詩　陳傳銘著　高市十全國小　71、2
兒童詩欣賞與創作　洪中周著　益智書局　71、3
兒童詩歌欣賞與指導　謝沐霖等編著　台灣國語書店　71、5
詩歌教學研究　北市西門國小　台北市教育局　71、5
童謠童詩的欣賞與吟誦　許漢卿著　台灣省教育廳　71、6
童詩教室　吳麗櫻著　台中師專附小　71、6
兒童詩觀察　林鍾隆著　益智書局　71、9

兒童詩學引導　陳傳銘編著　華仁出版社　71、9　合《童詩欣賞》《我也寫一首詩》二書而成套書，其中《我也寫一首詩》分成①②兩書。
兒童詩歌欣賞習作　呂金清著　自印本　71、10
童謠探討與欣賞　馮輝岳著　國家出版社　71、10
童詩開門（三冊）　陳木城等著　錦標出版社　72、1
兒童詩寫作與指導　杜榮琛著　台灣省教育廳編印　72、6
快樂的童詩教室　林仙龍著　民生報社　72、11
春天　陳清枝編著　宜蘭縣清水國小　72、12
童詩病院　陳傳銘著　高市十全國小　73、3
詩歌初啼　北縣莒光國小　75、5
兒童詩的創作與教學　郭成義主編　金文圖書公司　73、6
中國兒歌研究　陳正治著　親親文化事業公司　73、8
童詩叮叮噹　邱雲忠編著　惠智出版社　74、2
童詩創作引導略論　黃文進著　復文圖書出版社　74、6
如何寫好童詩　趙天儀編著　欣大出版社　74、7
大家來寫童詩　趙天儀編著　欣大出版社　74、7

兒童詩歌的原理與教學　宋筱蕙著　作者自印　75、1
試論兒童詩教育　林文寶著　台灣省教育廳　75、5
童詩的秘密　陳木城著　民生報社　75、5
童詩的欣賞與創作　吳恭嘉　中縣瑞豐國小　75、5
童詩上路　陳文和著　自印本　75、11
拜訪童詩花園　杜榮琛著　蘭亭書店　76、6（由原台灣省教育廳出版之「兒童詩寫作與指導」增版印行）
遨遊童詩國度　林清泉著　現代教育出版社　76、10
童心童語　朱錫林著　新雨出版社　77、4
兒童詩歌研究　林文寶著　復文圖書出版社　77、8
教小朋友寫童詩　陳東和編著　光田出版社　無出版日期

伍

國語日報兒童文學周刊　61、4、2起迄今仍發行中，至七十六年底已有六輯合訂本，每輯壹百期。
月光光兒童文學　林鍾隆主編　66、4、1創刊，原爲詩刊，自76、9第六一期開始改爲兒童文學雜誌。

大雨詩刊　林芳騰主編　69、1、1創刊　計出四期
兒童文學雜誌　王天福主編　69、4、4創刊　計出六期
風箏童詩刊　69、1創刊，72、10第九期，75、1出第十期
布穀鳥兒童詩學季刊　林煥彰主編　69、4、1創刊，72、10停刊，計出十五期
兒童圖書與教育雜誌　洪文瓊主編　70、7創刊，71、7停刊，共出三卷一期，計十三期
兒童文學（年刊）　許漢章主編　高市教育局　高市兒童文學寫作學會發行　71、3出刊第一輯，至今已出六輯
海洋兒童文學（四月刊）　吳當主編　72、4、4創刊，76、4、4停刊，計出十三期
中華民國兒童文學學會會訊（雙月刊）　陳木城主編　中華民國兒童文學學會發行　74、2創刊至76年底已出三卷六期
培根兒童文學雜誌　謝慈雲主編　75、4創刊，自76、11第七期起改爲兒童文學論述性刊物
滿天星兒童詩刊　洪中周主編　76、9創刊
台北市兒童文學教育學會會員通訊（雙月刊）　李新海主編　北市兒童文學教育學會發行　77、1創刊

國家圖書館出版品預行編目(CIP)資料

林文寶兒童文學著作集. 第三輯, 著作編 / 林文寶作.
-- 初版. -- 臺北市 : 萬卷樓圖書股份有限公司,
2023.09
冊 ; 公分. --(林文寶兒童文學著作集 ;
1605003)
ISBN 978-986-478-967-2(第 2 冊 : 精裝). --
ISBN 978-986-478-977-1(全套 : 精裝)

1.CST: 兒童文學 2.CST: 文學理論 3.CST: 文學評論
4.CST: 臺灣

863.591 112015478

林文寶兒童文學著作集 第三輯 著作編 第二冊

兒童文學故事體寫作論

作　　者 林文寶
主　　編 張晏瑞

出　　版 萬卷樓圖書股份有限公司
發行人 林慶彰
總經理 梁錦興
總編輯 張晏瑞
聯　　絡 電話 02-23216565　　傳真 02-23944113
網址 www.wanjuan.com.tw
郵箱 service@wanjuan.com.tw
地　　址 106 臺北市羅斯福路二段 41 號 6 樓之三
印　　刷 百通科技股份有限公司
初　　版 2023 年 9 月
定　　價 新臺幣 18000 元 全套十一冊精裝 不分售
ISBN 978-986-478-977-1(全套 : 精裝)
ISBN 978-986-478-967-2(第 2 冊 : 精裝)

　新聞局出版事業登記證號局版臺業字第 5655 號